父と息子の物語

Ties Between Fathers and Sons
The World of Jewish Writers

ユダヤ系作家の世界

צוגעבונדענקייט צווישן פאטערס און זין
די וועלט פון - אידישע שרייבערס

HIROSE Yoshiji + DATE Masahiko
広瀬佳司＋伊達雅彦 編著

広瀬佳司＋風早由佳＋江原雅江＋大﨑ふみ子＋アダム・ブロッド＋今井真樹子
＋佐川和茂＋鈴木久博＋大場昌子＋岩橋浩幸＋内山加奈枝＋中村善雄＋伊達雅彦 著

彩流社

まえがき

前作『現代アメリカ社会のレイシズム』（二〇二二）ではアメリカのレイシズムに焦点を絞ることで、アメリカ文学を通して現代社会の問題に我々がいかに向き合えるかを論じた。今回は、古くて新しいテーマ「父と息子」の関係という、ユダヤ系文学の原点ともいえるテーマを考察した。

ユダヤ民族の族長アブラハムが、神の命に従い一人息子イサクを生贄として捧げる絶対神への信仰心（アケダー）、また疑うことなく父アブラハムの言葉に従うイサクに見られる「父と息子」の揺らぐことのない信頼関係からユダヤ民族の宗教は始まる。父親像は神の権威を表わすシンボルでもあった。東欧・ロシアのユダヤ宗教コミュニティを離れ、アメリカに移民・難民として渡った子孫の現代ユダヤ系アメリカ作家の多くの作品でこのテーマが扱われている。

一時期、日本でも話題になったハイム・ポトクの『選ばれしもの』（一九六七）、『約束』（一九六九）では、宗派が違う二人のユダヤ人少年が、父親から極端に異なる育て方をされている。一人は父子家庭で、シオニストの父と日常的に自由に言葉を交わしている。もう一人は伝統を重んじる超正統派ハシド派の家庭に生まれ、「沈黙の教育」を受けて育った。こうした対照的な二人の少年が野球での怪我を契機に交流を深める。その過程で変化するお互いの「父と息子」の親子関係が活写されている。

マサチューセッツ州生まれのピューリッツァー賞を授与された詩人スタンリー・クニッツは、彼自身が生まれる前に自殺してしまった父への慕情を「父と息子」という代表的な作品で謳（うた）い上げている。

ユダヤ社会に限らず父親像とは敬意の対象であり、またフロイト的に言えば敵対する存在、そして乗り越えていくべき壁なのかもしれない。

また、父親像を扱う際に重要なのは、母親像との対比であろう。旧世界ポーランドのハシド派のラビの家で育ったノーベル賞作家アイザック・バシェヴィス・シンガーは、回想録『父の法廷』(一九六六)でハシド派のラビである父と、ミスナギッド(反ハシド派)の母の確執を記している。いずれにせよ、幼いアイザックに父母は大きな影響を及ぼしていることがわかる。

二〇二〇年に日本でも公開された映画『ロニートとエスティ――彼女たちの選択』にもイギリスの超正統派ユダヤ教のラビであった父親に反発し、宗教を棄(す)てる娘ロニートの自由奔放な生き方と、正統派のユダヤ教世界に留まることを選択する親友エスティとの対照的な人生が展開されている。

欧米社会と同じように日本でも、親子関係が希薄になりつつある今であるからこそ、この根本的なテーマ「親と子」の関係を考える必要があろう。とはいうものの、ユダヤ社会の「父と息子の物語」を中心テーマにしているので、ユダヤ教の宗教社会も重要な対象である。こうしたユダヤ系作家の描く作品世界の特徴を明らかにできれば、日本の読者にとっても異文化に親しむこの上ない契機となるだろう。

広瀬佳司は、現代アメリカ作家マイケル・シェイボンの代表作でピューリッツァー賞を受賞した『カヴァリエ&クレイの驚くべき冒険』(二〇〇〇)に窺(うかが)える父と子の関係を扱う。その中で、いかにユダヤ教の伝統が現代アメリカ文化に受け継がれているのかを検証している。シェイボンは、イディッシュ民話にしばしば登場するゴーレム伝承を援用し、父から息子へ継承される精神伝統を象徴的に描いている。

風早由佳が取り上げるスタンリー・クニッツの詩は、両親の確執を重要なテーマにしている。彼の父親は、クニッツが生まれる前に自殺したために、母親は父親の話題を極端に嫌った。それが彼の詩作にも投影されている。彼の詩には、父を慕う息子と、父親から息子を引き離そうとする母親の三者の関係が描かれる。詩の中で語り手は母の家から出て、父親の愛情を求めて旅をする。それが、生と死の境界を乗り越える力となって新たな父子関係を提示している。

江原雅江は、移民作家を代表する女流作家アンジア・イージアスカの作品を吟味する。彼女の父親像といえば、『パンをくれる人』(一九二五) のスモリンスキーが代表的である。その強烈さゆえ、『白馬の赤リボン』(一九五〇) に登場する父親も同一視され、若き (作家の分身としての) 反抗的な娘に相対する横暴な父親といった図式が定着しがちである。しかし、後者は作家が七十歳近くに出版社との議論の末に発表された作品であり、父親像も成熟を経て、より豊かなものに変化していることを明らかにする。

大﨑ふみ子は、『モスカット一族』(一九五〇) を中心にアイザック・シンガーの長編小説『モスカット一族』を父子関係の視点から考察する。まず伝統的なユダヤの価値観を体現するモスカット家の家長と、実子たち、義理の息子たちとの父子関係を検討する。次にシンガーの多くの小説で主人公の父親が不在であり、父親に代わって主人公を援助する人物が登場することに注目し、そこから『モスカット一族』の主人公が真に探し求めていたものは何か、また父親が不在であることの意味を考える。

アダム・ブロッドは、アイザック・シンガーの回想録『父の法廷』（一九六六）、そして『愛と亡命』（一九八四）を中心に、シンガーの伝記作家の異なる評価や、モーセ律法とノア律法などを援用し作品の独自性を分析した。シンガーとそのノンフィクション作品との関係は、主に父親、家族、ルーツ、ユダヤ教との関係に影響を及ぼしている。対照的に、小説の場合は、主に彼自身のアイデンティティが反映されていると結論づけている。

今井真樹子は、アイザック・シンガー作品には母の強い愛が描かれていることを論証している。「ダンス」（一九七五）には、崩壊しているようにしか見えない母と息子の関係の中にも強い絆を見ることができる。『敵、ある愛の物語』（一九七二）のタマラは、母としての神聖な経験によって大きく成長する。神の存在は信じてもこの世の残酷で不条理な現実の前に神の慈悲を否定するシンガーは、神の慈悲に替わるものとして、母親の愛に救済と希望を見出していると結論付ける。

佐川和茂は、アイザック・シンガーの父親が、ユダヤ社会の精神的な指導者ラビであり、生涯を学問に捧げるユダヤの長い伝統を背に受け、日々長時間の聖典研究に没頭し、成果を執筆していた点に着目する。父のそうした姿よりシンガーは、生涯を創作に捧げる動機付けを得たのであろう。一つのユダヤ家族より代々のラビや、ノーベル賞作家・イディッシュ語作家が輩出された事実にも着目している。

鈴木久博は、バーナード・マラマッドの短編「ある殺人の告白」（一九五二―五三）を扱う。主人公エドワードは父ハーマンの殺害を告白するが、それは彼の幻想だと判明する。タイトルの「殺人の告白」は、このエドワードの告白を指していると考えられるが、その一方で父ハーマンによる自身の暴虐の告白をも指しているようだ。特に息子と自身の殺害という解釈については、ユダヤ教で規定されている子の親への義務、子を教育する親の責任、および子が親の人生を償う可能性が吟味されている。

大場昌子は、グレイス・ペイリーの短編集『最後の瞬間のすごく大きな変化』（一九七四）所収の「父との会話」を扱う。ロシアから米国に移民したペイリー自身の父親像が投影されているという「父」が作家である娘に創作を依頼するメタフィクションであるが、十九世紀ロシアの文豪を引き合いに出して娘の創作を批判する父に対して、娘は先行する文学上の〈父〉とは異なる人物造形を主張して、死期の迫る父であっても妥協しようとしない。ユダヤ文化における家父長的父親像を軸としながら、ペイリーは前の世代の影響から離れ、新たに文学を切り開かねばならない作家の覚悟を本作で提示していると言える。

岩橋浩幸は、フィリップ・ロスの『男としての我が人生』（一九七四）を分析する。作者の最初の妻で非ユダヤ系女性マーガレット・マーティンソンとの悪夢のような結婚生活を実験小説へと昇華させたものという見方が一般的である。しかし、怒れる父と無力な息子という関係から再読すると見えてくるのは、己の人生に過剰な期待を抱く主人公が理想と現実のギャップに苦しむ中で曝け出される弱さであり、これは、後の《ザッカマンもの》などにも引き継がれる、ロス作品の色褪せない魅力の一つであることを論じている。

内山加奈枝は、現代アメリカ文学を代表するユダヤ系三世の作家ポール・オースターの散文処女作『孤独の発明』（一九八二）を扱う。オースターはこの作品で、亡き父と幼い息子について記し、「他者をいかに語るのか」という問いを自身の文学の核とした。オースターが小説家として成功する前段階に、「息子」として、「父」としての自身の記憶を掘りおこす作業が、いかにユダヤ人らしい「書く作法」の確立に寄与したかを考察している。

中村善雄は、家族、特に父子関係を中心に、スティーヴン・スピルバーグの初期作品である『未知との遭遇』や『E.T.』や『ポルターガイスト』から、『インディ・ジョーンズ／最後の聖戦』や『フック』を経て、最新作の『フェイブルマンズ』までを概観している。その分析を通してスピルバーグの両親や妻や子供との関係性の変化が、彼の映画で登場人物の造形にいかに影響を及ぼしたかを考察し、また逆に、映画の中の家族の表象から、各時代の彼が抱く家族観を導き出すことを目的としている。

伊達雅彦は、アーサー・ミラーの『セールスマンの死』（一九四九）を扱い、主人公ウィリー・ローマンが「ユダヤ系」なのかという、古くて新しい問いに挑む。この問いは過去何度もこの作品に投げかけられてきたが、その問いに対する確固たる証拠は作品中にはない。だが、例えばユダヤ系映画監督バリー・レヴィンソンは、ミラーがこの作品を「万人受けするように」ウィリーのユダヤ性を抑える工夫をしたのではないかとの見解を示している。本論ではレヴィンソン監督の見解を基点に、この作品を父と子の物語として再読している。

以上のように、移民時代から現代に至るまでの多様な社会・家庭環境を背景に創造されたユダヤ系作家たちの作品やユダヤ系映画に見られる「父と息子」（親と子）の関係を中心に、ユダヤ伝統・宗教の観点も考慮に入れて分析した。こうすることでユダヤ系家族の様々な側面を広く深く吟味した。こうした試みは、日本のユダヤ系文学研究では希代な試みではないだろうか。文学では、統計的な社会学とは異なるものの、逆に統計では捉えることのできない「特殊な生の人間関係」が活き活きと描き出されている。これが文学という芸術の醍醐味ではないだろうか。一人でも多くの方が本書を手にし、今まで目にしたことのないようなユダヤ系の親子関係の普遍性と特殊性を味わっていただければ幸いである。

父と息子の物語　目次

第10章　父の怒り、息子の涙
――『男としての我が人生』における苦悩と失意――
（岩橋 浩幸）　201

第11章　ポール・オースターの「父と息子」の物語
――『孤独の発明』における語りの作法――
（内山 加奈枝）　221

第1章　〈怒りの神（父）―息子〉と〈慈愛の母―息子〉

広瀬　佳司

1　歴史認識と作家の立場

マイケル・シェイボン（Michael Chabon）は、彼の代表作の一つ『カヴァリエ&クレイの驚くべき冒険[1]』（*The Amazing Adventures of Kavalier & Clay* 二〇〇〇。以後『カヴァリエ&クレイ』）の中で人造人間ゴーレム（golem）を重要なモチーフとして描いている。迫害されたユダヤ人を救助するゴーレムは、旧約聖書の「形なきもの」（「詩編一三九章十六節」）に由来するとレオ・ロステン（Leo Rosten）は指摘する。[2]メシア思想を象徴するような強い父像である、と同時に激しい復讐心を抱く存在でもある。詩編にはその神にも似た怒りが次のように表されている。

主よ、あなたを憎む者をわたしも憎み
あなたに立ち向かうものを忌むべきものとして
激しい憎しみをもって彼らを憎み
彼らを私の敵とします。（詩編一三九章二一―二二節）

こうした神の怒り「復讐」を具現化するのもゴーレムの特徴であり、シェイボンの主人公のジョーゼフ・カヴァリエ（Josef Kavalier）に受け継がれている。

『カヴァリエ&クレイ』は、二〇〇〇年ニューヨーク・タイムズのベストセラーに選ばれ、翌二〇〇一年に同作品でシェイボンはピューリッツァー賞を受賞した。

容易に論争の的になるホロコーストを作品背景にして『カヴァリエ&クレイ』を著したシェイボンは、作品の「あとがき」の中で、作家としての歴史認識と創作理念について次のように記している。

> 小説家としての立場上、創作目的に合う歴史や地理は尊重して書きましたが、そうでない場合は、残念ではありますが敢えて無視してしまいました。（六三七）

物議を醸(かも)すホロコーストの歴史を扱った作品なので、慎重な態度をとるのは当然であろう。歴史と創作の狭間(はざま)を生きる作家の試練である。その努力に敬意を払うのは言うまでもないし、些末(さまつ)な点を指摘するつもりはない。ただ、作品のテーマ「エスケイピスト」（脱出マジシャン）にかかわるので敢えてシェイボンの認識の誤りを最初に指摘したい。

まず時代である。主人公ジョーゼフは、ナチスの手を逃れてニューヨークに一九三九年の秋に到着する。オランダの副領事と日本の副領事が難民のために大量のヴィザを発行している描写がある。

彼〔ジョーゼフ〕はコヴノ〔カウナス〕のオランダ領事がキュラソー行の大量のヴィザを発行し、それに連動して、日本領事がオランダの植民地へ向かうための日本通過ヴィザを発行していることを初めて聞いた。二日後ジョーゼフは、シベリア鉄道特急列車に乗った。一週間後にウラジオストックに到着して、そこから船で神戸を目指した。神戸から船で、今度はサンフランシスコへ渡った。（六五）

母子家庭で貧しくも平穏に育ったジョーゼフの従兄のクレイにとり、日本を経由してアメリカに脱出したジョーゼフの話は驚きであった。大西洋を渡りニューヨークに到達するのが東欧・ロシアのユダヤ移民の基本ルートであったからだ。日本を経由したことが、クレイにとれば新奇であることに違いなかった。だからこそ、この歴史考察は正確であるべきだろう。

前に引用したオランダの領事は、ヤン・ズヴァルテンディク副領事であり、日本領事館副領事は、欧米のホロコースト記念館には必ずと言ってもよいほど展示コーナーがある杉原千畝（すぎはら　ちうね）である。この二人の協力で、四千人を超えるユダヤ難民が日本を通過して多くの国々へ渡った。これが一九四〇年七月以降のことである。公式に杉原が発行した日本通過ヴィザは二一三九通であるが、外務省へ杉原が提出した報告書、俗に言われる「杉原ヴィザ」に記載されていたよりも多くのヴィザを発行したようだ。外務省の命に反して発行した経緯があり、意図的に報告する数を少なくした可能性もあると推察される。いずれにせよ、『カヴァリエ＆クレイ』に記載されたヴィザの大量発行は、一九四〇年七月以降であった。これは、広く知られた事実なので、シェイボンがこれを意図的に変えたのでなければ単純な誤解である。ただ、作品の構成上、ドイツの支配が決定的になる第二次世界大戦の勃発した一九三九年の九月直前に、主人公ジョーゼフがチェコを脱出したとする方がより真実味がある、と判断した可能性もなくはない。であるから、前に引用したオランダ領事と日本領事の部分の描写がなければ歴史認識の誤謬（ごびゅう）は指摘しづらい。

もう一点は、ウラジオストックから船で神戸に向かった、という点である。これは単純な地理的認識の誤りであろう。ウラジオストックからユダヤ難民は、日本海の荒波の中を福井県敦賀市へ船で渡り、そこから列車で神戸に移動したのだ。まさに「大脱出」である。敦賀港で地元の日本人に温かく迎えられたことを記す新聞記事や、その時のユダヤ難民がインタヴュー形式で、当時の苦難と敦賀の楽しい記憶を語る短い記録映画も残っている。ユダヤ難民が異口同音に敦賀を「天国」と称賛しているほど、敦賀港はユダヤ難民にとり重要な「天国」への入り口であった。それは、命がけで日本を通過したユダヤ難民にとり、重大なホロコーストの歴史と地理であり、正しく記載しても小説の輝きが増すことはあっても失われることはなかったであろう。日本の重要な歴史にも関わることなので敢えて最初に記した。

もちろん、それにもかかわらず『カヴァリエ＆クレイ』はダイナミックな移動文学であることに変わりはない。その根底には、第二次世界大戦中と戦後を貫くユダヤ精神伝統に結び付く「父（神）と息子の物語」に見る絆と「母と息子」の中にある絆が対照的に描かれている。

２　「ゴーレム」と「メシアニズム」

シェイボンは本作品『カヴァリエ＆クレイ』の中で、ユダヤ伝承の人造人間「ゴーレム」をモチーフにしている。中世ユダヤ伝承上のゴーレムは、ラビの呪文によって生命が吹き込まれる粘土の人造人間で、ユダヤ民族を守るものと信じられた。このゴーレム伝承は、現代ユダヤ系作家であるアイザック・シンガー（Isaac Bashevis Singer）やエリ・ヴィーゼル（Elie Wiesel）にもみられる。またシンシア・オジック（Cynthia Ozick）は、ユーモアと男性社会への批判を込めて女性版ゴーレムを『プッターメッサー・ペイパーズ』（*The Puttermesser Papers* 一九九八）に登場させている。このように、メジャーな作家たちがゴーレム伝承を受け継いでいる。しかし、作家によってゴーレム像も様々である。ただユダヤ伝承のメシア思想という点では一致している。つまり、ユダヤ人を圧制者の手から救うという一点だ。ただ、前者の作家たちが描いたゴーレムもそうであるが、目的を達しても成長を続け、手に負えない存在にまでなってしまうので、最終的にはラビによって破壊される運命にあるのがゴーレム伝承である。そうした制御不能な点も主人公ジョーゼフには見られる。

ナチス迫害の危機が迫るチェコのユダヤ人たちは、既に神話となっている旧新シナゴーグ（Altneuschul 五九）に眠るとされるゴーレムを、安全な場所に移さなければならないと考えた。ドイツ軍にそれが見つかれば没収されてしまうからだ。緊迫した状況で、ユダヤ人コミュニティから白羽の矢が立てられたのが、当時有名な元マジシャンのコルンブルムであった。既に七十歳を超え引退していた元マジシャンは、ユダヤ人委員会からの要請を受け入れた。つまり、ゴーレムをドイツ軍には内密にリトアニアへ輸送する任務である。そんな彼の家に、弟子であったジョーゼフが訪れて助けを求めた。パスポートに必要な許可印が一つ足りないためにドイツの国境を越えられないジョーゼフは、何とか助けて欲しいと元の師匠に懇願する。もうプラハの両親の元には戻れない。両親は、家財をすべて処分してジョーゼフの旅費を工面したからだ。ポーランドを経てリトアニアまでは何とかゴーレムの運搬を利用してジョーゼフを逃がすが、そこからは自分の力でアメリカ行きを考えるように、と高齢の元マジシャンは弟子を勇気づけた。

「お前は、脱出することを恐れる必要などないのだ。心配は、これから向かうところのために取って置きなさい」と昔からのコルンブルム自身の哲学をジョーゼフに説いた。（二一）

脱出マジシャンのコルンブルムによる緻密（ちみつ）な脱出計画のおかげで、ナチスの危機迫る東欧をジョーゼフは脱出して、ニューヨークの叔母の家に奇跡的にたどり着くことができた。ここで、ジョーゼフのいとこであるもう一人の主人公サミー・クレイマン（Sammy Clayman）に出会い、二人は助け合い、当時人気が出てきたコミック世界で、ジョーゼフのチェコ脱出経験を元にした「エスケイピスト」というコミックを出版し大成功する。

最初に注目したいのは、ジョーゼフがチェコを脱出した方法である。コルンブルムは、ゴーレム移動の機会を利用してゴーレムが眠る大きな棺（ひつぎ）に仕掛けをして、弟子のジョーゼフをゴーレムの陰に忍ばせる。そして、弟子を無事にリトアニア経由でアメリカまで脱出させた。ジョーゼフはユダヤ民族信仰と共に新世界アメリカへ脱出した「エスケイピスト」なのだ。

アメリカで成功したジョーゼフは、ゴーレムによって象徴されるユダヤ人救済を、彼自身でやってのけようと、弟を含む複数のユダヤ人児童たちを救済するための船を運行する資金を船主に支払った。しかし、ジョーゼフは、弟たちが乗る船が、ドイツ軍の潜水艦によって撃沈されたことを知ると激怒に駆られ、復讐以外に何も考えられない〈現実逃避的〉な「エスケイピスト」になり果てた。恋人ローザの妊娠にも気づくことなくジョーゼフは、アメリカ海軍に入隊し、ドイツ軍への復讐心に駆られる。そこに〈怒れる神〉の一面がジョーゼフに乗り移る。

ユダヤ的な神の怒りは、神とアブラハムの対話にも窺える。ソドムとゴモラの一節にもそれが明らかだ（「創世記十八章」）。それがこの作品では軍人として南極に駐留した際に、ジョーゼフがたまたま出会ったドイツ人学者の射殺につながる。

聖書に描かれた族長アブラハムは、たとえ唯一の息子であろうがイサクを神の命に従い捧げようとした。親子の絆は、神との絆には及ばないということだろうか。これが非人間的な古代ユダヤ人の絶対神との紐帯（ちゅうたい）「アケダー」として存在し続けたのだろう。ジョーゼフ・カヴァリエは、こうした使命感の強い父親像にも重なる。また彼の師匠も、常に彼の背後に存在していたようだ。彼を救うのもその元の師匠と、プラハのゴーレムの力である。その伝統がカヴァリエに受け継がれているのかもしれない。弟の死への復讐心を支える決意と、戦後に出会う息子トミー（Tommy）の憧れの存在ともなる強い男性像だ。ポール・オースター（Paul Auster）の『ヴァーティゴ』（*Mr. Vertigo*）で、マジックの師を奪われた弟子が、実の叔父を殺害することで師の復讐を遂げる部分にも通底する復讐神の顕現が見られる。強烈な父—息子（師—弟子）の絆が復讐へと繋がるのだ。

３「父性」と「母性」の対照性

一九三九年の十月にエセル・クレイマン夫人（Mrs. Ethel Klayman）のところに兄エミール（Emil）の息子であるジョーゼフが、グレイハウンドバスでサンフランシスコからニューヨークに到着した。

ジョーゼフと、そのアメリカのいとこサミーは非常に対照的な人物像である。ジョーゼフは、医学者の父親と師コルンブルムから受け継いだ力強く、怒りの神をも象徴するような父性が色濃い。一方サミーは、看護師で生計を立てる母親との二人だけの家庭で育つ。いわば母性支配の家庭である。

ジョーゼフは、弟を死に追いやったナチス・ドイツに復讐することだけを正義と考え、現実から逃避し、恋人ローザへの責任も顧（かえり）みないエスケイピスト（現実逃避者）型の人物である。対照的に、サミーは、ジョーゼフが恋人のローザの妊娠にも気付かず、勝手に軍隊に入るために突然姿を消した後、自暴自棄に陥り自殺さえほのめかすローザと偽装結婚をして、ジョーゼフの息子トミーを自分の息子として受け入れ家庭を築く。実に、包容力のある母性を感じさせる人物像だ。サミーは愛情深いクレイマン夫人の愛情を一身に受け育ったせいか、包容力豊かな母性を育む。そのことが関係したのか、サミーには、たくましい男性に憧れる性向が見られる。彼の最初の興味は、力強い男性的な肉体のジョーゼフに向けられた。

ジョー〔ジョーゼフ〕を初めて見て感じたのは間違いなく肉体的な欲望である。いとこへのサミーの欲望は、支配欲ではなく、その肉体と同化したいという欲求であった。（一一三）

このように、サミーは生来ホモセクシャルな側面が強く、力強いジョーゼフや声優トレイシー・ベーコン（Mr. Tracy Bacon）の逞（たくま）しい肉体に惹かれる。ラジオ局を訪れ、自分たちが書いた人気コミック「エスケイピスト」のラジオ版の録音を見学に訪れたサミーは、初めてエスケイピスト役の声優ベーコンという眉目秀麗な人物に出会う。一八〇センチ以上の長身で、着こなしもよい青年であった。ベーコンに見つめられ、サミーは初めての恋心を男性に感じる。「今まで、トレイシー・ベーコンのようにサミーを見つめてくれる者はなかった」（三〇五）。この後にサミーは、ベーコンの積極的な誘いを受け、肉体関係を持つようになる。

しかし、第二次世界大戦に出兵したベーコンは、その罪の罰を受けるかのように戦死する。その結果、サミーはベーコンから解放され、自己の過去を清算することができた。「ベーコン」は言うまでもないが「豚肉の塩漬け」であるから、ユダヤ教的には食することが許されない不清浄な食物でしかない。これも作者シェイボンの意図的なネーミングであろう。

4　イディッシュ語とゴーレム伝承

小説『カヴァリエ＆クレイ』自体が、冒頭部分から時系列を逆転した構成になっているのだが、時系列を辿り一九三九年にアメリカに辿り着く前のストーリーを一九三五年に遡り、ジョーゼフの家庭や彼の関心事を再確認してみよう。

父エミール・カヴァリエ博士(Dr. Emil Kavalier)と神経科医師の母アンナ・カヴァリエ(Dr. Anna Kavalier)を両親に持つジョーゼフには、まだ幼い弟トーマス(Thomas)がいた。十四歳でジョーゼフはエスケイピストに憧れ、コルンブルムに弟子入りする。両親が付き合う人々はユダヤ啓蒙主義に則り、文化・教養的にはヨーロッパに同化した(Europeanized)上流階級の人々であった。そんな中にあって、ヴィルナのシュテトル(小さなユダヤ人町)生まれのコルンブルムのように、チェコ語もドイツ語もほとんど話せない人は珍しかった。

コルンブルムのバルト諸国の香り、古臭い行儀作法、それに彼のイディッシュ語はジョーゼフに強い印象を残した。(二五)

この部分は外国人向けの縮小版『カヴァリエ&クレイ』では省略されている。極めてユダヤ的な内部情報であり、非ユダヤ人には読み飛ばされやすい部分であるかもしれない。東欧ユダヤ人世界にあって、イディッシュ語がどのような意味を持ったかなど、外国人には理解も関心もないという前提で省略されているのだろう。しかし、実は、ゴーレムの伝承もこのイディッシュ語で伝えられた伝承である。今まで、あまり耳にしなかったイディッシュ語が、コルンブルムを通してジョーゼフに入る。この言葉を媒介として、救世主主義（メシアニズム）のシンボルでもあるゴーレムの宗教的な背景がジョーゼフにも受け継がれるのだ。

イディッシュ語は、作者シェイボンの母方の祖父母も話していた母語であり、ユダヤ精神伝統を受け継ぐ言語であったようだ。アメリカ生まれのユダヤ系作家でありながら、シェイボンはこの作品の七年後には『イディッシュ警官同盟』[3]（*The Yiddish Policemen's Union* 二〇〇七）という作品を著す。シェイボンのイディッシュ語への思いが、いかに強いかが理解できよう。舞台は第二次世界大戦中、ユダヤ人がナチスの手を逃れてアラスカの架空の町シトカ特別区に移住するイディッシュ語話者の移民の話だ。シェイボンは、自身のイディッシュ語との関わりについて、ブラノン・コステジョ編の対談で回想している。

「私の小説に『イディッシュ警官同盟』（二〇〇七）がありますが、私自身はあまりイディッシュ語を話せません。できることと言えば、辞書を頼りにゆっくりと読むくらいです。
私の曽祖父母やその姉妹はイディッシュ語を話せましたが、私たちに聞かせたくないことを話すときにだけ使いました。私の妻もユダヤ人なので、イディッシュ語は、間違いなく家族の言葉でもあります。最初の子供ができると、赤ちゃんや、子供に関するイディッシュ語の表現が二人の口から出てくるようになりました。また、他人をけなすイディッシュ語表現が飛び出すのです。
（Costello 七四）

ジョーゼフは、弟のトーマスの手助けを得て川で脱出術の練習をしている際にも、すんでのところで溺死するところを師匠コルンブルムに救われた。そして、この師匠の考案で、ジョーゼフは土くれに戻りかけたゴーレムが眠る棺箱に潜み、ポーランド経由でリトアニアまで脱出したのだ。コルンブルムは、ドイツ軍に没収される前にゴーレムを海外へ移すようにユダヤ人に依頼されたが、どこにゴーレムが安置されているのかさえ誰も知らない。やっとのことで、二六番地の建物の裏手にある建造物にゴーレムが密かに眠ることを突き止め、そこで異常に大きな棺を発見した。コルンブルムはその棺を運び出し、リトアニア行きの列車に乗せることを計画した。ジョーゼフをそのゴーレムの棺に隠し、彼が棺から簡単に抜け出せるように側面の釘をはずす細工を施した。

ユダヤ教では埋葬するときに着物は着せないが、コルンブルムはあえてゴーレムに鬘(かつら)と化粧まで施した。もし箱がドイツ軍の憲兵によって開けられたときに「非ユダヤ人の亡骸」(a dead goyische giant 五二）であるとごまかすためである。案の定、ドイツ人将校はコルンブルムの計画に引っ掛かる。イディッシュ語でゴイッシェ（goyische）というのは「非ユダヤ人の」という意味だが、ニュアンスは「少しまぬけな」という意味も出てくるので、ここでも作家が意図的に皮肉を込めたことが感じられる。ゴーレムは、昨日死んだリトアニア人の大男だという偽証書類で難なくプラハのドイツ軍将校の目をごまかし、国境関門を通り過ぎ、ジョーゼフは無事リトアニアに辿り着いた。

後に、このゴーレム（土くれ）はアメリカまで運ばれ、ジョーゼフの住む家に配達される。ジョーゼフを通して、東欧プラハのゴーレム伝承が、アメリカでも受け継がれることを暗示しているのであろう。

5 「ゴーレム」伝承から「スーパーマン」への夢

サミーもジョーゼフも、一九三八年からアメリカの子供たちの注目を浴び始めた『アクション・コミックス』（*Action Comics*）のスーパーマンに憧れて、そのスーパーマンに対抗するエスケイピストを創造したのだ。もちろん、第二次世界大戦直前（一九三九年の秋）の東欧からジョーゼフが大脱出した経験がその基盤となって創作されたものである。主人公としての「エスケイピスト」のイラストを持参したジョーゼフは、初めてエンパイア・ノヴェルティー（Empire Novelty）社の社長シェルダン・アナポール（Sheldon Anapol）に面会する。ジョーゼフが描いたゴーレムの絵を見せると、アナポール社長も二人が提案した新たなスーパーマンがゴーレムであることに、少なからず驚く。

「それはゴーレムかね？」とアナポールは尋ねた。「私の新たなスーパーマンがゴーレムとは？」（八六）

とジョーゼフに尋ねた。アナポールは、それがゴーレムであることに気付いたのである。そして伝承上のユダヤ人の救世主―神から送られた救世主が、現代のスーパーマンを目指すジョーゼフとサミーの思惑に合致することに理解を示す。

アナポールがすぐにジョーゼフのイラストの意味を理解したのは、「額には四個のヘブライ文字が刻まれていた」（八六）からだ。しかし、本来であれば「真理」（אמת emes [truth]）を表す三つのヘブライ文字であるべきだ。おそらく、これはゴーレムを表す四文字であろう。ヘブライ語でゴーレム（גולם golem）と刻まれていたのであろう。ジョーゼフが、絵の人物像がわかるように意図的に書いたのであろうと解釈するしかない。しかし、シェイボンは、正しくはエメス（אמת）と書くべきであった。ユダヤ伝承では、十七世紀のプラハのラビ・レーヴ（Judah Loew）が人型の土くれの額に「真理」を表すエメスという三文字を刻むと、土くれの人造人間は生命を吹き込まれて動き出す。役目を終えるとラビが三文字の右端の一文字を消し（מת mes [body]）とする。それは「死」を意味する「メス」となり、ゴーレムは土くれに戻る。（ヘブライ文字は右から書く）

いずれにしてもアナポールは、ヘブライ語の知識があるユダヤ人であることが推察できよう。対照的に、社長室にふいに入って来るアナポールの義弟ジャック・アシケナジー（Jack Ashkenazy）は、ジョーゼフの絵がゴーレムだとは気づかない。ヘブライ文字が読めていないということだ。そして、場違いなコメントをしてアナポールに馬鹿にされる。

「そいつは重そうだね。まるで石でできているようだね」
「石でできているだって、馬鹿言うなよ。それはゴーレムだ」（八六）

アシケナジーが、すっかりアメリカに同化したユダヤ人であることが、この一言からも理解できる。このように、ヘブライ語やイディッシュ語の理解が、ユダヤ人のアメリカ社会への同化の程度を表す一つのバロメーターにもなっている。ヘブライ語は、ユダヤ系アメリカ人のアイデンティティ（言語・服装・名前）の一つである。アメリカのシナゴーグで用いられる祈祷書や聖書は、ヘブライ語と英語の併記になっているので、まったくヘブライ文字が読めないということは、ユダヤ教から完全に離れていることを暗示している。

6　ゴーレム伝承から「エスケイピスト」

プラハのラビ・レーヴのエメス（真理）という言葉によって命が吹き込まれたゴーレム、そしてジョーゼフとサミーとの会話から生まれる新たなヒーロー「エスケイピスト」（Escapist 一二一）、すべて言葉によって実態が生まれる。創世記から始まる天地創造を容易に想起させる。


神は言われた。

「光あれ。」

こうして、光があった。神は光を見て、良しとされた。神は光と闇を分け、光を昼と呼び、闇を夜と呼ばれた。夕べがあり、朝があった。第一の日である。（創世記 一章三節―五節）

シェイボンは、言葉そのものに内包された創造性について次のように語っている。それは、いうまでもなく「創世記」を意識した言葉であろう。

私たちの宇宙も含めて、すべての宇宙は話の中から生まれるのです。歴史上のどんなゴーレムもそうです。ラビ・ハニナの楽しいヤギから、ラビ・イェフダ・レーヴ・ベザレルが川底の粘土で作った人造人間（フランケンシュタイン）も言葉によって創造され、祈りやカバラの呪文によって生命が与えられたのです。カヴァリエとクレイのゴーレムも、二人が横になり、五十本のタバコの最初の一本に火をつけて、その午後の話をし始め、黒い線とリトグラフの四色の点から生まれたのです。（二一九）

サミーにとって、強烈で父性的な存在は、ジョーゼフによって顕現するのだ。そのジョーゼフは、実際ナチスの支配下にあったチェコを一人で脱出し、サミーの住むニューヨークまで、リトアニア、シベリア、日本を通過するという大冒険をしてきたのである。そんな力強いジョーゼフは、サミーの憧れともなる。ひょんなことから知り合う裕福な家の娘ローザも、ジョーゼフの父権的な力強さに惹かれたのであろう。

たわいもない二人の会話から意外なヒーロー像、「エスケイピスト」が誕生したのだ。

「エスケイピスト」とジョー〔ジョーゼフ〕が口ずさんだ。教養のない彼にもよい響きだった。頼りがいのある、有用で力強い「仮装をした脱出マジシャンで、悪と戦うのだ」

「戦うだけではないさ。世界を自由にするのさ。人々もね。暗闇の時代にやってくるのさ。影の中から監視している。唯一、光に導かれ――その光は――」

「彼の黄金のカギの光だね」

「それはいいね」

「わかった」とジョーは言った。「その衣装は浅黒く、ダーク・ブルーかな、濃いダーク・ブルーがいい、機能的で、胸には骸骨のカギをあしらった紋章をつけている」（一二一）

スーパーマンのように、世界で苦しんでいる人々を苦しみから解き放つ英雄、それが「エスケイピスト」なのだ。しかし、真の意味での救済者はサミーであることは後に明らかになる。

アナポールの助言を受けて、サミーとジョーゼフは、本格的に新たな漫画の主人公を色々と考える。そんなところに、近所の友人ジュリー・グロヴスキー（Julie Glovsky）が現れてジョーゼフたちの執筆仲間に加わった。こうして、創作活動は波に乗り、ジョーゼフとサミーは大金を手にするようになる。順風満帆に見えていた二人の成功の前に、太平洋戦争（一九四一―四五）という大事件が起きた。ここからジョーゼフとサミーの生活が一変してしまう。

ジョーゼフは、弟のトーマスに対して息子のような愛情を抱いていた。それが、ジョーゼフとの間にできる息子の名前にローズが「トーマス」を選んだ理由であろう。ジョーゼフと弟の関係は、まさに父と息子の関係である。ホロコーストという異常事態におけるユダヤ人特有の血の結束なのかもしれない。

7　復讐神から新たな「父像」への変容

ナチスの攻撃によって弟トーマスを失ってからのジョーゼフは、ドイツへの復讐心に燃えていた。彼はドイツ兵を殺害することだけにとりつかれるようになった。そして、父の死によって精神的にも不安定なジョーゼフは、サミーと深酒をして、ドイツ人とみると喧嘩を仕掛けては怪我をして、叔母を心配させたのだ。

ドイツに対して荒れ狂うジョーゼフは、恋人のローザが妊娠していることに気付くこともなく、ドイツへの復讐に駆られて海軍に入隊してしまう。一度は中絶も考えるローザを偽装結婚までして救うのがサミーである。

ジョーゼフは息子のトミーに出会い、初めて復讐のみに駆られていた過去の自分から抜け出すこと（脱ゴーレム化）ができたのだ。現実逃避型のエスケイピストであったジョーゼフの大きな変化である。無謀な飛び降りマジックの結果、怪我をしてジョーゼフは病院に運ばれる。その際に、連絡を受けたサミーとローザが急いでやってきた。眠っているトミーを抱きかかえるサミーが、重くて大変そうである様子を見て、怪我をしているジョーゼフが自分の腕に息子を抱きかかえた。その父と息子の姿を目にして「この光景が見たかった。これ以上の光景は何もない、とローザは考えたのだ」（五五二）。

サミーは、退院したジョーゼフを快く我が家に迎え入れた。しかし、十二年もの間離れていた親子や恋人には、これから解決しなければならない問題がたくさんあった。

ジョーゼフの精神状態をある程度は理解しているローザであるが、それを十全に理解するには、ホロコーストの意味を理解しなければならない。親族、友人、師、故郷、すべてを失ったジョーゼフの心の傷は深かった。そのために、密かに独り、身を隠して、ゴーレムの話を書き続けてきたことがジョーゼフの存在理由であった。（五七五）

長い間ジョーゼフは、帰還したことをローザにも知らせることもなく、独りエンパイアステートの一室に籠（こも）り、ゴーレムの話を書き溜めていた。あたかも長いユダヤの伝統を継承するかのように。これは現代風な表現をすれば、宗教行為のようなものであろう。つまり、救世主的な存在であるゴーレムの話を、ユダヤ民話の延長として、新たなコミックという媒体で表現し、受け継ごうとするジョーゼフの行為である。文字通り彼の波乱万丈な人生が、エスケイピストの姿で表わされている。と同時に、それは、「ジョーゼフの第二次世界大戦後の心的障害を乗り越える唯一の方法でもあったのだ」（五七七）。

ジョー〔ジョーゼフ〕はゴーレムを描きながら、書けば書くほどコミックの力を知るが、それと同時に自己の告白となるため、他人には見せたくないという思いがあった。（五七九）

ジョーゼフは、ゴーレムを描くことで自己の歴史を書くことになり、ゴーレムと同化（Joseph Golem 五七七）していた自分を、客観的に見つめるようになってきた。ゴーレムとは過去のジョーゼフの姿である。つまりジョーセフは、復讐心に駆られ自分がゴーレムになってユダヤ人を救うことだけ考えて、手段を選ばなかった過去の自分を顧みることができる段階に入ったのである。

一方、サミーはジョーゼフに自分が同性愛者であることを打ち明ける。「ローザと結婚したのは、結婚することで自分が男色に後戻りしたくなかったからだ」（五八〇）と打ち明ける。

サミーは、ローザを愛したこともなければ、冗談半分以外には、愛することもその気もなかった。もちろん、彼女に対して友人的な愛情はいつも感じていた。……今になりジョー〔ジョーゼフ〕は、サミーが犠牲を払ってくれたのはジョーやローザ、そしてトミーのためだけではなく、彼自身のためでもあったことを理解した。（五八一）

街に出て、これからの身の振り方を悩んでいるジョーゼフの前に元師匠であるコルンブルムの霊が再び現れて、彼をサミーの家に導く。するとそこには大きな箱が届いていた。ジョーゼフが、ゴーレムと脱出したあの巨大な棺である。蓋を開けると泥だけであった。ユダヤ人救済という任務を終えたゴーレムは再び泥に戻った。こうして、神からゴーレム、ゴーレムとコルンブルム、そしてジョーゼフ、それから息子トミーという連続する関係が統合される。それだけではなく、ユダヤ的な精神伝統を継承しながらも、包容力豊かな新たな父親像が成就されている。

［註］

（１）『カヴァリエ&クレイ』は六三六頁に及ぶ長編小説なので、海外読者向けに、三分の一ほどの長さに縮小された同作品が出版された。それをもとにしたのが菊地よしみ氏の翻訳『カヴァリエ&クレイの驚くべき冒険』である。しかし、縮小版では残念なことにユダヤ的な要素が失われてしまっているので、本論は原著（二〇〇〇）のみを使用している。そのために、翻訳の部分はすべて筆者訳であることを断っておく。

（２）Leo Rosten, *The New Joys of Yiddish*. New York: Crown Publishers, 2000.

（３）シェイボンがイディッシュ語を理解することを考慮に入れれば、邦訳『ユダヤ警官同盟』（黒原敏行訳、二〇〇七）で訳者が、Yiddish = Jewishと解釈しているのは無理がある。明らかにタイトルの訳は、『イディッシュ警官同盟』とすべきだ。そうでないと、イディッシュ語を話していた東欧ユダヤ人の姿が見えてこない。

［引用・参考文献］

Auster, Paul. *Mr. Vertigo*. New York: Viking Penguin, 1994.

Chabon, Michael. *The Amazing Adventures of Kavalier & Clay*. New York: Picador, 2000.

——, *The Yiddish Policemen's Union*. New York: Harper Collins Publishers, 2007.

Costello, Brannon ed., *Conversations With Michael Chabon*. Jackson: UP of Mississippi, 2015.

白石仁章『諜報の天才——杉原千畝』新潮社、二〇一一年。

第2章　父と息子を結ぶ光

――スタンリー・クニッツの描く父、母、息子――

風早由佳

1　父を消し去る母、父を求める息子

聖書のアブラハムとイサクの関係性にみることができるように、ユダヤ人の伝統的な父親と息子の関係は、ユダヤの文化継承の役割を担うと共に、神との関係を示す。しかし、アーヴィング・マリン（Irving Malin）によれば、現代ユダヤ系アメリカ文学においては、従来の善き教師と従順な弟子という伝統的な関係性はもはや破綻していることが指摘されており（三三）、それは、元来父親から息子へと継承されてきた文化も消失しつつあることを意味する。ここでは、ユダヤ系アメリカ詩人スタンリー・クニッツ（Stanley Kunitz 一九〇五―二〇〇六）による、亡き父親を求める息子の視点から語られる詩を取り上げ、クニッツがどのように現代アメリカ社会におけるユダヤ的父子関係を描き出しているか考察したい。

スタンリー・クニッツは、一九〇五年、マサチューセッツ州のウースターで生まれた。ハーバード大学で英文学を学び、優秀な成績で卒業した後は、『ウースター・テレグラム』の記者や、ニューヨークの出版社で編集者として働き始めた。詩人としては、一九三〇年に初の詩集『知的なもの』（*Intellectual Things*）を発表した。三作目にあたる『選集：一九二八―一九五八』（*Selected Poems: 1928-1958*）によりピューリッツァー賞の詩部門を受賞し、さらに、一九九五年の詩集『通過：後期詩集』（*Passing Through: The Later Poems*）では全米図書賞を受賞した。二〇〇〇年には、アメリカ議会図書館の館長により任命

されるアメリカ合衆国桂冠詩人（Poet Laureate Consultants in Poetry）となるなど輝かしい業績を残し、百歳で亡くなるまで長い間合衆国を代表する詩人の一人として活動した。

クニッツの父親はロシア系のユダヤ人であり、仕立屋をしていたが、クニッツが生まれる前に公園で自殺した。父親の話は家庭内では一種のタブーとされており、とりわけ母親は父親の話題を出すことさえも許さなかったと、子ども時代の家庭内での様子をインタビューで語っている。

屋根裏を引っかき回していると、肖像画を見つけたのです。私は、すぐさま、直感的に父の肖像であることを悟りました。それを持って下へ降りて、母に見せたのですが、彼女は即座に私を引っぱたいて、その肖像画を引き裂いてしまったのです。怒りに任せてやったことだったと私はわかっていますし、怒りは私に向けられていたのではありませんでした。母は彼女の記憶の中から父を消し去りたかったのです。母は決して父のことを話すこともなかったですし、ほんのわずかでも父に関する言葉を口にすることもありませんでした。その出来事は、私が見た中で唯一の父に対する母の感情の発露でした。私もどうなるか怖くて彼女にあえて父について質問する勇気がなかったのです。この出来事により、父は私にとってより神秘的で重要な存在になりました。実在の父に代えて、架空の父を創造せざるを得なくなったのです。その架空の存在は、長年にわたって、私の想像力と詩を支配してきました。（一二五）

ここで語られるように、クニッツの詩作において、父親の不在と、母親による父親と息子の隔絶は重要なテーマとして度々描かれている。父親を求めながらも、一方では夫を失った母親を慮(おもんぱか)るという、相反する思いを抱える中で、抑圧された亡き父への思いがクニッツの詩的想像力の源になっている。また、クニッツは「もし違う子ども時代を過ごしていたら、別の詩を書いていたか、もしくは詩自体書いていなかっただろう」(二一八)とも語っている通り、子ども時代の父母との関係の中で生まれた葛藤は彼を詩作に向かわせ、その詩の中で描かれる両親の姿は子供時代の出来事と結びつけられている。

2　父と息子を引き裂く母

クニッツの母親は、彼の作品全体を通し一貫して父親と息子を引き離そうとする存在として現れ、同時に、母親は家のイメージと強く結びつけられながら、父親を求める息子が囚(とら)われて逃れられない場所そのものとして描かれる。語り手が父親の愛情を強く求めれば求めるほど、一方で母親による妨害への憎しみを募らせており、クニッツの詩作では、父親への憧憬と母親への批判は、常に対置される関係にあると言える。

詩集『通過』に収録された「ポートレート」(‘The Portrait’)には、幼少期の出来事を起点として、母親と息子、そして父親の三者の関係性が描き出されている。

私の母は決して父を許さなかった

自ら命を絶ったことを
とりわけ、そんなふうな気まずい時間に
公園で
あの春
私が生まれるのを待っていた時。
彼女は彼の名前に鍵をかけた
キャビネットの奥から
彼が出てこられないようにした
私は彼が叩く音を聞いたのだが。
屋根裏から降りてきたときのこと
私は手に肖像画を持っていた
唇の大きい
立派な口ひげをたくわえた
そして深い茶色の瞳
彼女はそれを引き裂いた
一言も発さずに
そして私をひどく引っぱたいた。

六十四年後
私は頬に感じる
まだ燃えているのを（ll. 1-21）

父親の存在を母親が語らずとも、息子は封印された父親の存在を確かに感じている。それだけでなく、肖像画を屋根裏から持って降りた時に母親に叩かれた頬の痛みが、六十四年も過ぎた後でもなお鮮明に残っており、父親が息子の人生と共にあり続けていたことが示される。これに対して、一言も発することのない母親の強い意志は、語り手である息子を引っぱたく強さとなって表出し、それは詩行のword-hardの韻によって強調されている。

また、母親が「引き裂いた」（'ripped it into shreds' l. 16）肖像画と、「引っぱたかれた」（'slapped me' l. 18）語り手は、連続する破裂音［p］の重なりによって痛みの記憶と共に結び付けられ、肖像画に描かれた父親と語り手との衝撃的な重なり合いの瞬間を暗示する。亡き父への一方通行の語り手の思いは、母親から与えられた「痛み」を通して初めて、引き裂かれた父と打たれた息子として両者が引き合わされ、燃えるような強い衝撃となる。母親自身の思いとは正反対に、母親は父親と息子を繋ぐことのできる唯一の人物としての役割を果たすのである。

この他にも『テスティング・ツリー』（*The Testing-Tree* 一九七一）に収録された詩「三階」（'Three Floors'）において、母親は父親と語り手との関係を阻もうとする監視人として描かれる。

母は差し込む光の裂け目
そして灰色の眼が覗いている
私はいびきをかいて
眠っているふりをした
［…］
屋根裏の衣装トランク
少年にも開けられた
中には赤いメイソン帽
そして杖

その夜、ベッドの上にまっすぐ立って
私は父が飛ぶのを見た
風が私の首筋を這い
窓ガラスは泣いていた（ll. 9-16）

部屋に差し込む細い光は、母親が語り手の様子を見に来たことを示しており、それは父親を求める息子を咎（とが）める意味を持つことを語り手は理解している。眠っているふりをしてやり過ごすものの、父親の空想に浸る部屋に一筋の光の「裂け目」（'crack' l. 1）を投げ込む母親の監視の目は、「ポートレート」で父親の肖像画を引き裂いたように、ここでも父親と息子の空想的な交わりを切り裂く存在として描かれている。

　このような母親の態度に対し、一九四四年の詩集『戦争へのパスポート』（*Passport to the War*）では、より直接的に母親を糾弾（きゅうだん）している。詩「家からの合図」（'The Signal from the House'）の冒頭で、語り手が階段に立って母親に向かって叫ぶ言葉――「母よ、私はあなたのその涙が憎らしい」（'Mother, I hate you for those tears' l. 4）――には、直接的で辛辣（しんらつ）な感情が表されている。さらに、母親を形容して「荒廃した大広間の女主人／聖なる心の番人」（'To mistress of the ruined hall, / The keeper of the sacred heart' ll. 5-6）、と述べていることからも、母親への批判的な姿勢が表されている。

　母親に対してこうした激しい感情を抱く一方で、語り手が母親と住む「荒廃した」（'ruined' l. 5）と言われる家は、彼を捕らえて離さない。詩のタイトルも示しているように、語り手に合図を送って訴えかけてくるのである。

窓辺で輝いているランタン
私に合図する、まるで良心の叫びのように
私は壊されるべきなのだと主張している
かけがえのない人の車輪の上で（ll. 15-18）

詩の冒頭では、家の中の階段に立っていた語り手は、今や家の窓辺の明かりを外から見ていることがわかる。母親に反抗し、家を出てもなお、窓辺の明かりに象徴的に表される母親の支配から逃れられない運命が示唆されている。また、父親について知ることも、語ることも許されない家での生活は、語り手を「破壊」（'broken' l. 17）する可能性さえ危惧され、父を消し去ろうとする家に留まることが、アイデンティティの獲得にとって危機をもたらすことを暗示的に示している。先に取り上げた詩「三階」において、母親は暗い部屋に一筋の光を差し込ませたように、光によって父子を引き裂き、光の合図によって息子を縛り付けようとする。この多様な光のイメージは、父親を描く詩においても豊かに描き出されている。

3　父と息子を結ぶ内なる光

クニッツの詩において描かれる、母親に対する批判的な姿勢とは対照的に、詩の語り手は亡き父親を慕い、強く求める。グレゴリー・オア（Gregory Orr）は、クニッツの「父と息子」（'Father and Son'）ほどに父親を求める子の姿を書いた英詩はそれまでになかったとも指摘し（九五）、失われた父親を求めるというテーマは、クニッツの詩において「最も深く、最も中心的な」ものであると述べている（九四）。

『戦争へのパスポート』に収録された「父と息子」の第一連では、語り手は「血の秘密の主人」（'the

secret master of my blood' l. 7）である父親の姿を追って光降り注ぐ郊外から出る。そして、第二連に入ると、語り手自身について回想を交えながら語り始める。

私の寓話と恐怖をどのように彼に伝えればいいのだろう
どのようにしてさりげなくこの溝を埋めればよいのだろう。
言うことには、「あの家、かつてあなたが建てた漆喰の家
私たちは失った。姉は結婚して家を出て行った
そして、何も戻ってこない、不思議だ、彼女が行ったところから。
私は部屋が多すぎる丘に住んでいた
明かりは作れたが、暖かさが足りない
そして、明かりがなくなると、丘の下に潜り込んだ。（ll. 13-22）

これまでに見た母との関係の中にも描かれていたように、父子の間には越えがたい様々な溝（'chasm' l. 14）、裂け目が横たわっている。父親が立てた漆喰（しっくい）の家はすでに失われており、姉も結婚して家を出ていることから、家族の離散も埋められない溝の一つとして考えられる。さらには、語り手の家では「明かりは作れたが、暖かさが足りない」（'Light we could make, but not enough of warmth' l. 19）と語られている点については、先に触れた「三階」や「家からの合図」の詩の中で語られた暗い部屋に差し込む

母親の監視の細い光、母親の家の窓辺のランタンの明かりと呼応する。光は常にあたりを照らし出し、父親を思い描く夢から現実へと語り手を連れ戻す。そしてこの光には常に母親の強い意志が反映されていた。しかし、語り手はその光に「暖かさ」が足りないと主張するのである。

第三連では、語り手は水辺にたどり着き、そこで父親を求める感情を露わにするが、ここで語り手の言う不足した「暖かさ」の手掛かりが見えてくる。

水辺で、まとわりつくシダが、
腕を振り上げる、「お父さん！」私は叫んだ、「戻ってきてください！　あなたは
あの道を知っている。あなたの服についた泥染みを拭ってあげます。
跡形もなく拭うと、約束します。教えてください
二つの戦争の間で渦巻いている、あなたの息子に、
あなたの優しさのゲマラで
私は嘆く者の子であり
そして野の捨て子の弟であり
無邪気に輝く瞳の友人なのです。
ああ　私にどのようにしたらよいのか教え、優しくしてください

亀と百合の間で彼は私に向き直った
彼の顔の白い無知の窪み（ll. 23-34）

第三連では、語り手は父親に戻ってくるように力強く呼びかけ、第一連、第二連の静かな語りと一変して詩行の流れを加速させる。語り手が父親に求めるのは、「優しさのゲマラ」（'the Gemara of your gentleness' l. 28）が象徴的に表す父親としての愛情と優しさである。しかし、第三連での激しい告白の後、最終連に移行すると再び静かな水辺へと場面が変わる。

第一連で「池の香りに包まれた彼の不屈の愛が／私を鎖につないだ」（Him, steeped in the odor of ponds, whose indomitable love / Kept me in chains. ll. 8-9）と語られるように、語り手は、父親から与えられる愛情を確信し、懸命に父親を求めて叫び、教えを乞うてきた。しかし、最終連で語り手が見たのは、語り手の方に向き直った父親の顔の「白い無知な窪み」（'white ignorant hollow' l. 34）であったことは、非常に象徴的である。父親を求める語り手の必死の呼び掛けに対して、父親は最後まで応えることはなく、何マイルも歩き、ついに対面することのできた父親は死を連想させる白い無知な窪みを持った顔で語り手を見る。そこには、語り手が期待するような知識も優しさもなく、父子間の交わりは息子の一方通行な幻想であり、現実には虚無しかないことを物語っている。語り手は、ゲマラを教える父親の優しさをついに手に入れることはできない。語り手と父親が対面する水辺は現世と死後の世界の境界を想起させており、「ポートレート」で語られた痛みや、「父と息子」に登場する水辺が、隣り合わせに存在する生と死の二つの世界をつなぐ扉になっていることが示唆される。

こうした生と死のイメージの表出において、「父と息子」では、父親の顔の白い無知な窪みに対峙する前から、白い色と死が結び付けられている。冒頭で語り手は「骨の粉のように白い砂ぼこりの道」（'sandy road / Whiter than bone-dust' l. 2-3）と語り、何マイルも歩くこの旅路が死を連想させる白い道を通って進行するものであることを示している。また、父親が建てた「漆喰の家」（'The house, the stucco one' l. 15）は白さを連想させるだけでなく、次の行で「私たちは失った」（'We lost' ll. 16）と告白されるように、白い色と喪失感の結びつきを強化している。さらにこれらの白い色は、郊外の光や暖かみの足りない家の明かりなどと共に、全体的にほの暗い印象を与える本詩全体を柔らかく包む白い光となっている。

こうした光の描写が詩集『戦争へのパスポート』の多くの詩にもみられるが、詩集の最後に収められた詩「新生」（'Vita Nuova'）でかつてない強い光となって表出される。ダンテの同名の作品からの影響を受けて作られた本詩においても、「三階」「家からの合図」「父と息子」と同じく、夜が舞台となって語られる。本詩では、「私の完全なる本性に愛をささげよう／生を大切にすること、それだけが灯し続けるべき炎」（'Giving to love my undivided nature, / Cherishing life, the only fire to keep' ll. 6-7）とあるように、光を連想させる炎は愛や生と結び付けられ生き生きと描かれる。さらに、続く第三連では、「荷物を降ろしてから行こう、静かな小径（こみち）を／永遠的なもの、影がみえなくなるまで／内なる光をもって私は父の顔をまとう」（'I will go, unburdened, on the quiet lane / Of my eternal kind, till shadowless / With inner light I wear my father's face.' ll. 13-15）と語られ、光が父親と直接的に結び付けられる。「三階」において母親が差し入れる光にしても、「家からの合図」の窓辺のランタンにしても、それらはいずれも外からの光だった。しかし、「新生」においては、より意識的に内なる光が父親と語り手を一体化させる力となる。それは死を象徴的に表す父親と、今を生きる語り手との生と死が時間と空間の溝を克服して結合することを示唆している。

魂の月よ、今、私についてきなさい
私の感覚のコロッセオで輝くのだ
私の額のタバナクルに居なさい
私の闇は、あなたの石に反射して、
私の人生すべての一本の光線を強烈にするだろう（ll. 16-20）

最終連では、月に語り掛けていることからも、これまでの詩と同様に時間は夜であることがわかる。しかし、月に照らされるコロッセオは「父と息子」にも表された白いイメージを引き継ぎながらも、「父と息子」で取り上げられた骨の粉や砂埃、漆喰が発する弱々しい白い光ではなく、壮大な力強い輝きを放っている。

さらに、今や語り手の額には、神と地上の領域が交わる聖所であるユダヤの移動式神殿タバナクル

（ミシュカン）（‘tabernacles’ l. 18）があることが語られ、タバナクルに月の光が差し込むことによって、「暗闇が［…］私の人生の一本の光を強烈にする」（‘My dark will make [...] //The single beam of all my life intense’ ll. 19-20）と語られる。「新生」の最終連では、「父と息子」において描かれたような語り手の心許（こころもと）なさは消失していると言えるだろう。「父と息子」で死が白さや光と結びつけられたことを受けて、詩集の最終詩「新生」では、さらにその白い光が闇との対比で輝きを増し、死を乗り越え一本の光線に象徴されるように生と結びつく強さを手に入れることが暗示される。

これまでに取り上げたクニッツの詩において、母親に与えられた亡き父親との隔絶という痛みを出発地点として語り手は父親を求める旅に出ている。語り手は、母親の思いとは反対に、引き裂かれれば引き裂かれるほど父親を強く求めるようになるが、父親は語り手の思いに応答することはない。自身の存在をより明確にするために父親からの教えと愛情を求めて旅に出た語り手は、その終着地点においてユダヤの神殿タバナクルに象徴的に表されるユダヤの伝統の中にアイデンティティ確立の手掛かりを見出す。

クニッツが描く母親像は、ユダヤの伝統の喪失と引き換えにアメリカに同化してゆくユダヤ移民の姿とも重なり合うが、ユダヤの教えを息子に継承する力を持たない父親もまた、ユダヤの伝統的父親像からは乖離（かいり）している。親から子へと受け渡される文化の継承経路が閉ざされた中で、失われつつあるユダヤ家族の繋がりと伝統を再生させる力となるのは、語り手自身の力でユダヤの伝統を学び身につけることであることを「新生」では示していると考えられる。

アーヴィング・マリンが指摘するように、クニッツの詩においても伝統的なユダヤの父子関係は破綻しているとしても、クニッツの詩の語り手はユダヤの伝統の中に父親と融合する手掛かりを得、引き裂かれていた父子関係を再生しようとしていると言えよう。

［引用・参考文献］

Kunitz, Stanley. *Passing Through: The Later Poems New and Selected*. Norton, 1995.

——. *The Poems of Stanley Kunitz 1928-1978*. Little, Brown & Company, 1930.

——. *The Testing-Tree*. Little, Brown & Company, 1962.

Ljungquist, Kent P. *Conversations with Stanley Kunitz*. UP of Mississippi, 2013

Malin, Irving. *Jews and Americans*. Southern Illinois UP, 1965.

Orr, Gregory. *Stanley Kunitz: An Introduction to the Poetry*. Columbia UP, 1985.

Shatzky, Joel and Michael Taub ed., *Contemporary Jewish-American Dramatists and Poets: A Bio-Critical Sourcebook*. Greenwood Pub Group, 1999.

第3章　アンジア・イージアスカの描く「親子の継承」
――『パンをくれる人』から『白馬の赤リボン』への変遷――

江原　雅江

1　はじめに

長編『パンをくれる人』(*Bread Givers* 一九二五)は、アンジア・イージアスカ(Anzia Yezierska 一八八〇?―一九七〇)の小説の中で議論がもっとも活発になされている。特に、「旧世界の父と新世界の娘の葛藤」という副題に加えて、結末において語り手サラ(Sara)が姉たちの拒む父スモリンスキー師(Reb Smolinsky)を受け入れ、「私は影が依然としてそこにあり、私を覆っているのを感じた。父だけではなく、父をつくった幾世代もの重みが、依然として覆いかぶさっていた」(二九七)と語ることにさまざまな解釈がある。一方、十数年にわたる編集者とのけんか腰ともいえるやりとりを経て出版された『白馬の赤リボン』(*Red Ribbon on a White Horse* 一九五〇)は、売れ行きを考慮されユダヤ色の濃いパートを削除することになった。両者に語り手の父親が登場するものの、スモリンスキーの存在感の強さゆえ作家の父親像としてレッテルが貼られ同一視され、最終長編でも同様の父親が登場していると見なされがちである。しかし、実際はかなり違う描かれ方をしている。

本稿は主に『パンをくれる人』の語り手サラの父スモリンスキーと『白馬の赤リボン』の語り手の父親を比較する。虚構の創造という観点からその成熟を検証・再評価することを目的としている。ユダヤ教を重んじる父と、当時のアメリカに同化し立派なアメリカ人になろうとする娘を描く二作を眺めることで、親から子への継承とその変遷(へんせん)が認められるであろう。

2　スモリンスキーの矛盾

『パンをくれる人』の語り手サラの父スモリンスキー師は、記念碑的なキャラクターであるといっても過言ではない。他の作品同様自伝的要素が強く、その人物造形にはイージアスカ自身の父親が透けて見える。横暴でユダヤ教の教えを世俗的に曲解することもあり、サラを除く三人の娘を父親の思い通りの男性に嫁がせる。その男性たちは先妻との間に子供が多くあったり、詐欺師まがいの自己中心的な男性であったり、賭け事に明け暮れている遠方に住む金持ちであったりと、娘たちが自ら選んだ恋人たちと別れさせてまでも嫁がせる根拠には乏しい者たちである。資本主義のアメリカで、旧世界の慣習と栄光に縋りつきパンを稼がない父を、登場人物たちのみならずフェミニストたちは非難するのである。ところが一方で、アヴェリー（Evelyn Avery）はイージアスカのこの「弱い者いじめのカリカチュア」（三七）がユダヤ教の家父長制の代表であると多くの批評家が決めつけていることに疑問を呈する。ハラハー（ユダヤ教の律法）によると、夫と妻は敬い支えあわなくてはならないし、共に生きる女性たちに支持も敬意も示さないので、トーラー（モーセ五書）の家族の概念に反している点を改めて指摘している（三七）。姉たちとは根本的に異なる末娘のサラの生き方、イニシエーションこそが『パンをくれる人』で読み落とすべきでないテーマだとして、父の横暴さを責めることが目的ではないと述べているのである。

旧世界では確かにタルムードを研究する夫を妻が支えるのは決して珍しいことではなかったが、当時のアメリカのブルジョア的傾向においては、妻をレディーとして家におき、夫が外で稼ぐことが当然とされた。一九一七年に発行されたショレム・アレイヘムのハンドブックにもそのような記述があり、通常は「怠惰にも」夫が家で勉学に没頭しているわけにはいかなかったという。発想が転換できない、転換しようとしないスモリンスキーは融通が利かないだけかもしれないが、トーラーによればせめて家族で支えあうべきだ、ということであろう。それに、たとえ妻は家にいたとしても家計が不足するため、娘たちはレディーとして家にいるわけにはいかなかった。テキストにおいても、荷を担う人（Burden Bearer）である長女のベッシー（Bessie）は、ヒロインのサラを上回る犠牲を強いられている。本人の選んだ求婚者は、父スモリンスキーまでは養えないとベッシーのもとを去る。その後、父の連れてきた魚屋は、亡くなった先妻との間の子供があるものの、長女のベッシーを後妻に招き入れ、スモリンスキーに五百ドルを渡すことになる。ベッシーは母を亡くした子供たちを不憫に思い、情にほだされ後妻に入ったのである。その五百ドルに気の大きくなったスモリンスキーは、商売を始めようとする。「ユダヤ教を金に換えるのか。アメリカかぶれのにせの預言者になるのか」とアメリカにおいて仕事を得ているアメリカナイズされたラビを蔑み、傍らで短時間のうちに金もうけをしながら残りの時間を学びに充てたいと主張するのである（一一二）。そんな計画も容易には実現に至らず、結局詐欺に遭う。商品のあふれた店を譲り受け、商品と思われたものが実はダミーであることが判明するのである。スモリンスキーは言い訳がましく詐欺師について次のように語る。

「〔詐欺師が〕生まれながらの紳士のように見えたのだ。しゃべりもかしこそうだったしな」。父は天を仰ぎ無垢な目で見つめた。「名前だと？　どこに住んでいるかだと？　すぐにロシアに帰らなければならないと言っておったから金を払ったのだ」と父は子供のように無垢な両目をぱちくりさせた。（一二一）

長女に養ってもらう代わりに夫になる者から金を受け取り、その金を元手にした商売に失敗することで、長女の結婚後の苦労を無にしてしまう。すべて意図的とは言えずとも娘たちに条件の悪い夫たちをあてがうのと同様、もうけを最優先にして詐欺師を見抜くことができない。公私ともにトーラーのみならず、資本主義のアメリカにも馴染めぬ「にせの預言者」は、実はスモリンスキーの方であった。

3　子として位置づけられるスモリンスキー

そんな自己矛盾を起こし時に破綻するスモリンスキーの主張に耳を傾ければ、夫思いの妻であるサラの母親もあきれるばかりである。だが、ニューヨークにいながら自らも旧世界の住民のような妻は夫を許し、自らの死後の夫を思いやり、末娘のサラにもそれを伝え、気持ちを託して亡くなる。母の最期の言葉は、「お父さんにやさしくしてあげてね。年老いて私を最も必要としているときになって置いていかなくちゃならないのよ。子供のように助けがないというのに」というものであり、語り手も母親の視点で父親を見るようになり、「世界の厳しい残酷さから守らなければならない子供にすぎない」（二八五）と考え始めている。そんな慈悲に満ちた先妻の死後すぐに、後妻を迎える薄情さにも非難が集まるスモリンスキーではあるが、勤め先の校長であるヒューゴ（Hugo）とともにサラが父親の面倒を看ることになる結末を迎えるのである。それは、サラが母の願い通りに父親スモリンスキーを、我が子のように受け入れることに他ならない。スモリンスキーを「子供のように世話が必要」であり、「世界の厳しい残酷さから守られるべき子供にすぎない」（二八五）と描くことにより、サラが父を見捨てない結末を受け入れやすいものにしているのである。

シルバーマン（Charles E. Silberman）は『アメリカのユダヤ人』（*A Certain People*）において、文化人類学者のジョフ（Natalie F. Joffe）の指摘を紹介し、「ユダヤ文化において授与はほとんど必ず下に向かって親から子へ、富む者から貧者へ、学のある者から無学者へ、老人から若者へ流れる」としている（一四二）。また、その注釈においては、ローエンタール（Marvin Lowenthal）の訳した寓話（*Memoirs of Gluckel of Hemeln*）が紹介されている（三九一）。小鳥が身を挺して雛鳥を守ってやり、大きくなったらどうするかを尋ねた時、最初の二羽の雛たちは親鳥にお返しをすると言うと、その雛たちは嘘つき呼ばわりされ海に突き落とされる。三羽目は自身の子供に親と同じことをすると答えて褒められ、安全に岸まで運んでもらうという内容である。親は子供に恩返しをしてもらおうとは望んでおらず、子供に施したことをむしろ孫などに継承することを望んでいるというのである。そこでシルバーマンは、テキストの中でサラも住むローワー・イースト・サイドをはじめとしたユダヤ人居住区には、子供が成功者でありながら見捨てられたかのような親たちが存在していた事実を紹介している。親から子へ、そして子から孫へというつながり・流れを子から親へと逆行させているスモリンスキーは、都合よい解釈により旧世界と新世界を利用している点で、「旧世界の父」という副題とは矛盾するのである。

> コミュニティーは高齢者にそのメンバーとして、当然のこととして受け入れられる公的施設を提供しており、それが自らの子供の世話になるよりもずっと良い身の置き場とみなされていた。アメリカにおいても、こういったありかたをあまり知らない人にとっては不思議に感じられるのである。……ニューヨークで裕福な娘が光輝く車でやってきて泣きながら、うちにきて一緒に住んでほしいと頼んでも、父にとっては物乞いのように生きることの方が徳と名誉を意味していたのである。それはそれほど特殊な例ではない。（二四二）

ジョフはこのように当時の厳しい現実を紹介しているが、この娘は、「愛情とアメリカ的なあり方のおかげで、父親の状況をたいへん痛々しく感じて」いたのである（二四二）。「父親が息子を助けてやると、二人とも微笑む。息子が父親を助けると、二人とも泣く」（一四二）とするイディッシュ語の諺（ことわざ）があるが、息子でなく娘が父親を助けようとしたとしても、二人とも泣くしかなかったのが現実のようである。ヒューゴという夫がヘブライ語を学びたいと申し出ているとはいえ、末娘に世話されることはスモリンスキー師にユダヤ文化の授与を背景にした親としての誇りがあれば、屈辱的な「アメリカかぶれの」結末と考えられるかもしれない。しかし、先にも述べたように、それ以前にもスモリンスキーは、ロシアでラビたちは女性たちに養われるのが当然であったとして、アメリカでも我が子に養ってもらうことを当然としていた。スモリンスキーが養われる・感情的である、といった点で出版当時のアメリカの中流家庭の社会に照らすと、女性化したあり方であるとさえ指摘されることもある。二十世紀の資本主義におけるアメリカの物質主義的な気風の中で、もはやタルムードの研究は軽んじられ、父としての威厳は保たれない。子供、あるいは当時のアメリカでの女性化した立場と位置付けられるスモリンスキーは家父長制の代表ではなく、いばりちらしていたにもかかわらずむしろ庇護に依存する存在なのである。

4　分身と赤リボンをつけた白馬

「貧困は善きユダヤ人にとって飾りであり、白い馬に結んだ赤いリボンのようだ、と昨日お父さんは話してくれたわよね」と私〔サラ〕は口をはさんだ。（*Bread Givers* 七〇）

一九二五年の『パンをくれる人』において既に、「白馬の赤リボン」というフレーズが使用されている。イージアスカがしばしば現実と虚構を混在させるのは周知のことであり、伝記作家で実娘のルイーズ・レヴィタス・ヘンリクセン（Louise Levitas Henriksen）はその出所を明確に特定はしていないものの、両長編がどちらも実父の口癖を引用していることが想起される。一方、『白馬の赤リボン』は副題に「私の物語」とあるものの、その語り手の父親像はかなり理想化され異なった人物造形となっている。

また、父親・シュロモー（Zalmon Shlomoh）・キンツラー（Jeremiah Kintzler）の三人に父親的なキャラクターが分割されている。イージアスカが晩年『ニューヨーク・タイムズ・ブックレヴュー』（*New York Times*）で書評を担当していた際に、ポーランド語からの翻訳『森の住人』（*The Forester*）という小説に関して以下のように述べている。

作品には精神と情熱があるがあまりうまくいっていない。その一因としては、作家が扱う人々に話をさせ、考え、行動させるのではなく、そういった人たちのこと「について」作家が述べているからである。（一九五四年九月十二日）

登場人物について語るのではなく、それらがふるまうままにさせようとしていたイージアスカの創作理念がわかる。まず、この最終長編の登場人物ザルモン・シュロモーを見てみよう。スモリンスキーの父親像が分割され、分身化していることが、次の言葉に見出せる。

「神さまはいつもつむぎ手に亜麻を与えてくださる。飲み手にはワインをそして……」（*Bread Givers* 二二七）（*Red Ribbon* 一〇二）

繰り返し語り手に言い聞かせるシュロモーの口癖は、実はスモリンスキーの口癖でもあったのである。

ザルモン・シュロモーは背中が曲がっている魚売りで、語り手の性格の激しすぎる点やゲットー出身者であることへの羞恥心に気づかせ、語り手に自覚と癒しを与える。実父と同年代とされており、サラには与えられなかった年長者による安らぎを与え、繰り返される叱咤ではなくこの登場人物の存在自体によって気づきを与える父親的人物が創造されている。神の慈悲を語り貧しいながらも自活しているシュロモーはアメリカ社会・ユダヤ文化の伝統両者の価値観に照らしても、語り手の父親的な存在であることが否定できない。そして、最期には他人である語り手に遺産という援助を試みて亡くなるのである。その援助を利用し赴(おもむ)いたニューイングランドでひとりユダヤ人として疎外感を抱き、折角の好意を事態悪化につなげてしまったと反省する語り手は「ユダヤ人なのに、あんたはどこに自分を押しこんでいるんだね」とシュロモーに笑われそうだと考え(二一二)、叱責ではなく温かさを思い描いている。

一方、スモリンスキーが、『白馬の赤リボン』の登場人物キンツラーのかたくなさを彷彿(ほうふつ)させることもある。キンツラーにジェレミア(エレミア)(Jeremiah)というファーストネームが与えられていることが示唆的である。預言者のエレミアはモーゼに次ぐ偉大な人物であるとされているが、国の堕落や混乱、社会の不義不正を糾弾し、たとえ相手が権力者であったとしても遠慮なく批判し、その痛烈な非難の言葉は人々に衝撃を与えたとされている。

スモリンスキーにも直喩でエレミアの名が用いられている。サラは、学がないがたたき上げで財を築いたことを自慢にしているマックス・ゴールドスタイン(Max Goldstein)の求婚を拒み「俗」な生き方を退けたことを報告しに行く。父が「トーラーの知恵を吸収するために俗世間の成功をあきらめた」（二〇二）として、サラはマックスの背後にある物質主義の拒絶をほめてもらえると期待するのだが、やはり口論となり父をあとにする。その際、誰も耳を貸さなかったエレミアのようであると父を評している（二〇八）。一方で『白馬の赤リボン』では、「ジェレミア・キンツラーが私の名前だ」……「なんて美しい名前」として（一五八）、キンツラーの名前を象徴的に用い、誰にも理解されない孤独な学徒としての側面を強調している。スピノザの生まれ変わりであると自認し、常に抱えているブリーフケースに入っているはずの原稿は、キンツラーの死後そのバッグを開いた語り手にとって紙くずでしかなかった。それはまるで、スモリンスキーが入手した店の商品が、中身を覗いてみると砂で埋まっているダミーであったかのようである。アヴェリーが「弱い者いじめのカリカチュア」(三七)とスモリンスキーを評していたのに対し、キンツラーも時折「正義を」と叫ぶ「いじめ告発者のカリカチュア」であるかのように自分の才能が認められぬみじめさを嘆く。スモリンスキーの、融通が利かず理解されぬ孤独な側面が押し出されたもう一人の分身なのである。ここで悔やまれるのは、スモリンスキーにあったユーモラスな要素が、キンツラーには不足している点である。狂気にも似た奇妙さが前面に押し出されるばかりに、『白馬の赤リボン』では軽快なユーモアが見出されず、大恐慌を経たイージアスカ自身の浮き沈みや虚しさを漂わせ、つらい境遇を反映してもいる。

『白馬の赤リボン』の父は愚かさや滑稽さが排除され、罰を与えるためだけに登場するかのような厳格な描かれ方である。また、語り手がゲットーに戻った際の印象には以下のようなものがある。

今では、新たな目で移民街を見た。同時に愛しくも憎くも思うことができるのは不思議なことだ。私がそこから逃げおおせたその騒音、汚れ、不潔な空気を愛し憎んだのだ。通りでひげを蓄えた老人とすれ違うたびに父を、そして「この世で立派な人になる」ために見捨てた人々の亡霊を見たのだ。（九四）

スモリンスキーのようなユニークな父親でなく、旧世界を移民街に持ち込む一男性としての一般化がなされている。アメリカに同化を試みた語り手は、子が恩返しをするのではないユダヤ文化の継承の原則になじめないまま、父亡き後も罪悪感にさいなまれ、幻を見ているのである。

ユダヤの神を重んじる父親でありながら、小説の末尾ではニューイングランドに語り手が滞在した際の知り合い、クリスチャンのコブ夫人（Mrs. Cobb）に類似を見出す語り手の描写がある。固く結んだ唇に日々の暮らしに疲れた顔を見せているが、コブ夫人はかつて語り手のように情熱的で詩人を志したこともあったという。しかし、愛する人を支える結婚だけを選択せざるを得なかった諦念を語る人物である。

似ているので驚いた。控えめなニューイングランドの農婦と断固とした旧世界のユダヤ人に何らかの共通点があるなどという考えは途方もなく思われた。それでも記憶の中で何が似ているかを入念に考えた。どちらの顔も純粋で、信じて疑わない様子だった。「私たちの哀しみという領域から遠く離れたもの」へのひたむきさがどちらの瞳からも見えていた。（二一五―一六）

もはやそれぞれの宗教にとらわれることもない大団円にまとめ上げられている。その人物には、かつての熱意が試練によって変容した「静けさ」（二一〇）さえ見出されるのである。旧世界を持ち込み、頑なにアメリカへの同化を拒むかに見えるスモリンスキー像を描いたイージアスカは、経験や葛藤を経た成熟により父親の多様な側面の気づきを得た。それゆえ、回想記とされる最終長編では、フィクションとしてのふたりの分身を創造し、ヒロインに安らぎを与える側面をシュロモーに、痛烈でありながら同情を喚起する側面をキンツラーに担わせ「話をし、考え、行動する」登場人物を創造しただけでなく、父親自身にはより拡大された人間性、新たな普遍性を付与したのである。そして、分身であるシュロモーやキンツラーが荷を担うおかげで、最終長編の父は、イージアスカのヒロインたちが好む清貧の中に見出すシンプルな美を象徴し代表している。自らの信念に忠実に貧困を受け入れ、子に世話にならぬこの父親像はまさに、「赤リボンをつけた白馬」なのである。

5　負の継承

多くの『白馬の赤リボン』の評価において、語り手がしきりに父への謝罪を吐露する点で、批評家たちは父子の和解を見出している。しかし、それはこの最終長編を自伝として読んだ場合に可能になることである。イージアスカの一人娘であるルイーズ・レヴィタス・ヘンリクセンは、アーヴィング・ハウ（Irving Howe）の『父祖たちの世界』（*World of Our Fathers*）やバーミンガム（Stephen Birmingham）の『残りの者たち』（*The Rest of Us*）などが『白馬の赤リボン』を完全な自伝として捉える誤りを指摘し、「母の人生そのもののフィクションと比べて、ノンフィクションの書籍は信ぴょう性も低くむしろフィクションに近い」（三）としている。ここでヘンリクセンは、この最終長編をノンフィクションと位置づけ、逆説的な言い方をしているのである。確かに人物造形においても、虚構性の強いものであることは父親像に見た通りである。また、ヘンリクセンの伝記には以下のように書かれている。

アンジア〔イージアスカ〕は切迫して必要にかられ、他人に自己中心的にふるまい、普通の人たちが知る以上の高度な芸術に身をささげていると評価してもらえることを望んだ。ちょうどラビであった祖父のように、敬意を払うよう強要し、姉たちやその子供たちに食べ物であれ宿であれ、必要なものは何でも提供し仕えることを期待した。（二〇九）

実の母娘ゆえの遊び心やからかいをまじえながらも、ヘンリクセンの母の伝記は復讐とも位置づけられる。なにしろ、『白馬の赤リボン』でイージアスカは二度の結婚や一人の子の母親である事実を呈示せず、「自分の生み出す登場人物たちが我が子なのだ」との言明をせざるを得なくなっている（二一六）。本人の意向はどうであれイージアスカは育児を放棄する結果となり、ヘンリクセンに父と祖母としか暮らせぬ幼少期を余儀なくさせ、週一回の面会にとどめた。しかし、後に娘が十二歳を過ぎ能力的に可能になった際には、校閲・校正などかなりの負担を負わせ依存したとされる。結局、自らの子供すなわち作品を産む際の産婆の役割を実子に託したのである。ヘンリクセンの記述通り、生活の糧となる作品群を生む助けを実子に求めている点においては、スモリンスキーと何ら変わりのないことをイージアスカはしていたことになる。父にとっての宗教は、娘においては芸術におきかえられ、アメリカナイズされた否定的な意味での継承がなされている。子の恩返しを強いる点では、ユダヤ文化における授与の逆行と位置づけられるかもしれない。

ここで父と息子の関係性ではなくイージアスカ自身が娘であることにあらためて注目したい。『白馬の赤リボン』で独身女性と設定されている語り手は、「……妻でも母でもない女一人だけでは、存在はできない。この世の楽しみも、あの世での希望もないのだ」（二一七）と言われ、「見回してみよ。自然界でも一匹で生きているものはない。空の鳥も、意味の魚も、石の下の虫にさえ自らを満たす同じ種が必要なのだ」ついには、「お前はもはやユダヤ人ではない、気が狂っている、背信者で民族の敵だ。キリスト教徒でさえお前を憎むのだ」（二一七）とまで決めつけられてしまう。キリスト教徒でさえ憎むと責められては、アメリカへの同化、新世界に生きることを楯（たて）にできない激しい叱責であるが、逃げることはできないばかりでなく、語り手が自分から向かっていく執着心もイージアスカの特徴である。これは、デューイ（John Dewey）（的キャラクター）に関係の修復を拒まれ続けるイージアスカ（的ヒロイン）の姿と重なる。良好な関係性を築けない父やデューイに縋りつき、旧世界・新世界両者に拒まれる作家が象徴的に表現されている。変化や経験に従って自分の都合に応じた解釈を、その時々の父やデューイに恣意的に投射する。しかし、頑なな父親やデューイは思い通りにならない。満たされることのないエゴを抱えたイージアスカは、現実では和解できないが、執筆することで折り合いをつけ、同時に作品に昇華させるのである。

語り手の執着や逃げ場のなさにさらに追い打ちとなるのが以下のような現実である。シンシア・オジック（Cynthia Ozick）によるとラビがシナゴーグで女性について話すとき、「ユダヤの娘」（Jewish daughter）という表現を使うという（一二三）。それは未熟さ、依存と従属的な関係性を喚起する一方で、男性には「ユダヤ人」（Jew）ということばが大人の責任ある立場として用いられているからである。スモリンスキーによると、神が女には耳を傾けないので、娘の祈りは勘定に入らず、天国やあの世というところは男だけのためにあるのだという。男の妻や娘であるという理由で天国に入ることになる（九）。

一方、『白馬の赤リボン』では語り手が職探しをしても「ユダヤ人お断り（No Jews wanted）」という言葉で折角並んだ求人の長い列を離脱せねばならなかったエピソードが語られる（一〇五）。ユダヤ人の間では一人前に扱われなかった「娘」が、新世界では「ユダヤ人」として差別され、ニューイングランドにおいても、その田園の美しさとは対照的に閉鎖的な人々に打ちのめされている。新世界アメリカの社会ではユダヤ人（Jew）と呼ばれ、そのせいで仕事が得られないのに、旧世界を背負った父には一人前のユダヤ人としていつまでも認められないという二重の悲しみが存在している。まさに居場所のなさの喚起である。

フェミニストのハイマン（Paula E. Hyman）によると「生理と子育ての経験ができない男性には、それらが少なからず恐るべき、また畏怖を持つべきものとして捉えられていた」（一八）。その一方でイージアスカは子を持てたにもかかわらず、放棄せざるを得なかった。女性としての立場を嘆こうにも、男性に畏怖を抱かれ恐れられる女性としての権利がないという心苦しさも少なからずあったであろう。『白馬の赤リボン』に子供を産んだというエピソードを入れずに避けるのも理解できることである。しかし、分身として作家イージアスカが生み出す登場人物たちが作中で生き生きと「話をし、考え、行動する」のであれば、「我が子」（二一六）を育て上げた誇りも持つべきであったかもしれない。

6　むすび

最晩年に書かれた短編「天国の椅子」“A Chair in Heaven”（一九五六）は、『白馬の赤リボン』と同様に虚構なのかエッセイなのかの判断がつきにくい。作家である語り手が、老いたサラ・ロザルスキー（Sara Rosalsky）の話し相手として、サラには金銭の授受を内緒で雇われる。最終的にサラは自分の死を待つばかりの子供たちに遺産を渡すことなく、老人施設に寄付をすることを望んで亡くなる。この短編のおかげで、イージアスカ自身の子供として、そして親世代としての両方の視点が比較できる。『パンをくれる人』においては、通常ユダヤ人の親たちが子供の世話になるよりも選ぶ老人施設ではなく、結末でスモリンスキーが子の世話になる。一方、親の世代となった語り手は、子供にではなく老人施設に遺産を寄付しようとするロザルスキーを傍観する。両者ともさきのシルバーマンやジョフが指摘しない。

するユダヤ文化を背景としたあり方に反し、子が親の面倒を看る一方で、親は子に遺産を渡そうとは

ロザルスキーの死後数年裁判で争われるが、結局どうなったかは読者には知らされない。しかし、語り手は「天国に椅子を購入したくて寄付を望んだのだ」（二二九）として、タイトルの由来紹介でこの短編を締めくくる。イージアスカにとっては、生きている間の苦境との引き換えに、そのつらさのせめてもの埋め合わせに天国が持ち出される。しかし、これは恐らく父の信仰とは異なる解釈である。何しろ、父にとっての天国は男のためだけにあるのだから。娘であるイージアスカの世代のアメリカナイズされた考え方では、理解しあえないのならば子に授与する必要もないし、女でも金を出せば天国でのスペースが確保できるのかもしれない。

最後に親子の変遷を振り返ると、来世への準備・備えを父が追究する一方で、子である語り手はたとえ物質主義的であろうとも現世に目を向けている。『白馬の赤リボン』で語り手は父に「受け継いできた遺産を汚した」（三三二）と言われるが、自分はアメリカ人として、恐れや貧困につきまとわれることに抗い続け、「あの世ではなく、現世で生きるようになりたかったのだ」（三三三）と吐露する。アメリカ人としての居場所を求めながら父に執着し継続した創作活動により、逃げ場のなさに折り合いをつけてきた作家の人生はこれまで見た通りである。そして、最後数ページを残すころにはこう語る。

父の思い入れの強さ、周囲の変化から免れている点、この強さが父の限界でもあった。私が生き

なくてはならず妥協しなければならなかった世界を、父は無視していた。父と私の間には大きな開きがあったのだ。（二一八）

父に負い目を感じ翻弄され続けたイージアスカは、結局どちらが正しいかを決定する二元論ではなく、父娘の生きる世界の差異に解決を見出した。一時は世間に忘れ去られながらも書くことを継続し、自らも子に類似の搾取を強いながら、イージアスカは老いて振り返り、客観性と落ち着きのある視線を獲得する。その結果として最後の長編では、受け入れがたい世界を体現する父との和解こそ叶わぬにしろ、移動手段としての馬が交通機関にとって代わられたように、生きる世界の違いを認め、そぎ落とされた美＝「赤リボン」を父親＝「白馬」に見出すのである。そこに、葛藤を経た成熟が指摘できる。イージアスカのヒロインがかつて、アメリカ人になることはアメリカの一部になることであると気づいたように、たとえ『パンをくれる人』の結末のようにスモリンスキーのみならず、「父をつくった幾世代もの重みが依然として覆い」（二九七）かぶさろうとも、世界と自身の変化をも許容しつつその一部をなし連綿と保たれる継承を描き出している。

イージアスカは『白馬の赤リボン』の後も精力的に執筆を行ない、死の直前まで執念ともいえる作家人生を全うした。娘時代から親世代への変遷が父親像にも如実に表れている。登場人物という子供たちを抱えたイージアスカは、横暴に思われた父と同様の仕打ちと産婆の務めをヘンリクセンに担わせる。そして、その実娘は母への復讐の意図も否定できぬ伝記執筆に取り組む。この一連の流れは、父親から娘へ、そして作家としての母親から娘へ変化を伴いながら形成された。これもまた旧世界のユダヤ教を背景にした父の世界から新世界アメリカで葛藤した作家、そしてアメリカ生まれの娘へとつながる継承の一形態なのである。

［引用・参考文献］

Avery, Evelyn. “Between Two Worlds: Anzia Yezierska, Longing for the New: Bound to the Old”. *Modern Jewish Women Writers in America*. New York: Palgrave Macmillan, 2007.

Henriksen, Louise Levitas. *A Writer's Life*. New Brunswick and London: Rutgers UP, 1988.

——. “Anzia Yezierska: When Fiction is More Believable Than Fact”. *Jewish Book World*. JWB Jewish Book Council, Winter 1985/1986, Vol.4, No.1. 1-3.

Hyman, Paula E. “The Other Half: Women in the Jewsish Tradition”. *Conservative Judaism*. Vol. XXVI Number 4 Summer 1972.18.

Joffe, Natalie F. “The Dynamics of Benefice among East European Jews”. *Social Forces*. 1949 Vol. 27(3). 242.

Ozick, Cynthia. “Notes toward Finding the Right Question”. *Lilith*. No.6. 125.

Silberman, Charles E. *A Certain People: American Jews and Their Lives Today.* New York: Summit Books, 1985.（Marvin Lowenthal *The Memoirs of Gluckel of Hameln* (N.Y. Schocken Books, 1977), 142, 391.

Yezierska, Anzia. *Bread Givers*. New York: Persea Books, 1975.

——. *Red Ribbon on a White Horse*. New York: Persea Books, 1981.

——. “Casimir Comes Home: *The Forester* by Maria Kuncewicz”. *New York Times*. Sep.12.1954.BR. 31.

——. “A Chair in Heaven”. *The Open Cage*. New York: Persea Books, 1979, 213-229.

第4章　不在の父を求める息子
――アイザック・バシェヴィス・シンガー『モスカット一族』を中心に――

大﨑　ふみ子

アイザック・バシェヴィス・シンガー（Isaac Bashevis Singer 一九〇三―九一）は回想録『愛と流浪』（*Love and Exile* 一九八四）に、次のようなエピソードを記している。二十代前半のシンガーが久しぶりに父と再会し、悪の源や苦しみについて父に問いかけたときのことだ。

父が長いあいだ黙っていたので、聞いていなかったのだろうと私は思ったが、そのあと父はこう言った。「それが一番の神秘なのだよ。聖者たちでさえ、測り知ることができなかった。人が苦しむかぎり、人には苦しみの謎が解けない。ヨブでさえ、答えにたどり着かなかった。モーセその人もわからなかった。実を言えば、肉体と苦痛は同義語だ。悪を選べば罰が来て、正しいことを選べばその報いが来るということがなければ、自由なる選択がありえようか？　こうしたあらゆる苦しみの背後には神の無限の慈悲が存在する」

父は言葉を切り、それからこう尋ねた。「このあたりに祈りの家〔ユダヤ教の祈りのための施設〕はあるかね？　午後の祈りを唱える時刻だ」（一六三―六四）

命あるものがこの世でなぜ過酷で不当としか思えない苦しみに耐えねばならないのかという問いは、シンガーが一貫して問い続けた問題である。父は息子に誠実な対応をするが、その答えは息子にとって納得のいくものではなかった。生きるものの苦しみの背後には神の無限の慈悲があると父は答え、続けて父は、祈りを捧げるべき時刻であると息子に告げる。神に対する父の信頼は絶対的なもので、一点の疑念の余地もない。二人の議論がこれ以上進みようのないことは明らかである。息子は父の信仰をそのまま自分のものとはせずに、生あるものが苦しまねばならない世界を創造した神にその理由を問い、異議を唱え続けた。『悔悟者』（*The Penitent* 一九八三）の英語訳の出版はシンガーが八十歳の時だが、その「著者あとがき」でもシンガーは次のように記している。「私はいまだに自分に言い聞かせるが、飢えた狼の苦痛にも、傷を負った羊の苦痛にも、正当化は存在しないし、また、ありえない」（一六八―九）。シンガーの小説のほとんどすべての主人公は、生きるものが耐えねばならない苦しみについて考え、世界をこのように創造した神が存在するのか否か、もし存在するならば、なぜ世界を苦しみに満ちたものとしたのかを問い続ける。彼らは自身の父親の揺るぎない信仰をそのまま引き継ぐのではなく、創造主である父なる神を追い求め、問い続ける。

以下に、父子関係という視点から『モスカット一族』について考察し、主人公エイザ・ヘシェルが探し求めていたものを検証し、また、作者シンガーの神に対する姿勢を確認する。

1　メシュラム・モスカット

『モスカット一族』（*The Family Moskat* 一九五〇）は二十世紀初頭からヒトラーによるポーランド侵攻開始までのワルシャワが舞台である。物語はモスカット一族の長メシュラム・モスカットとその子、孫、ひ孫、また、結婚によって一族に連なった者たちとその縁者、友人、知人に及び、登場人物は優に百人を超え、まさに大作である。一族の長メシュラム・モスカットは新聞でも写真入りで取り上げられるほどの「ワルシャワではだれもが知っていて、ユダヤ人ばかりかキリスト教徒にも知られている」(四)大富豪である。不動産や建築業を始めありとあらゆる事業に手を広げ、「自分でもどのくらい持っているかわからない」(一四)と噂される財産を一代で築いた。すでに八十歳近くであるにもかかわらず活力に満ち、物語の冒頭で三度目の妻と、妻の連れ子でのちに主人公エイザ・ヘシェルの最初の妻となるアデレを伴って温泉地から戻ってきて、ワルシャワ中を仰天させる。彼には先の二度の結婚で、息子が四人、娘が三人、そして孫たちがいる。

しかし自身の子供たちについて彼は、三度目の妻に次のように悪態をつく。「女房が二人、子供は七人、持参金を配ってやって、婿(むこ)たちを養った。何百万もかかった！　そしてそれで何を得たか？　敵やら大食漢やらすねかじりやらの一団だ。けっこうな跡継ぎ世代を生み出したものだ」(八八)。息子たち、婿たちに対するメシュラムの不満は、彼らに実務能力や商才がなく、事実上メシュラムが彼ら全員を養わねばならないからだった。その上、メシュラム自身の「長い人生は、あらゆる勝利の結実なのであり、それらの勝利は彼が交えた無数の戦いで手に入れてきたものだった」(八五)のだが、子世代にはそうした気概がまるで見られなかった。

メシュラムにとってさらに苛立たしいのは、孫たちが伝統的なユダヤ人としての生き方から離れていったことだった。孫たちについてメシュラムは「ろくでなしどもだ！　親たちと同じだ！」(八一)

と言う。彼の息子たちは彼の孫娘たちを時流に合わせた現代風の学校に通わせた。その結果、「ああいうおしゃれな学校がわしの孫娘たちを戒律を守らぬユダヤ女にしてしまった。一人残らずだ。そして男の子たちときたら——うすのろどもだ！……ヘデル〔ユダヤ人の初等学校〕を出たとたんに勉強〔ユダヤ教の勉強を指す〕もおしまいだ」（八九）。

一代で莫大な財を成した事業家らしくこの世の生活を重んじる一方で、メシュラムは伝統的なユダヤ教徒でもある。ハシド派とは、十八世紀のポーランドに起こり、東ヨーロッパのユダヤ人のあいだに広がったユダヤ教敬虔主義のことだが、この派の人々はそれぞれが信奉するラビに従っていた。メシュラムもハシドであり、モスカット家の息子、娘婿たちも、信仰の度合いに濃淡の差はあるが、みなハシドである。メシュラムは実利に聡い、気難しく独善的なユダヤ商人ではあるが、「いろいろ欠点があったにしても、それでも彼はまだ昔かたぎのユダヤ人、すなわちハシドのまま」（一六六）だった。メシュラムは孫娘の一人ハダッサの結婚相手を、彼と同じラビの信奉者の孫であるフィシェルに定める。「この若者についてメシュラムが気に入った点は、落ち着きがあって冷静なところであり、鋭敏な商才があることだった。フィシェルは結婚後に自らのこの世の富を増やし、同時に忠実なハシドであり続けるたぐいの人間だと彼は確信することができた」（八六）。しかしハダッサは定められた結婚を拒否してエイザ・ヘシェルと駆け落ちする。その知らせを聞いて卒中の発作を起こしたメシュラムは、まさに昔かたぎのユダヤの家長である。伝統的なユダヤ社会は結婚の基盤を恋愛ではなく、ユダヤ人としての家族関係に置くことでユダヤ共同体を存続させてきたからだ。フリードマンが述べるように、

「結婚に関する主な優先事項を出産から感性的な満足感に移すことで、愛しあう恋人たちはユダヤの家庭の基礎を掘り崩し、ユダヤ性の存続そのものを危うくする」（Friedman 八六―七）。ゲットーからの解放と西欧化が進んだ時代にあって、ユダヤの伝統的な価値観で一族を率いていくことは、一代で莫大な財を成した成功者のメシュラムをもってしても困難だった。

2　モスカット一族の第二世代

メシュラムの子供たちの中で長女のペールだけは実業を営み、父親に頼らず一族の者たちから離れて暮らしているので、物語の展開に関わらない。彼女を除けば第二世代の者たちは、まさにメシュラムが嘆いたように「何一つ成し遂げることのない子供たち」（一九三）である。彼らは父親が亡くなると一族を率いるどころか、自らの家庭を維持することすらおぼつかない。

第二世代は生活力を欠いていたばかりでなく、メシュラムが守ろうとしたユダヤの伝統についてもさほど熱心ではなかった。そのことは娘たちを時勢に合わせた学校へ通わせたことからも明らかだが、ほかにもメシュラムの家で祝う祭日の騒々しい様子からも読み取れる。物語の始めの方で描かれるハヌカの祭（シリア王に勝利し、穢（けが）されたエルサレム神殿を清めて神に捧げたことを記念する祭）でも、また発作を起こして身体の自由が利かなくなったメシュラムが、それでも祝宴の主人を務めるプリムの祭（ユダヤ人が虐殺を免れたことを記念する、「エステル記」にちなむ祭）でも、彼の子供たち、孫たちはただ飲み食いし、ばか騒ぎに興じるだけである。かつてはプリムのような楽しい祭でも度を越さぬよう目を配っていたメシュラムだったが、言葉も不自由な今は「ばかの一団だ！　まぬけども！」（一九三）と心の中でののしることしかできず、メシュラムのこの無言の叫びを無効とするような光景は描かれない。果たしてメシュラムが危惧した通り、彼が亡くなるとモスカット家は財政的にも宗教的にも急速に衰えていく。

結局のところ第二世代は、メシュラムという強権的な父親の庇護のもとで、現世にも来世にも自ら真剣に向き合うことなく、父親に頼って生きていた。彼らは絶対的な権威者である父親に対して不満はあっても、逆らわなかった。メシュラムの子供たちの中でもっとも父親に反抗する理由のあった末娘のレアでさえ、父親の決定に従った。レアは若いころ、メシュラムの使用人である差配人コッペルと恋に落ちたが、それに気づいたメシュラムがただちにレアを敬虔なハシドのモシェ・ガブリエルと結婚させたのだった。結婚当初から夫婦仲は悪く、レアは離婚を考えるが、コッペルと図って離婚を決意するのはメシュラムが亡くなった後である。ハダッサの父ニューニーは、「父は結婚仲介人たちといっしょになって、父親が決めた結婚に長年不満を抱いていた。ラビの娘である妻についてニューニーも、私を永久に葬り去ったのだ。妻なんかじゃない――疫病神だ」（一八〇）と思う。やがて妻が病床に伏すと彼がまず思いめぐらすのは再婚についてだが、彼も父親が存命中は何も行動を起こさなかった。

メシュラムの子供たちはまた、父親が体現する昔ながらのユダヤの価値観に対しても、時勢に合わせようとはしたが反抗するつもりはなかった。スロトニクは「この第二世代はなんらかの意味あるやり方で伝統に忠実ということもなく、また本当に父親の生き方に反抗するわけでもない」（三四）と指摘する。彼らは父親であるメシュラムの権威にも、また父親が体現する伝統的なユダヤ性にも、疑いの目を向けることなく従った。父と子のそうした関係は、先祖から受け継いだ絶対的な存在であるユダヤの神を、迷いや疑念を抱かずに受け入れた人々の姿勢に通じるように思われる。

興味深いことに物語の展開において主要な役割を果たすのは、メシュラムの実子たちよりも、結婚によって一族に加わった者たちである。この点にシュルツは注目し、『モスカット一族』とシンガーの兄イスラエル・ジョシュア・シンガー（Israel Joshua Singer 一八九三―一九四四）の『アシュケナジー兄弟』（*The Brothers Ashkenazi* 一九三六）とを比較して考えを進めている。イスラエル・ジョシュアは『アシュケナジー兄弟』では、「モスカット一族」で兄弟二人の確執を物語の軸としたが、アイザック・バシェヴィスの『モスカット一族』では、「モスカット家の実の家族（メシュラムと彼の四人の息子と三人の娘）ではなく、アブラム・シャピロ、コッペル・ベルマン、そしてエイザ・ヘシェル――みなモスカット家と結婚によって結びつく――が小説の中でもっとも広範囲に登場する」（Schulz 八二）。シュルツはこの点を、「そうした間接的な手法でアイザック・バシェヴィスはある家族の凋落と、ある社会の崩壊を、ともに暗示している」（八三）と読み解く。しかしここからは、シンガーの別の意図も見えてくる。

メシュラムの実子たちと異なって、結婚によって一族に加わった者たちは、義父のメシュラムと彼が体現するユダヤ性に関して、それぞれの立場から独自の判断をくだす。メシュラムがレアの婿としたモシェ・ガブリエルは極めて敬虔なハシドで、世俗の事柄はすべて避け、メシュラムの家で祝われるハヌカの祭にも例年顔を出しはするものの、「ハヌカの燭台に火が灯されるとすぐに、祈りの家へ戻っていった。世俗的な義理の父を訪ねることは、彼にとって忍耐と我慢の場だった」（六六）。彼はユダヤ教の学識も深く、事業家のメシュラムとは異なって、徹底して聖なる世界のみに目を向ける。メシュラムの息子ニューニーの妻ダチャは、娘ハダッサの結婚について必ずしもメシュラムに賛成ではなかった。しかし彼女はメシュラムが亡くなってみると、一族の長であった彼の苦労を身に染みて理解する。義父が生きていたあいだモスカット家の人々は、彼女の夫を含めて、今ほど好き勝手にふるまってはいなかったと彼女は思う。「彼女は何年ものあいだ義父に対して不満をいだき、傲慢で冷淡だと考えていた。今や亡くなってみると、彼女には彼の抱えていた苦労が理解できた」（二二一）。彼女自身がこのとき、娘のハダッサを伝統的な倫理観につなぎ留めておくことができずにいたのだった。

メシュラムの娘婿の一人であるアブラムは、メシュラムにとって子世代の中でもっとも許しがたい人物だった。アブラムは考え方が現代風であるばかりか金遣いが荒く、長年の愛人までいる。事業家として実利を重んじる一方で古くからのユダヤの価値観を守るメシュラムにとって、アブラムは、家庭を顧みず、現代風の考えにうつつを抜かし、一族に関する彼の計画の邪魔をする「役立たずの遊び人」（二二）である。一方アブラムも、昔どおりの価値観で頑固に一族を支配し続けるメシュラムを敵視して、「頭の切れるユダヤ人だが、心がない」（三六）と断じる。しかしのちに述べるようにアブラムも、人生の終わりが近づくにつれて戻ってゆくのは伝統的なユダヤ性である。

メシュラムの使用人であったコッペルは、のちにレアの夫となって一族に加わる。長年仕えたメシュラムが卒中で倒れると、彼はメシュラムの金庫から大金を盗み出し、メシュラムの死後にレアと再婚してアメリカで暮らす。それでも彼はワルシャワへ戻ってくると、「お前は来世を信じているか？」とメシュラムに尋ねられたことを思い出し、「頭のいい人だったよ、おやじさんは」（五七〇）と懐かしげに述懐する。彼はまた、ハシドの小さな祈りの家で信心深い人々が踊るのを目にして、「無性に中に入りたくなり、なんらかの寄付をしたい気持ちに駆られたが、その衝動を抑えた」（四五八）。得意げにアメリカ暮らしを吹聴するコッペルだが、昔ながらのユダヤ性は意識して押さえつけねばならない力を彼の中で保っていた。

結婚によって一族となった者たちは、昔ながらのユダヤ性を体現するメシュラムを無批判に受け入れるのではなく、メシュラムの世俗性からできる限り遠ざかろうとする者、ユダヤ社会の倫理観を再認識する者、紆余曲折を経て自身のユダヤ性の自覚に至る者など、さまざまである。いずれにしても彼らは、実子たちが当然のこととして父親に従っていたのとは対照的に、義父が守ろうとしていたものをそれぞれの立場で検証し、評価し直す。シンガーは、手渡されるままに父の体現する古くからのユダヤ性を受け継ぐ実子たちと、さまざまな経緯でとらえ直す義理の関係の者たちとを描き分けることで、ユダヤの伝統的な価値観の奥深さを読者に意識させる。

3　父に代わる存在

主人公のエイザ・ヘシェルは大学で学ぶことを望んで、地方からワルシャワへ出てきた十九歳の青年である。彼は偶然にメシュラムの娘婿アブラムと出会い、モスカット一族と深く関わることになる。父と子という観点から言えば、エイザ・ヘシェルには物語の最初から父親はいない。彼の母方の祖父はラビであり、ユダヤ教に関して傑出した家柄の出であるが、同じくきわめて敬虔な家の出であった彼の父親は、彼が生まれてまもなく行方不明となっている。

エイザ・ヘシェルに限らずシンガーの長編小説においては、主人公が新たな世界で人生の模索を始めるときに、父親はすでにいないことがほとんどである。主人公の父親は迷いや疑念なしにユダヤの神と伝統的なユダヤ性を信じる存在とされていて、主人公と父親の関係は冒頭で示した作家シンガーと彼の父を思わせるものとなっている。昔どおりのユダヤの伝統を守る父親は新たな世界に踏み出した主人公にとっては過去に属し、主人公が敢えて父親と対立したり敵対したりすることがない。そうした設定は、兄イスラエル・ジョシュア・シンガーの『カノフスキー一族』（*The Family Carnovsky* 一九六九）と大きく異なっている。『カノフスキー一族』は『モスカット一族』と同時期を扱う父子三代にわたる物語だが、イスラエル・ジョシュアのこの作品ではユダヤ人であることから起きる諸問題を背景に、息子のゲオルクと父親がたびたび激しく対立する。特に第三部は、孫世代のイェゴールが父ゲオルクを憎み、最後に痛ましい和解を果たすことが物語の主軸となっている。弟のアイザック・バシェヴィスはそのような愛憎入り混じって対立を続ける濃密な父子関係を小説の主題とはしなかった。主人公の父親はすでに亡くなっていることが多く、父親が登場する場合は回想や夢、あるいは幻や声としてである。『ルブリンの魔術師』（*The Magician of Lublin* 一九六〇）、『奴隷』（*The Slave* 一九六二）、『敵、ある愛の物語』（*Enemies, A Love Story* 一九七二）、『ショーシャ』（*Shosha* 一九七八）、『悔悟者』（*The Penitent* 一九八三）、『メシュガー』（*Meshugah* 一九九四）、『ハドソン川に映る影』（*Shadows on the Hudson* 一九九八）

で、主人公の父親はいずれも、主要な物語が始まる以前に亡くなっている。『荘園』(*The Manor* 一九六七。後半部『地所』*The Estate* は一九六九)の主人公エズリエルの父親が亡くなるのは後半部『地所』の半ばだが、その死については読者にあっさりと、すでに亡くなったと伝えられるだけで、内面の葛藤を抱え続けるエズリエルの人生に父親の死はほとんど影響を与えない。

そうした父親の不在を補うかのように、多くの場合、新たな環境で主人公を支援し、導く父親代わりとなる人物が現れる。『ハドソン川に映る影』では、初老のボリスがグレインに「きみが身近に思える——とても身近にね——まるで私の実の息子みたいだ——」(二九)と語る。そしてグレインも「不意にこの老いたユダヤ人に対して家族としての親しさを感じ、このときまで一度も経験したことのないものを感じた」(三〇八)。『敵、ある愛の物語』にはラビ・ランパートとアブラハム・ニセンがいる。ラビ・ランパートはハーマンのニューヨークでの生活を支え、彼が失踪したのちには残された彼の妻子と彼の元の妻が困らぬように取り計らう。アブラハム・ニセンはハーマンの元の妻の叔父で、ハーマンの行状を知りながら自身の古書店をハーマンに委ねる。『ショーシャ』ではアーロンより二十五歳年長の哲学者ファイテルゾーンが彼の精神生活の支えとなる。同じくアーロンを主人公とする『メシュガー』では、「男性の登場人物はことごとく彼を息子として養子にしたがる」(Cheyette)が、なかでもマックス・アバーダムはまさに父親的存在となる。強制収容所で自身の子供たちを失ったマックスは、アーロンとミリアムに、「わし自身の子供たちは奪い取られてしまったから、おまえさんたちが今ではわしの子供なんだ」(六三)と言う。

こうした父親に代わる人物に共通しているのは、彼らが昔ながらのユダヤ人の生き方に価値を認める点である。『ハドソン川に映る影』のボリスは、ヒトラーの虐殺を逃れてアメリカに渡ったのちもユダヤ教の掟を守り、ハシド派のラビに従っている。『敵、ある愛の物語』のラビ・ランパートは敬虔とは言えないが、それを補うのがアブラハム・ニセンで、彼は「過去に属しているように思える」（六八）生活をニューヨークで送る昔ながらの信心深い人物である。『ショーシャ』のファイテルゾーンは、ナチスに侵略されたワルシャワで、ユダヤの「何世代もの遺産が彼の中で目を覚ました」（二七二）、そしてかつてのハシド派の指導者のように彼の思想を語った、とアーロンはのちに聞き及ぶ。『メシュガー』のマックスは病に倒れると治療のためにイスラエルに移住し、「この古来の土地に埋められたい」（二二二）と言ってそこで亡くなる。

『荘園』では大物実業家のヴァレンベルクがエズリエルにポーランド社会への道を開き、エズリエルの後ろ楯となる。ヴァレンベルクは同化主義者で、キリスト教に改宗し、「私はもはやユダヤ人ではない」（三七）と言う。しかしそのヴァレンベルクも十九世紀末にあって反ユダヤ主義に晒される。彼はやがて自らの死の近いことに思いを馳せ、回想録を筆記させるが、そのときにほかの改宗者とは異なってユダヤの出自を恥じることなく祖父母について語り、涙をぬぐった（四七七）。このヴァレンベルクの援助によって大学で勉強し、医者となったエズリエルは、結末でユダヤの伝統に戻ることになる。

『証明書』（*The Certificate* 一九九二）のドヴィドは十八歳で家族のもとを去り、パスポートも出生証明書もないまま一九二〇年代のワルシャワで絶望的な彷徨を続けている。彼の父親は地方でラビをしているのだが、物語の結末近くになって、ドヴィドにとっても読者にとってもまったく突然に、その父親が病気の治療のためワルシャワへ出てくる。ドヴィドは混迷の時代に八方ふさがりに陥って生きる道を求めているのだが、父親ができることはシナゴーグで祈るよう命じることだけである。この作品には父親に代わってドヴィドを導く人物は登場しない。物語は、ドヴィドが別れも告げぬまま置き去り同然に父親をワルシャワに残して、以前住んでいた地方の町に一人で戻ろうとする場面で終わる。唐突で救いのないこの奇妙な結末は、新たな環境でドヴィドを導く父親代わりの人物が作品に不在であることが一因と思われる。

『モスカット一族』ではエイザ・ヘシェルにとっての父親代わりの人物はメシュラムの娘婿アブラムである。彼は一族の中ではもっとも現代的な立場をとり、ユダヤ人の未来はユダヤ人に門戸を閉ざすポーランドではなく、もっと開かれた他国の大学で若者が学ぶことにかかっていると考える。彼はエイザ・ヘシェルをモスカット一族に引き合わせ、自身の友人、知人に紹介し、身なりを現代風に整えてやり、援助する。エイザ・ヘシェルは「そうだ、アブラムの言うとおりだ。ぼくはポーランドを出なければならない。パレスチナでないとすれば、それならユダヤ人が大学に入れない法律のない国へ行かねばならない」（二四七）と考える。

アブラムは姪のハダッサとエイザ・ヘシェルが惹かれあっているのを知ると、理解を示し、二人を「これは私の子供たちだ」（二五一）と言ってはばからない。しかしながら二人が駆け落ちを計画していることには驚愕し、「そのことについておれには何も言わんでくれ。おれは一言も聞かなかったし、何も知りたくない」（二五二）と言って、不同意をあらわにする。さらには二人がそれぞれ別の相手と結婚したあとで、彼ら二人だけで部屋にいるところに出くわすと、「不意に彼はこの新しい世代に強い嫌悪を感じた」「ヨム・キプール〔贖罪の日〕がそう遠くないこと、心臓の具合が悪いこと、そして彼が最後の清算をしなければならないだろう時が刻一刻と近づきつつあることが、再び心に浮かんだ」（二七二）。アブラムもやはり、根底では昔ながらのユダヤ性を保っていて、この世での時間の終わりを考えたときに戻っていくのは伝統的なユダヤ教である。ユダヤ教の祭日で浮かれ騒ぐアブラムを見て、居合わせた者が、「常軌を逸している——だが我々のうちの一人だ。骨の髄までハシドだな！」（三〇九）と言うとおりなのだ。

その後エイザ・ヘシェルとハダッサは紆余曲折を経て結婚するが、エイザ・ヘシェルはハダッサとも安らぎを得られない。病床のアブラムの家に新たな恋人バルバラを連れて逃げ込んだエイザ・ヘシェルに、アブラムは何をしたいのかと問いただす。「何もかも捨てて、逃げ出したい」（五三五）と言うエイザ・ヘシェルにアブラムは、「きみは卑怯だ、兄弟。それがすべてだ。あらゆるものから逃げたがっている」（五三五）と諭す。アブラムも、他の父親代わりの人物たちと同じく、旧来のユダヤ共同体から新たな世界に進もうとする主人公に理解を示し、支援するが、ユダヤ人としての自らを捨ててはいなかった。病床のアブラムはエイザ・ヘシェルに対して最後に、「おれは神を信じている」、「ユダヤ人として死ぬよ」（五三五）と告げる。

4 父としての神

シンガーの小説の主人公たちは、父親代わりの人物と最終的に別れたのちもさまよい続ける。エイザ・ヘシェルがバルバラとともに地方でつかの間の休暇を楽しんでいるときに、ドイツ軍によるポーランド侵攻が始まる。爆撃が続くさなかに二人はワルシャワを目指すが、

エイザ・ヘシェルの行動は奇妙だった。上着のポケットの一つに、彼は表紙の取れた数学の本と紙を入れていた。爆撃の合間に、彼は鉛筆で計算をした。危険を恐れてはいない、と彼は言った。ただあきあきしているんだ。それに、この混沌から逃げ場を探すとしたら、「妥当な観念」の領域でなければ、どこだろう? 三角形の内角の和はそれでもやはり二直角である。ヒトラーであってもそれは変えられない。(五九九)

彼は戦渦の中で、状況や感情に左右されない数学という観念の世界に没頭する。さらに、シンガーは説明を加えていないが、「妥当な観念」とはエイザ・ヘシェルが読みふけっていたスピノザの用語であり、三角形の三つの角の和が二直角に等しいというのは、スピノザがある事柄の必然性を言うときに『エチカ』で幾度か用いている比喩表現である。エイザ・ヘシェルはここで、生の混沌と不条理から逃れるために、この世で何が起きようとも決して変わらぬ絶対的真理を希求している。彼の最初の妻アデレは、エイザ・ヘシェルと最後に会ったときに不意に思い至る。「彼はまさに本質的に世俗の人

ではないのだ。神に仕えるか、さもなければ死ぬしかない人々の一人なのだ。彼は神を捨てた、そしてそのせいで彼は死んでいる――死んだ魂を持つ生きた肉体だ。彼女はこの単純な真実をこれまでとらえ損ねていたことに驚いた」（五八二）。ヒトラーが何をしようとも変わることのない永遠不変の真実こそ彼の逃れ場だった。それはエイザ・ヘシェルにとって、アデレが言ったように神と呼んでよいものである。

物語は「死がメシアだ。それが真相だ」（六一一）というヘルツ・ヤノヴァルの言葉で終わる。アレクザンダーは「この小説の英語版の最後の場面では、この大きな禍の中に啓示のわずかな兆しも、大惨事の彼方の救済のかすかな光も見ることができない」（Alexander 九九）ことを指摘する。シェイクトは、一族の崩壊は完全に外部の力によるものであり、「最後の場面で作者はモスカット一族をすべてワルシャワに集合させ、アメリカから、そしてイスラエルの地からさえ呼び集めて、こうして彼らが事実上ホロコーストで破滅するよう運命づけている」（Shaked 二九四）と述べて、伝統的な価値観の勝利が描かれていない点を強調する。確かにそのとおりである。しかしドイツ軍による爆撃が続く中で、バルバラとともにロシアへ逃げるのではなく、敢えてワルシャワに留まることを選択したエイザ・ヘシェルの決断は考察に値する。

病床のアブラムの家で過ごした夜に、エイザ・ヘシェルは自分が自殺しようとしているのだと考えた。それは疑いない。だがなぜ、なぜだ？　なぜなら信じるということがないからだ。それ無しでは人が生きられない、あの最小限の信頼がないのだ。友情、子供を育てたいという願望、他者のために進んで自らを犠牲にする気持ち、そういう、あの謙虚さがない。それがなければ生涯をかける仕事すらできない。だがぼくはどうやって自分を救えるのだろう？　何をぼくは信じることができるだろう？　ぼくは神が憎い、〈彼〉も〈彼〉の創造も憎い。どうやって死んだ神、名前だけの神を愛せるのか？　ぼくはおしまいだ、おしまいだ。（五三六）

エイザ・ヘシェルが探し求めていたものとは、絶対的な真理、三角形の三つの角の和が必ず二直角であるような不変の真実であり、それは究極的には、「ひたすら疑うばかり」（一五〇）の彼でも疑い得ない、全幅の信頼を寄せることのできる真の父なる神でもあった。世界に耐えがたい苦しみと混乱をもたらす神は、「死んだ神、名前だけの神」としか彼には思えない。だから彼はアデレが言ったように「神を捨てた」。そして今、彼は、「私といっしょに来るの、それともここにいるつもり？」（六一〇）と迫るバルバラと別れて、戦渦のワルシャワに留まることを決断する。アブラムとの最後の会話のあとで、エイザ・ヘシェルは自らと引き比べて「アブラムはなんと勇敢なことか！　どう生き、どう死ぬかを心得ている」（五四七）と考えた。ナチスが迫りくるワルシャワで、逃げのびる最後の機会を振り捨てて留まる決断をしたエイザ・ヘシェルは、このとき初めて、絶対的な父なる神が不在の世界に正面から向き合い、人として家族や一族の残りの者たちと運命を共にする覚悟をした。「何もかも捨てて、逃げ出したい」と言った彼はついに逃げることをやめ、神による救いを期待できない世界で人が持ちうる勇気を示した。

シンガーは「私の信仰は、すでに見出された神に仕えることよりも、神を探し求めることにある」(*Old Truths and New Clichés* 一七五) と書いた。シンガーが描く長編小説の主人公たちは絶対的な真実、すなわちこの世界を創造した神、彼らが全幅の信頼を寄せることのできる父なる神を探し、問いただそうとする。彼らに実世界の父が不在なのは、彼らが求めるのは父から子へと抵抗なく受け継がれる、言わば既成の、一概念となった神ではなく、苦しみや生の悲惨さ、悪の存在についての彼らの問いに答えることのできる真の生ける神であることを示している。彼らのある者はそうした神を見出し、ある者は見出せずに絶望して姿を消す。探し続ける者もいれば、エイザ・ヘシェルのように神に背を向ける者もいる。シンガーはそうした者たちを「全体としての人類ではなく、一人の人、あるいは数人の人々、一つだけの状況——二度とは決して起こらない出来事や状況」(*Old Truths and New Clichés* 三六) として描き続けた。

[引用・参考文献]

Isaac Bashevis Singer. *The Family Moskat*. Translated by A. H. Gross. New York: Farrar, Straus and Giroux, 1950.

——. *The Magician of Lublin*. Translated by Elaine Gottlieb and Joseph Singer. New York: Noonday Press, 1960.

——. *The Slave*. Translated by I. B. Singer and Cecil Hemley. New York: Farrar, Straus and Cudahy, 1962.

——. *The Manor*. Translated by Joseph Singer, Elaine Gottlieb and Herman Eichenthal. New York: Farrar, Straus and Giroux, 1967.

——. *The Estate* (The second part of *The Manor*). New York: Farrar, Straus and Giroux, 1969.

——. *Enemies, A Love Story*. Translated by Aliza Shevrin and Elizabeth Shub. New York: Farrar, Straus and Giroux, 1972.

——. *Shosha*. Translated by Joseph Singer. New York: Farrar, Straus and Giroux, 1978.

——. *The Penitent*. Translated by Joseph Singer. New York: Farrar, Straus and Giroux, 1983.

——. *Love and Exile*. "A Little Boy in Search of God," no translator given. "A Young Man in Search of Love" "Lost in America," translated by Joseph Singer. New York: Doubleday, 1984.

——. *The Certificate*. Translated by Leonard Wolf. New York: Farrar, Straus and Giroux, 1992.

——. *Meshugah*. Translated by I. B. Singer and Nili Wachtel. New York: Farrar, Straus and Giroux, 1994.

——. *Shadows on the Hudson*. Translated by Joseph Sherman. New York: Farrar, Straus and Giroux, 1998.

——. *Old Truths and New Clichés: Essays by Isaac Bashevis Singer*. Ed., by David Stromberg. Princeton: Princeton UP, 2022.

Alexander, Edward. "The Destruction and Resurrection of the Jews in the Fiction of Isaac Bashevis Singer." *Critical Essays on Isaac Bashevis Singer*, ed. by Grace Farrell. New York: G. K. Hall & Co., 1996.

Cheyette, Bryan. "Angels and dybbuks." *The Times Literary Supplement*. February 3, 1995.

Friedman, Lawrence S. *Understanding Isaac Bashevis Singer*. South Carolina: U of South Carolina P, 1988.

Schulz, Max F. "The Family Chronicle as Paradigm of History: *The Brothers Ashkenazi* and *The Family Moskat*." *The Achievement of Isaac Bashevis Singer*, ed. by Marcia Allentuck. Carbondale and Edwardsville: Southern Illinois UP, 1969.

Shaked, Malka. "A Comparative Structural Study of Isaac Bashevis Singer's Family Saga Novels." *Isaac Bashevis Singer: His Work and His World*, ed by Hugh Denman. Leiden: Brill, 2002.

Singer, I. J. *The Brothers Ashkenazi*. Translated by Joseph Singer. New York: Penguin Books, 1993.

——. *The Family Carnovsky*. Translated by Joseph Singer. New York: Schocken Books, 1969.

Slotnick, Susan A. "*The Family Moskat* and the Tradition of the Yiddish Family Saga." *Recovering the Canon*, ed., by David Neal Miller. Leiden: E. J. Brill, 1986.

Spinoza, Benedict De. *Ethics*. Edited and translated by Edwin Curley. London: Penguin Books, 1996.

第5章　アイザック・バシェヴィス・シンガー『父の法廷』における父親像
——ノア、あるいはモーセ——

アダム・ブロッド
篠原範子　訳

アイザック・バシェヴィス・シンガーの文学は、読者が楽しめるように書かれているため、その文章や物語から垣間見える作者の偶像破壊的な意志を見逃し、気付きもしないことがある。さらに、その素朴な作風のために、シンガーが芸術的な優れた作家であることを見落としてしまう。シンガーは、ユダヤ律法、歴史研究、哲学、フロイト心理学、社会学だけでなく、その他多くの分野に精通し、作品の中でその知識を見事に用いているが、彼自身は自分がそういった分野の専門的知識があるとは考えていなかったようだ。しかし、こういった分野だけでなく、他の分野についてもたいていの読者より精通していたことで、シンガーをモーセのような預言者に重ね合わせて見てしまう読者も多いかもしれない。もちろん、シンガー自身はそうした見方を明白に否定している。シンガーは、彼自身の経験を基にした「一人称語り手」を通して、特に回想録『父の法廷』では彼自身を作り上げたとも考えられるかもしれない。しかし、本論では、モーセよりも聖書のもう一人の父像であるノアとシンガーの類似性に着目したい。

創世記におけるノアの物語は、ノアがユダヤ人だけでなく、地上のすべての生き物を救った父であることを示している。さらに、ユダヤ人の父祖であるノアは、人類と動物のすべてを救った後、息子に「父親に対してとるべき態度」を教示している。創世記によると、洪水が地球上から不道徳なものを洗い流した後、ノアはぶどう酒を作るようになった。息子の一人、ハムは、ぶどう酒に酔って全裸で寝てしまったノアを目にし、兄弟のセムとヤペテにそのことを告げる。セムとヤペテはハムのように父の裸を見たり、そのことを言いふらしたりすることをなく、肩にかけた布（現在も伝統的なユダヤの男性は肩に祈り用のショールをかけている）を父にかける。目覚めた後に、自分が正体をなくしている間の息子たちの自分に対する態度を知ったノアは、父親を助けず裸の父親を見下して辱めたハムを呪う。一方、裸で正体をなくしている自分に適切な態度で接した息子セムとヤペテをノアは祝福する。『父の法廷』に描かれる自身の父親に対するシンガーの態度は、セムやヤペテがノアに対してとった態度と類似する。全人類を救うというノアの道徳感に倣い、シンガーが両親や家族、地域社会に対して抱いていた不満を隠し、愛や敬意といった、普遍的で広い概念を軸に『父の法廷』の中で自分の人生の物語を構築しようとしたことが窺われる。

『父の法廷』において、シンガーは父親や母親、コミュニティの欠点を認めながらも、父親の「裸」を見下すことはない。合理性や世俗的権力を持ち合わせない父親や神への信仰心の薄い兄、子供の気持ちに無関心な母親に対するショックや恥、反感といった感情は見られるが、そういった感情が父親、母親、地域社会、ルーツ、そしてイディッシュ語でいうところの「ミシュポへ（家族）」の概念を尊重する妨げにはなってはいない。シンガーは、彼の幼年期と家族生活の基盤であるユダヤ教を尊重すると同時に、世界文学の舞台で道徳的に同調もしている。シンガーのこうした生き方は、「ノア律法」の教えに通じるものがある。

ユダヤ教の神学では、少なくともキリスト教の誕生以来、おそらくはもっと以前から、聖書や律法におけるノアの存在は、ユダヤ人と非ユダヤ人、とりわけ「正しいキリスト教徒」(Van Zile 三八七)の間に、宗教的・道徳的な一般規範を確立するために用いられてきた。これは必ずしもキリスト教の観点からとは限らず、ユダヤ人の観点からである。モーセ律法は、モーセに授けられた十戒に基づき、ユダヤ教徒が守るべき多くの事柄を含む。またこれとは別に、ノアの七つの戒め(ノア律法)が存在し、(一)殺人、(二)泥棒、(三)性的不道徳、(四)動物虐待といった普遍的に不道徳とみなされる行為を禁じており、人間的法規範と呼ぶにふわさしいものである。しかし、これらの法規範が世俗的であると言っているのではない。また、(五)冒涜の禁止、(六)偶像崇拝の禁止の二つの掟は明らかに一神教的なものだ。最後の掟、(七)司法制度の確立は、すべての人は法律と裁判所を設けて社会を統治するように命じており、理論的には個々の王、皇帝、専制君主の絶対権力を弱めることにつながる。しかし、実際にこの最後の掟は、ユダヤ人が土地の法、王や皇帝、専制君主の法、あるいは法廷を持つあらゆる統治機関の法に従い、なおかつユダヤ法の一形態に忠実であるためにより多く用いられてきたと考えられる。

初めて法の力に触れたときのことに関して、シンガーは、ロシア国家から正式に認定を受けていない父親がラビとして活動することについて、ロシアの役人に話していたことを書き記している。その中で、父親が法律を犯していると直接的に示唆しているのではなく、父親がラビとして活動するために役人に賄賂(わいろ)を贈らなければならないことの矛盾と現実性を問うているに過ぎない。シンガーは、父親が「ある《仲介者》を通して［…］定期的に地元の管区長や警部に小額を送金していた」（六八）ことを記しているが、この仲介に疑問を呈し、「しかし、ロシアの警察が突然何をするかは誰にもわからない」（六八）と書いている。繰り返すが、シンガー自身は、この問題で彼の父親が不正を働いているとは言っていない。

しかし、シンガーの伝記作家の多くは、この出来事がシンガーと父親の関係に悪影響を及ぼした可能性を指摘する。ジャネット・ハッダ（Janet Hadda）は *Isaac Bashevis Singer: A Life* の中でこう述べている。

『父の法廷』には、きちんと子供の世話をするという点で、両親はふさわしくなく、どれほど至らなかったかを不用意に漏らしてしまうような話が次から次へと出てくる。（四八）

また、父親との関係について、同じく伝記作家のフローレンス・ノイヴィル（Florence Noiville）は次のように述べている。

ピンホス・メナヘム（Pinchos Menechem）は伝統に関しては教養人であったが、アイザックは回想録の中で彼に対する賞賛を示さなかった。（一九）

ノイヴィルのこの意見には同意しかねるが、それでも、慎重で洞察力に富み、知識豊富なノイヴィルやハッダがこのような結論に達するのであるから、読者が同じように結論づけたとしても、シンガーがそれを受け入れた可能性は理解できる。しかし、このようなシンガーの文章に対する分析が明らかにするのは、シンガーという人物や作家としてのシンガー、あるいは文学としての彼の物語よりも、必然的に、その研究者やシンガーの読者についてである可能性も指摘すべきであろう。

ハッダが『父の法廷』のシンガーの文章を「不用意に漏らして」（四八）と表現しているのは、まさにこうした理由からかもしれない。シンガーの人間性に共感するために、あるいはシンガーの人間性の中にハッダ自身の人間性を映すために、シンガーのわかりやすい語り口を無視している可能性もある。このようなシンガーの不用意さは、彼が母親と父親、そして宗教的な意味ではなく、物理的、現実的な意味で父親のような役割を果たした兄、イスラエル・ジョシュア・シンガーに対して、直接的な批判を避けているところにも見られる点も興味深い。例えば、ハッダは、イスラエル・ジョシュア・シンガーも、父ピンホス・メナヘムが警察の来訪と勘違いした話を語っている点を指摘する。イスラエル・ジョシュアは、自身の回想録『失われた世界』（*Of a World That is No More*）の中で、こう記している。

父は腰抜けになってしまったようだった。子供時代にあの時ほど、父とその卑屈さを恥じたことはなかった。（三三）

シンガーとは違い、兄イスラエル・ジョシュアは父親を明らかに批判している。一方、シンガーは、兄と同じように父のことを恥じていたであろうにもかかわらず、『父の法廷』の中では恥ずかしい感情を描かず、その恥を生み出した事実を丁寧に提示している点は注目に値する。さらに、シンガーは、兄に対しても、父親の至らなさを恥じることなく敬意を持って語ったのと同様の気配りをしているように思われる。例えば、シンガーの後年の回想録『愛と流浪』(*Love and Exile*)で、シンガー自身の話との関係でイスラエル・ジョシュアは中心的な役割を果たしているが、イスラエル・ジョシュアに言及するたびに、シンガーは彼の前でいかに恥ずかしさを感じていたかをたびたび語っている（九四、一〇四、一五〇、二五四、二七五、三〇八）。父親とポーランド警察とのことで兄弟二人が経験した同じ出来事について、シンガーは明らかに兄の気持ちを理解していた。イスラエル・ジョシュアが父親のことを恥じていたと言っているように、シンガーも兄のことを恥じていた可能性がある。しかし、兄とは違い、シンガーは恥じていたことを直接言及していない。シンガーは彼の記す事実を読者に自由に解釈させている。その解釈はたいてい妥当であろうが、シンガーの子供時代や彼の家族（ミシュポヘ）についての経験、感情、記憶と必ずしもそぐうものとは限らない。作家、そして語り手としてのシンガーは、両親や兄、また家族の誰も一人として恨んでいたようには見えない、ただ、その一人一人を、そして一人一人の不完全さや人間性を異なる形で表現しているに過ぎないのだ。

「誓い」の章でシンガーは父親、そして父親の家庭での生活におけるちょっとした事実を知ることになる。警察官との出来事は些細なことで、この出来事を通して、シンガーは非ユダヤ人の警察官、あるいは自分のコミュニティの外の誰かに会うことやそれに対する家族の反応について、子供時代の興奮にも似た感情を描写している。少年時代のシンガーは、ポグロムのトラウマや律法がもたらす影響についてよく理解していなかったもしれないが、物語執筆時には、警察官が突然家の前に姿を見せることがもたらす危険性を理解していたため、両親の不安な気持ちが忠実に描かれている。しかし、大人の視点で両親を評価したり、批判したりはしていない。コミュニティのあるユダヤ人女性が複数の男たちからお金を巻き上げたと非難されるが、巻き上げていないと嘘を言い、自分が真実を話しているとトーラーに誓うという話の流れの中で、シンガーの父親は結局のところ、何が正しくて何が間違っているかを常に知っている、物語の影なる主人公となったのである。シンガーの父親は、トーラーの前で誓いを立てるべきではないと言う。そのような状況で嘘をつくのはあまりにたやすいからだ。結局この女性はずっと後になってから戻ってきて、自分が嘘をついていたことを認めるのだが、彼女がやってきた時にドアを叩く音を両親は警察が来たと勘違いしてしまうのである。女性について、シンガーの父親はこう語った。

しかし、彼女は悔い改めたのだ。彼女は真のユダヤ人だ。悔い改めることであらゆる問題は解決される。（六三）

この話の中でシンガーは、父親がロシア語やポーランド語を一言も話せなかったことを認めている。

話せていれば、父親はラビとして国家から認定され、おそらく警察の恐怖におびえることもなかっただろう。しかし、少年時代のシンガーは、父親の宗教に関する法や律法の知識、その優しさや善良さにより強い畏敬の念を感じている。だからこそ、大人の作家としてのシンガーは、父親の無能さや「裸」の事実を隠したり無視したりすることもなく、父親に対する自分の意見、つまり父親の「裸」を見た事実も明らかにすることもないのである。このようにシンガーは、セムやヤペテがノアに対して行なったのと同じように、子供時代の自分も父親に対して尊敬の念を持って行動したということを描こうとしたのではないだろうか。さらに、法律や道徳全般に関しても、彼のコミュニティが、誓いを立てたり役人に賄賂を贈ったりすることを禁じた特定の法律やモーセの律法に必ずしも従わないとしても、ノア律法に従い、少なくとも普遍的に法を守り、道徳的であることをシンガーは示している。女性がお金を盗んだことを認め、いかに悔い改めたかを父親が話した後、子供のシンガーは彼女が断食しなければならないかどうかを尋ねる。それに対して父親はこう答える。

まず、彼女はお金を返さなければならない。「盗んだもの［…］すべてのものを返さないといけない」と書かれているのだから」（六三）

父親の論理の根拠が、モーセ律法（レビ記第五章二四節）にあるのは明らかだ。この律法は神や自然の行為ではなく、明確に人間の行為に言及している。シンガーが父親にこの律法をどのように言い換えさせているか、またシンガー自身が英語版の『父の法廷』（シンガーは日本語など他言語への翻訳には英語版からの翻訳を指示している）で、律法の訳にキリスト教の欽定訳聖書をどう用いているかを見ると、洪水の後に世界が再興されるという意味でノア律法も参照しているとも考えられる。さらに、翻訳の選び方や父の言葉をこのように記憶したいというシンガーの願望からすると、シンガーは、神は人々の安全を奪っては取り戻す、抽象的な泥棒のような存在なのであると示唆しているとも言える。力が強いから正しいのではなく、正しいように見えるだけの神に対して闘い、抗うべきだとシンガーが深く信じていたことが理解できる。つまり、泥棒のような神は、心から神を信じ、また同時に全力でそのような神に抗うというシンガーの思想全般に合致するものであろう。一方で、兄のイスラエル・ジョシュアは、抗いもしないが、信じもしないことを選んだとも言える。シンガーは故郷ポーランドのコミュニティをノア律法に従って基本的に法を守り、ユダヤ人的であると表現しているが、アメリカのコミュニティも同じようにノア律法に従い、必ずしもユダヤ人的であるわけではないが、基本的には法を守っていると描いている。例えば、イスラエル・ジョシュアが執筆中、あるいはお金を稼ぎ、弟アイザックを含む家族の面倒を見るために精一杯働いているのを通りから窓越しに見た時のことをこう記している。

まるで彼の心を読むことができるように感じた。書くという仕事は虚栄心に満ちているが、やるからには正しくやらなければならない。（二五八）

シンガーが兄に投影したこの思いは、『父の法廷』で彼が語る、彼の家族が隣人から一瓶のイングリッシュ・エールを贈られた話とどこか似ているのかもしれない。

父はカラフルなラベルのついたボトルを見て、ため息をついた。ラベルには金髪の口ひげを生やし、羽のついた帽子をかぶった赤ら顔の男が描かれていた。その酔っぱらった目は、異教徒的な喜びに満ちあふれていた。「こんなつまらないことに、どれほどの思考とエネルギーを費やしているのだろう」と、父はぽつりと言った。（七三）

このように、シンガーは兄の「裸」も父の「裸」も同様に敬意をもって、隠しも、さらけ出しもしている。そして彼自身は、父と兄の双方に対し、異なるとはいえ、セムまたはヤペテの役割を受け入れているように考えられる。

これは、兄ジョシュアが、シンガーの想像していたように実際考えていたということではないし、『父の法廷』に見られる、文学的表現の父親ではなく、実際の父親がモーセの律法を厳密に守っていたということでもない。ハシド派のラビとして父親は確かに厳密に律法に従っていたが、詩人ワーズワースが「子供は大人の父なり」と書いたように、シンガーは父親を文学的に表現することで、普遍的なユダヤ教の道徳と、それが成文化されたノア律法に対する彼自身の信念の強さを、父親の記憶や兄に肯定的に投影しているとも言えよう。例えば、シンガーの家族が遠い親戚から生活に必要なお金を受け取った後、彼の父親は宗教書出版を試み（そして試みは失敗しているが）、その大半をこっそり使っている。出版されたとしても売れない、お金にならない、ある意味、どんなにお金がかかっても、「芸術のための芸術、神学のための神学」という考え方にお金を投じたのである。シンガーの父親の理屈はこうだ。

宗教書の出版ほど神に評価されるものはない。そういった本は書き手のトーラーへの欲求をかき立てるだけでなく、他の人々に同様の刺激となるからだ。（二一三）

この件に関しても、シンガーは、幼い頃はこの父親の秘密を母親に隠していた。後に家族が食べ物やお金に不自由するようになっても、である。また、大人になってからも、食事や家族のことよりも、決して実現することのない本の出版にお金を使いたいという父親の、おそらくは不合理な願いを批判することはない。シンガーは、作家としての大人の視点から、こう記す。

今となっては私には、父が、自分の作品が出版されることを願う作家と同じように行動していたように思える。（二一三）

このように、シンガーは自分の父親、母親、兄、コミュニティを完璧ではないとしつつも、その良さを認めているが、その良さと不完全さは、今日においてもユダヤ教でのノアの位置づけに一致するものではないだろうか。あるラビが書いているように、そもそもなぜノアが酩酊したのかについてのハシド派の解釈は、ノアが世界を救わなければならない、という立場に置かれたストレスから心的外傷後ストレス障害（ＰＴＳＤ）を起こし、この世界の不道徳や暴力、トラウマがすべて解消される、エデンの園に戻りたいという願望によるものというものだ。シンガーは父親が必ずしも家族の面倒を見ることができなかったことでストレスを感じてはいたが、大人になってから、強くて良い父親とは何か、そして父親が重要な役割を担っていたユダヤ・コミュニティに対する考えを再考したかもしれない。父親の「何が何でも本を出版したい」という思いは、シンガーがプロの作家として生涯持ち続け、使い続けた価値観であり、スキルであることは間違いないだろうからだ。

このように、ある意味、子供・息子としてのシンガーは、モーセよりもノアのような生き方を意識的に、そして無意識に選んでいた可能性がある。そして大人になってからのシンガーは、父親にも厳格なモーセに忠実であると同時にノアのような人物であってほしいと願っていたのかもしれない。また、兄イスラエル・ジョシュアについても、もちろん父親を尊敬していただろうし、ジョシュアが合理主義を信じていることを考えれば、おそらくノアのような人物でもあったのだろうとシンガーは解釈していたように考察できる。しかし、シンガーとの関係において、父ピンホス・メナヘムや兄イスラエル・ジョシュアがノア的な存在であったのであれば、シンガー自身はハム、セム、ヤペテの誰だったと言えるだろうか。本論を通して提示しているように、『父の法廷』におけるいくぶんノンフィクション的な話の中では、シンガーはセムとヤペテを熱心に倣おうとしているように感じられるが、よりフィクション的な話では、架空の人物や彼の分身がわざとハムをまねて、その結果呪われるというシナリオを設定しているようだ。例えば、広瀬佳司の「シンガーの主人公の多くが、生涯を通じて（モーセ・コンプレックスに）苦しめられている」、そして「シンガーのモーセ・コンプレックスは、シンガーのハシディズムによる環境に由来する」（八〇）という指摘はかなり説得力がある。そういう意味では、モーセ・コンプレックスという言葉は、より現代的、心理学的な意味においては呪いと同じ意味を持つとも言える。広瀬が指摘するように、「この呪いに苦しめられている」のは主にシンガーの架空の主人公たちであり、必ずしもシンガー自身ではない。シンガー自身も呪われていると感じていたかもしれないが、広瀬の指摘のとおり、呪いに苦しんでいるのは登場人物や語り手であり、シンガー自身は苦しむことはなかったかもしれない。シンガーは作家となるずっと前から、自身のモーセ・コンプレックスについて理解し、向き合ってきたのだろう。だからこそ、この呪い、この心理を、これほどまでにリアルに、そして効果的に作品中に用いることができたとも考えられる。さらに、シンガーはその人生においてモーセの律法に忠実であることを選んだわけでも、ユダヤ教を完全に否定し、合理主義や人文主義、あるいは曖昧で前向きな宗教的観点を取り入れたわけでもない。しかし、そういった登場人物はシンガーの作品に多くに見られる。シンガーが作家としてそういった登場人物をうまく描けたのは、彼自身が人文主義や合理主義に疑問や執着を抱いていなかったからだろう。

最後に、どこからがフィクションで、どこまでがノンフィクションなのかという点であるが、『父の法廷』や『愛と流浪』のように明らかに自伝的な作品であっても、それはわからない。シンガー自身はそのことを承知で、こう書いている。

小説というものは読者を引き込まなければなりません。後年、私の人生におけるドラマと、私の書く物語が融合し、どちらが始まり、どちらが終わったのかわからなくなることがよくありました。（一三二）

例えば、リリアン・シャンフィールド（Lilian Schanfield）は、『父の法廷』の比較的最近の考察の中で、シンガーがおそらく父親から受け継いだであろう神秘主義的要素と、母親から受け継いだであろう合理主義的要素の両方に同等の信頼性を持たせているという点で、この本はシンガーの両親双方を称えていると主張している。そして、この二つの要素を統合することで、考察をこう締めくくっている。

『父の法廷』の語り手によって暗示される自伝的真実性をめぐる疑問はさておき、この作品は疑問と好奇心に満ちた知性の成長を描くと同時に、懐疑的な大人が、子供の恐怖、愛、想像力の最も深いレベルで植えつけられた神秘的なものから完全に逃れることができないことを示唆していると言える。（一四〇）

だからこそ、母親と父親に対する強い思い、イディッシュ語と英語、ノア律法とモーセ律法、キリスト教とユダヤ教、フィクションとノンフィクション、空想と現実、読者と作家、あるいは、聖と俗といったような多くの対立やパラドックスが、シンガーの文章にこれほどまでに混在していると言えるのである。

［註］

（1）Novak, David. *Image of the Non-Jew in Judaism: A Historical and Constructive Study of the Noahide Laws.*" 2011.

（2）Labkowsky, Zalmy. *Why Noah Planted a Vineyard and Got Drunk - Parshah Focus - Chabad.* Chabad.org, 31 Oct. 2016.

［引用・参考文献］

Hadda, Janet. *Isaac Bashevis Singer: A Life.* Univ of Wisconsin Press, 2003.

Hirose, Yoshiji, *Glimpses of a Unique Jewish Culture From a Japanese Perspective: Essays on Yiddish Language and Literature,* Sairyusha（彩流社）, 2021.

Labkowsky, Zalmy. *Why Noah Planted a Vineyard and Got Drunk - Parshah Focus - Chabad.* Chabad.org, 31 Oct. 2016. <https://www.chabad.org/parshah/article_cdo/aid/3475426/jewish/Why-Noah-Planted-a-Vineyard-and-Got-Drunk.htm.>

Noiville, Florence. *Isaac B. Singer.* Farrar, Straus and Giroux. Kindle Edition.

Novak, David. *Image of the Non-Jew in Judaism: A Historical and Constructive Study of the Noahide Laws.*" 2011.

Singer, Isaac Bashevis. *In My Father's Court* (Isaac Bashevis Singer: Classic Editions) Goodreads Press. Kindle Edition.

——. *Love and Exile.* Farrar, Straus and Giroux, 1986.

Schanfield, Lillian. "Mystical Vs. Realistic Influences in Isaac Bashevis Singer's *In My Father's Court.*" *Journal of the Fantastic in the Arts* 11.2 (42 (2000): 133-142.

Van Zile, Matthew P. "The Sons of Noah and the Sons of Abraham: The Origins of Noahide Law." *Journal for the Study of Judaism* 48.3 (2017): 386-417.

第6章　アイザック・バシェヴィス・シンガーの作品に見る母と息子の絆

今井 真樹子

1　はじめに

アイザック・バシェヴィス・シンガー（Isaac Bashevis Singer 一九〇二―一九九一）は、ハシド派のラビである父ピンホス・メナヘム（Pinkhos Menakhem）と、ミスナギッド派（反ハシド派）のラビの娘である母バシェヴァ（Basheve）の二男として生まれた。父の法廷を家に、文字通り「ユダヤ教の空気を吸って」育つが、成長するにつれて、細々（こまごま）とした律法にとらわれるユダヤ教の在り方や神の慈悲に疑いを抱くようになり、やがてユダヤ教を離れ世俗の作家となった。

しかし、敬虔なラビとして生涯を貫きとおした父の生き方は反発や疑問を伴ったとしてもシンガーの憧れであり、シンガーの分身である男性主人公は、誘惑や危機に陥るときにピンホスをモデルとする敬虔な父の声をしばしば心に聞く。ピンホスはシンガーの描く東欧ユダヤ社会の象徴的な存在として、作品のバックボーンとなっている。

父に比べると目立たなくはあるが、シンガー作品に描かれる母にも興味深く見逃せないものがある。母は古今東西この世で最も尊いものの一つであり、「母の日」が常に「父の日」に優先することからもわかるように、どれほど「父」が頑張っても太刀打ちできないものを「母」は持っている。「母」の意味は当たり前すぎて論ずることすら不要の感があるが、シンガー作品に描かれる母、また母と息子の関係には、当たり前と当たり前でないものが同居する。

父については、すでに諸先達がさまざまな角度から考察を加えている。本稿では、シンガーの母バシェヴァについて再考の後、『羽の冠』（*A Crown of Feathers and Other Stories* 一九七五）所収の「ダンス」（"Dance"）におけるユダヤ人の母と息子の奇妙な関係と、『敵、ある愛の物語』（*Enemies, A Love Stories* 一九七二）におけるホロコースト生存者タマラの母としての姿から、シンガー文学における母の意味を考えたい。

2　シンガーの母バシェヴァ

シンガーの母バシェヴァはリトアニアのミスナギッド派の出身である。ピンホス同様堅固な信仰の持ち主であったが、素朴なピンホスと違い批判精神を持った論理的な人物として紹介される。バシェヴァについて語るときに必ず引き合いに出されるのが、『父の法廷』（*In My Father's Court* 一九六六）所収の「なぜ死んだ鵞鳥が叫んだか」（"Why the Geese Shrieked"）である。

シンガーがまだ子供の時分、ラビである父のもとに、ユダヤ人の主婦が「死んだ鵞鳥が叫び声をあげる」（一二）と血相を変えて駆け込んできた。神秘家のピンホスは、死んだ鵞鳥の叫び声を「天からのしるし」（一三）であると考えるが、バシェヴァは死体に残っていた気管を指で抜き取り、鵞鳥の声が気管から出た空気の音にすぎないことを証明してしまう。

批評家たちはこのエピソードを繰り返し引用し、バシェヴァの知的な論理性を強調してきた。シンガーの兄ジョシュア（Joshua）が『失われた世界』（*Of a World That Is No More* 一九七〇）に、父と母は「天国で男と女が入れ替わった」（一一）と書いていることもあり、バシェヴァには女性的なやわらかく温かいイメージではなく、男性的なイメージがつきまとう。しかし、『父の法廷』や『愛と流浪』(*Love and Exile* 一九八四)には、バシェヴァの母性を見ることが出来る記述が数多くある。ピンホスがユダヤ教の聖典学習を何より大事にする人で世事には甚だ疎かったため、シンガー一家は物質的には恵まれず、食べ物に窮することもたびたびあった。そんなピンホスを支え、子供達を気遣い、生活を切り盛りしたのが母バシェヴァである。

『父の法廷』に収められた「洗濯女」("The Washwoman")にはバシェヴァについて次のような描写がある。

母はもし家になにか美味しいものがあれば、自分は食べずに子供たちのためにとっておき、自分がどうしてそれを食べたくないのか、あらゆる種類の言い訳や理由をこしらえるのだった。母は古の時代にまでさかのぼるまじないを知っており、何世代にもわたる献身的な母たちや祖母たちから受け継いだまじない言葉を使った。もし子供の一人が何か痛みでも訴えようものなら、「私があなたの身代わりになり、あなたが私の骨よりも長生きできますように」とか、「あなたのほんの爪の先のためにでも私があなたの身代わりになれますように」と唱えるのだった。私たちが何か食べるときには「あなたたちの骨に、健康と髄が祝福されますように[1]」と祈った。新月の前の日には寄生虫を防ぐと言われるキャンディをくれた。子供たちの目に何か入った時には、舌でなめてとってくれた。咳止めの氷砂糖を食べさせてくれ、時おり邪視を避けるための祈祷に連れて行ってくれた。(三一—三二)

知的でシニカルなイメージが先行するバシェヴァであるが、ここに描かれるのは、誰しもが容易に思い描くことのできる愛情深く献身的な母の姿である。バシェヴァは、自分は食べずとも子供に美味しいものを食べさせ、子供の目の中に入ったゴミを舐めてとり、子供の健康を気遣い、他の何よりも子供の幸せと安全を願う、どこにでもいる優しい母であった。『愛と流浪』には、弟モシェが発疹チフスにかかった時にバシェヴァが「目を泣きはらして神に歎願した」（三二）こと、シンガーの兄ジョシュアが軍隊に入ったときには気も狂わんばかりに心配したことが書かれている。とかく知性と論理性が強調されるバシェヴァであるが、心配性で愛情あふれる母であったことを押さえておきたい。

子供たちが痛みを訴えたときにバシェヴァが唱えた「私があなたの身代わりになり、あなたが私の骨よりも長生きできますように」（"May I be your ransom and may you outlive my bones!"）や「あなたのほんの爪の先のためにでも私があなたの身代わりになれますように」（"May I be the atonement for the least of your fingernails."）という慣用句には、子供の苦痛を少しでも和らげてやりたいという親心が表れている。

しかし、「身代わり」（ransom）（atonement）という語には単なる親心だけではなく、ユダヤの重要な宗教概念が含まれる。モーセの時代、罪の贖（あがな）いのために動物の命が身代わりの犠牲として捧げられていた。今も贖罪日はヘブライ暦中で最も厳粛で神聖な日となっている。すなわち「あなたのほんの爪の先のためにでも私があなたの身代わりになれますように」という文句には、母の犠牲的精神に贖いの犠牲をかけた宗教性があり、そこに代々の母たちによって言い伝えられてきたものであるがゆえの伝統の重みも付加される。

シンガーは母から度々聞いて育ったこの言葉を、『ショーシャ』(*Shosha* 一九七九)のバシェレ(Bashele)や『ルブリンの魔術師』(*The Magician of Lublin* 一九六〇)のエルズビエタ(Elzbieta)に、義理の息子[2]に対する過剰なまでの愛の吐露として言わせている。彼女たちは実際に自分の身を捧げかねないほどの盲目的な献身ぶりを示す。

イディッシュ語の伝統的な歌に詠(うた)われるように「子供のためなら、たとえ火のなか水のなかへでも飛び込み」(六〇)「最後の血の一滴まで捧げてくれる」(六一)のがユダヤ人の母である(広瀬佳司『ユダヤ世界に魅せられて』二〇一五)。バシェヴァはそのようなユダヤ人の典型的な母の一人である。

3　ユダヤ人の息子と非ユダヤ人の息子

先にも引用した「洗濯女」は、シンガーが少年の日に見たポーランド人の洗濯婦を回想した話である。その中に母と息子の関係におけるユダヤ人と非ユダヤ人の違いを見ることができる。

主人公の洗濯女は、誠実な人柄と見事な仕事ぶりでシンガー一家の信頼を得、宗教や人種の違いを超えてシンガーの家族に受け入れられていく。洗濯女と母は親しくなり、「多くのことを語った」(三〇)というが、話の中心は子供のことであったようだ。

洗濯女には金持ちの息子が一人いた。どんな仕事をしていたかもう覚えていないが、息子は洗濯女である母を恥じて、決して会いに来ようとしなかった。そして一グロッシェンたりとも与えなかった。洗濯女は、恨む様子もなくこのことを語った。その息子がある日結婚した。よい縁談のようであった。結婚式は教会で行なわれた。息子は老いた母を自分の結婚式に招かなかったが、彼女は教会へ出かけていき、階段のところで待っていて、息子が若いご婦人を祭壇に導くのを見届けた。私は愛国主義者だと思われたくない。しかし、ユダヤ人の息子なら決してこんなことはしないと確信している。万が一そんなことをしようものなら、母親は大声を出して泣き叫び、申し開きをさせるために会堂守に息子を呼びに行かせたに違いない。要するに、ユダヤ人はユダヤ人、非ユダヤ人は非ユダヤ人であり、その世界は大きく隔たっているのだ。（三〇―三一）

洗濯女の親不孝な息子の話はシンガーの母に大きなショックを与え、「その後何週間も何か月も母はその話をし続けた」（三二）という。洗濯女が「恨みもなく語った」のに対して、シンガーの母は、「その息子の仕打ちは、老婦人に対してのみならず、世の中の母親全体に対する侮辱だ」（三二）と、大いに憤慨する。息子が自分に十分な経済力があるにもかかわらず、老年に及んで苛酷な労働で糊口をしのぐ貧しい母親に何の援助も与えず存在すら無視する、その無慈悲、忘恩は、シンガーの母にとって断じて許せないことだったのだろう。結婚式に母親を招かなかったことが親不孝の極めつけと思われたことは想像に難くない。実際、息子の晴れ姿を一目見たいと出かけていった洗濯女が、教会の中に入ることも出来ず、人目につかないように入口の階段からこっそり中を覗き見ている姿は想像するだけで胸が痛くなる情景である。

先に引用したイディッシュ語の「お母さん」という歌の歌詞には「お母さんを大切に思わなければ、それは、最高の罪になります」[3]（六〇）という一節がある。母を大切にすることは東欧ユダヤ社会の基本的な精神であったから、この親不孝な息子の話はシンガーにも大きな衝撃を与え、ユダヤ社会を美化しないシンガーが、「ユダヤ人の息子なら決してこんなことはしない」と、差別的と取られかねない思い切った発言をしている。

洗濯女の自立した誠実な生き方を見たおかげで、シンガーは人種や信条が違っていてもこの地上で誠実に務めを果たした人間は皆共に天国に席を得るという信念を抱くに至るのだが、最終的な共栄や共存を確信してはいても、ユダヤ人と非ユダヤ人の親子関係に明確な違いを見、ユダヤ人の母と息子の結びつきが非ユダヤ人の母と息子の結びつきより強いと考えていることは間違いないだろう。

4　奇妙な物語の中に見る母と息子の絆

『羽の冠』所収の「ダンス」は、ホロコースト前夜のワルシャワを舞台とする、ある母と息子の奇妙な物語だ。語り手はシンガーそのものを思わせる若い駆け出しの作家で、十二歳の頃から約二十年の間に垣間見た、マチルダ（Matilda）という女性とその息子イッツィー（Izzy）の姿を描く。

マチルダは、裕福なハシド派の家に生まれた才色兼備の愛情深い女性で、人気歌手として一世を風靡(ふうび)

する。結婚するまでは幸せそのものであったが、結婚した相手が暴力をふるう男であったため離婚し、その後は息子一筋に生きる。ところが、息子のイッツィーは勉強嫌いで、絵、歌、ヴァイオリン、劇など、何をやっても長続きせず、学校は中退するし軍隊からも除隊となる。そして父親と同じく母親を殴り始める。

大人になりワルシャワで物書きとなった語り手は作家クラブでマチルダに再会する。マチルダは、イッツィーが結婚も仕事もせず、「昼までベッドに寝そべり、デコブラやマーガリッタの三文小説を読み、際限もなく煙草を吸い、絶えずラジオをつけておしゃべりや歌を聞いている」（二八七）こと、「何でもない一言で気が狂ったように怒り出し、私をこぶしでなぐり、私があの子の父親を殺したんだって言い続ける」（二八七）ことを涙ながらに話す。

「一体私が何をしたと言うの？　望みの全てをかなえてあげて、あの子のきまぐれのせいでひどい目にもあった。欲しがる前に何でも与えて、何もかもしてあげた。それなのにある時なんか、スリッパを渡してやったら、その片方で私の顔をなぐるのよ。女中がそこにいるのに。でも悪いのはあの子じゃなくて私。私の悪運のせいだわ」（二八八）

一見して、どこにでもあるドメスティック・バイオレンスの話のように見える。シングルマザーに甘やかされて育ったわがまま息子が、仕事もせず家に引きこもってぶらぶらしている。母親に依存しているくせに、暴君のようにあばれて手がつけられない。親子関係は完全に崩壊していて、母親はなすすべもなく涙を流している。もしこれらの問題の原因を探そうとするなら、ジューイッシュ・マザーの典型的な特徴とも言われる過保護・過干渉、それによるストレス、遺伝、精神疾患、反ユダヤ主義の時代背景など、いくらでもあげられるだろう。しかし、引きこもりや家庭内暴力の原因を探ることは本稿の目的ではない。注目すべきはこの物語が誰も予想できない展開を見せることだ。

物語は十年後に飛ぶ。ドイツではヒトラーが権力をにぎり、ワルシャワにも戦禍が迫る暗い時代となっている。マチルダの美貌はすっかり衰え、歌の仕事をやめシュノーラー（イディッシュ語で乞食の意）と呼ばれるほど落ちぶれている。ある日語り手は所持金をなくし困っているときに偶然マチルダに会い、マチルダのアパートに泊めてもらうことになる。イッツィーは相変わらず部屋にひきこもり、マチルダはそんなイッツィーを嘆いている。アパートが荒れ果てている他に十年前と状況は変わらない。しかし語り手はその夜不思議な気配で目を覚まし、驚きの光景を目にする。

夜用の赤い電球の下で母と子が二人とも裸足で踊っていた。息子は下着姿で、母は寝巻姿だった。イッツィーのごつごつした首、突き出た喉ぼとけ、丸まった背中を見分けることができた。母も子も目を閉じているように見えた。まるで眠りながら踊っているかのように、二人とも一言も喋らなかった。私は十分かそれ以上、そこに立ちつくしていた。のぞき見をする権利がないことは分かっていたが、目をそらすことができなかった。どういう種類のダンスを踊っているのかわからなかったが、おそらくワルツだと思う。音楽もなしに、完全な沈黙のなかで、それは真夜中の怒りのダンスとでもいうものに見えた。私は息を殺して呆然と立ちすくんでいた。母と息子は近親相姦の関係なのだろうか？　二人とも気が狂ったのだろうか？　もしかしたらこれは彼らではなくて、彼らの霊体なのだろうか？（二九三）

ここまで関係が完全に崩壊しているとしか見えなかった二人が手をとりあって踊っている意外さと、真夜中に母と息子が夜着と下着で音楽もかけずに踊っている異様さ、それに加えて「ごつごつした首」「突き出た喉ぼとけ」「丸まった背中」と戯画的に強調される情景の迫力に、読む者は総じてショックを受ける。振り返って伏線となるものを探すと、中盤に、イッツィーが「かなりの年齢になってからダンサーを志した」（二八七）と書かれているが、特に気をひくものではないため、ほとんどの読者はイッツィーの数ある挫折の一つとして読み過ごしてしまうはずだ。ここにいたるまでこの二人のダンスを予想させるものはない。

『羽の冠』はシンガーの短編集の中でも特に評価が高く、収められている短編の多くが批評家に好んで取り上げられる。しかしこの「ダンス」に限っては、殆ど言及されることがない。わずかにポール・クレシュ（Paul Kresh）が『西八十六丁目の魔術師』（*The Magician of West 86th Street* 一九七九）のなかで「『ダンス』におけるマチルダと息子のイッツィーは近親相姦なのだろうか、それともイッツィーはマチルダの夫が乗り移った、ただの暴君なのだろうか」（二八〇）と数行のコメントをのこしているだけである。唐突な展開は読む者に一種の消化不良を起こさせ、言葉を失わせるのかもしれない。しかし語り手同様に目と耳を澄ましてしばしこの情景を見つめていると、次第に浮かび上がってくるものがある。

翌朝、語り手は朝食のテーブルで二人が眠れない夜にダンスをすることを聞く。

「私の薬よ。イッツィーから習ったの。イッツィーも不眠症でね。一日中ベッドに横になってくよくよ考えていたら、眠れるはずないわよね。イッツィーは昔ダンサーになることを夢みていたの。真夜中のダンスはあの子の夢の残りなのよ」（二九四）

母と息子の関係は完全に崩壊しているように見えたが、誰も知らないところで、イッツィーは母にダンスの手ほどきをし、二人は眠られぬ夜に手をとりあって踊っていた。それはイッツィーにとってささやかな慰めであっただろうし、母にとっては普段取り付く島もない息子を胸に抱くことのできるかけがいのない時であったはずだ。社会から取り残されたひきこもりの息子と、若さも美貌も名声も失った母が、息子はかなわなかった青春の夢を、母は息子への愚かしいまでの愛情を抱いて、手をとりあって踊っている。それは二人に残された唯一のものである。シンガーはしばしば愚かで弱く醜い人間を描くが、どんなに救いがたい人間にもどこかに必ず救いを用意している。

物語は次のように結ばれる。

私が再びマチルダをみることは無かった。私はこの出来事の後間もなくアメリカに渡った。マチルダとイッツィーはワルシャワのゲットーで亡くなった。彼らの最後がどのようなものであったか詳しいことは知らない。しかし私はしばしば想像する。ナチスがワルシャワを爆撃したある晩、炎が燃え盛り人々が助けを求めて逃げ惑うときに、母と息子はダンスを始め、アパートの建物が崩れおちるまで踊り続け、そして二人は瓦礫に覆われ永遠に沈黙したのだ。(二九四)

シンガーの作品では、登場人物が侘しくつつましい人生を懸命に生き抜くときに「最後の踊りを踊った」というフレーズがよく使われる。マチルダとイッツィーは、ホロコーストの迫るワルシャワの荒れ果てたアパートで、文字通り最後の踊りを踊ったのだ。

マチルダはもともと極度に愛情深い女性である。イッツィーの父親との離婚の理由は「愛し過ぎたため」(二八七)であり、自分自身がスープキッチンの世話にならなければならないほど困窮していても、「田舎から出てきた若い詩人たちを食べさせるために物乞いをして歩いた」(二九〇)。この夜も、語り手が困っていると知るやいなや、躊躇なく家に招待している。それが賢明なことであるかどうかは別として、マチルダはどんな相手にも献身的に尽くす。いわんや一人息子のイッツィーがいかにろくでなしでも、持てる全てを尽くして愛しぬく。「賢いけれども慈悲深くない神」に抗議したシンガーが求めていたのは、マチルダが持つような無条件の愛だったのではないだろうか。母の愛や母と息子の絆は普遍的なものであろうが、ユダヤ人の困難な歴史や奇妙な状況を背景とするとき、その愛の力はいっそう強い輝きとリアリティをもって迫ってくる。

5 『敵、ある愛の物語』に見る母タマラの愛

ホロコースト後の世界を舞台とする『敵、ある愛の物語』には、ホロコーストを経て大きな変化を遂げたタマラ（Tamara）という女性が登場する。

主人公はハーマン（Herman）というホロコースト生存者で、妻のタマラと子供達が強制収容所で殺されたと聞き、ホロコーストの間匿(かくま)ってくれた恩人のポーランド人ヤドヴィガ（Yadwiga）と再婚しニューヨークへ渡る。マシャ（Masha）という愛人も作り二重生活をしているところへ死んだはずのタマラが生きて現れ、ハーマンの生活は三人の女性の間で大混乱に陥る。ヤドヴィガとマシャはそれぞれハーマンを独占しようと躍起になるが、タマラは、ハーマンがヤドヴィガと結婚していることを知ると、ヤドヴィガがかつて実家の女中であった女性であるにもかかわらず、自分の権利を主張することなく引き下がり、妊娠するヤドヴィガのサポートに回る。ハーマンが窮地に追い込まれ、行き場所をなくしたときには母親のように優しく迎え、具体的に何をしたらいいか手取り足取りアドヴァイスすることによって生きる力を与える。タマラの努力の甲斐もなくハーマンが全てを捨てて失踪した後は、ハーマンの仕事の後始末をし、残されたヤドヴィガとその赤ん坊を引き取る。

サラ・ブラッハー・コーエン（Sarah Blacher Cohen）がタマラを「シェヒナー」（Shekhina-Matronit）（カ

バラでいう神の女性的側面）（Cohen 八〇）と評する通り、タマラはこの作品において女神のような役割を果たしている。しかし、ホロコーストの前のタマラはこのような母性的な女性ではなく、数々のイデオロギーに翻弄され、家事をないがしろにして社会運動に駆け回る、「ヒステリック」（六二）で「頑固で嫉妬深い」（二四二）女性であった。タマラがそれほどまで変わったのは何故だろうか。変貌の理由は当然ホロコーストの間の出来事に求めなければならない。

ホロコーストのつらい経験が語りにくいものであることはよく知られている。ハーマンとの再会の日、タマラも死んだ子供達のことをなかなか口に出せずにいる。しかし「俺が死んだと思っていたのなら、だれか他に男がいたんだろう」（八〇）と不本意なことを言われたとき、どれほど男たちに言い寄られても貞潔を守り通したこと、その理由が「神を恐れたからではなく」「子供達の魂の前に汚れなく立っていたかった」（八二）ためであったことを強く訴え、その後子供達のことを語り始める。

「大人のなかに立派な人間がいることは知っていたけど、子供たち、あの幼い子供たちがあんなに立派になれるとはとても信じられなかった。あの子たちは一夜にして大人になったの。私は自分に割り当てられた食べ物のいくらかを、あの子たちにあげようとしたのだけど、あの子たちは絶対に取ろうとしなかった。そして聖人のように死んでいった。魂は存在するわ。存在しないのは神。反論なんてしないでね。これは私の確信なの。私たちの小さなダビデとヨセベッドが私の所にくることをあなたに知って欲しいの。夢の中じゃなくて目を覚ましている時よ。きっと私の

こと、狂っていると思うでしょうね。でもそう思われたってちっともかまわないわ」（八二―八三）

シンガーの母バシェヴァの例で見たように、母親が自分の食べ物を子供に与えることはめずらしいことではない。しかし食べ物が極端に不足した強制収容所では命がけの行為となる。『4歳の僕はこうしてアウシュヴィッツから生還した』を著したマイケル・ボーンスタインは、年上の子供達に食べ物を奪われる著者を心配した母親が、毎晩のように子供用のバラックに忍び込んで、残しておいた自分のパンを分けてくれたことを記している。そのおかげでマイケルは生還することができた。

タマラも子供を助けるために自分のパンを差し出したが、タマラの息子たちはタマラの差し出すパンを食べようとせずに死んでいった。母が息子たちを命がけで守ろうとしたように、息子たちもまた母を命がけで守ったのだ。

母親にとって子供を失うほどつらいことはない。タマラは助けの手を差しのべようとしない神を否定し、「聖人のように死んでいった」子供たちを賛美している。息子たちを神に置き換えていると言ってもよいだろう。エリ・ヴィーゼル（Elie Wiesel 一九二八―二〇一六）の『夜』（*Night* 一九五八）に、わずか十二歳の少年が絞首刑にされる姿を見たヴィーゼルが、「ここに神がおられる」（六二）という心の声を聞く有名な場面がある。あまりにも不当で受け入れがたい現実に直面したとき、少年を神に見立てることで、ヴィーゼルはかろうじて自分の心に折り合いをつけることができたと考えられる。タマラにも同じことが言えるだろう。しかしタマラの場合はそこにとどまらず、神秘的な体験を通して亡き息子たちの魂の存在を確信するに至る。

タマラが死んだ息子たちの訪れを受けることを、子供を失った悲しみを癒すためにタマラが自分で作り出した幻覚や幻聴だと解釈することは容易かもしれない。しかし、生と死、この世とあの世がしばしば交錯するシンガーの世界を、唯物論的な思考で片付けることはできない。

創世記にヤコブがベテルにて天の梯子を上り下りするみ使いを見る記述があるように[4]、シンガーの登場人物たちもこの世とあの世を行き来することがある。『ショーシャ』（*Shosha* 一九七八）のショーシャは死んだ妹と共に遊び、『奴隷』（*The Slave* 一九六二）のヤコブ（Jacob）は死んだ妻から病気の子供の手当の方法を学んだ。「短い金曜日」（*Short Friday and Other Stories* 一九六四 "Short Friday"）や「ブラウンズヴィルでの結婚式」（*Short Friday and Other Stories* 一九六四 "A Wedding in Brownsville"）の主人公たちは、ほとんど自分でも気が付かないうちにこの世からあの世へ移行する。

そのような神秘的な体験をするのは、ショーシャのように無垢な人物か、『奴隷』のヤコブのように試練のなかで死者の助けや導きを必要とする人物、あるいは「短い金曜日」の老夫婦や「ブラウンズヴィルの結婚式」のソロモン・マーゴリン（Solomon Margolin）のように、この世の人生を終えて実際にあの世に赴く人物である。そして、この世とあの世の隔てを超えて遭遇することのできる人達は、ほぼ例外なく互いに愛し合っている。

タマラの場合は、ホロコーストという艱難（かんなん）の炉をくぐり抜ける中で息子たちとの愛によって清められたことと[5]、耐えがたい試練や悲しみを乗り越えるために死んだ息子たちに会うことを必要としたために得た経験であると考えてよいだろう。ホロコーストの地獄にて実際に魂の死を経験したということもできる。タマラと息子たちが互いに愛しあっていることはすでに証明されている。

「私はもうこの世の人間だと思っていないの。あなたのことを助けてあげられるわよ」（一〇〇）

かくして、かなたの世界を経験することで変貌を遂げたタマラは、ハーマンやヤドヴィガの助け手として生きていく。しかしハーマンはタマラとは対照的に、愛人マシャの裏切りを知ったのち、全てを投げ出して失踪してしまう。ホロコーストの前に「父親らしいことをしたことがなく」「子供達から逃げ出し、手紙の一本も書かなった」（七六）のと同じく、父親としての責任を果たすことなく行方知れずのまま幕が閉じる。

この作品の終わり方についてシオドア・スタインバーグ（Theodore L. Steinberg）が「ほとんど容赦なきまでに悲観的である」と言っていることに対して、フランシス・ヴァルガス・ギボンズ（Frances Vargas Gibbons）は、「物語は希望のうちに終わり」「小さなマシャ[6]は新世界でのユダヤ人の希望とユダヤ性伝承の表象でもある」（Gibbons 七五）と反論する。ヤドヴィガの子供の誕生がアメリカにおけるユダヤ性の伝承につながるというギボンズの主張は正しいだろう。しかしハーマンと子供（小さいマシャ）の関係に焦点を絞ると、出奔したハーマンが子供のもとに戻ってくることはほぼ考えられず、二人の関係はスタインバーグが言ったように「容赦なきまでに悲観的」と言える。また、ヤドヴィガの子供マシャにユダヤ性伝承の希望を見るなら、それに貢献するのは失踪したハーマンに替わりヤドヴィガ母子の面倒をみていくタマラに他ならない。この作品に希望と救いを与えるのはタマラの存在である。タマラはハーマンの失踪後もヤドヴィガと彼女の子供の傍らにとどまり、「第二の母として」（二六〇）二人を支え続けていくだろう。それはタマラがホロコーストで、母としての凄絶な悲しみと苦しみ、言葉を超えた愛を経験して到達した境地である。

神の存在を信じてはいても、この世の残酷で不条理な現実の前に神の慈悲を信じることができなかったシンガーは、神の慈悲に替わるものとして、「ダンス」のマチルダや『敵、ある愛の物語』のタマラに見られるような母親の愛に救済と希望を見出しているのではないだろうか。

［註］

（1）信仰をベースとしたユダヤの慣用句。聖書では「骨の髄が潤っている」（ヨブ記二十一章二十四節）ことが健康の象徴となっている。

（2）この台詞をつぶやく段階では、バシェレはまだ義理の母親になっていない。エルズビエタが義理の息子と呼ぶ相手は実際には娘の愛人。

（3）十戒の五番目の戒め「あなたの父と母を敬え」（出エジプト記二十章十二節）は、ユダヤ教とキリスト教に共通のものであるが、シンガーはユダヤ教徒の方がこの戒めに忠実であると考えているようだ。

（4）創世記第二十八章。ベテルとはベテ・エロヒムの略で「主の宮居」の意。

（5）ゲルショム・ショーレムによると、「使命をなし終えた霊魂は死後原初の居所へ帰ってゆくが、罪人は裁きの前に引き出され、『ゲヘナの業火の河』で浄化される」『ユダヤ神秘主義』（三一九）。ホロコースト以前のタマラは女神のごとき女性ではなく、欠点の多い世俗的な女性であった。ホロコーストという「ゲヘナの業火」で焼かれることにより、浄化されたと考えることができる。

（6）ヤドヴィガの子供

［引用・参考文献］

Cohen, Sarah Blacher "From Hens to Roosters Isaac Bashevis Singer's Female Species", Miller, pp. 76-86.
Gibbons, Frances Vargas. *Transgression and Self-Punishment in Isaac Bashevis Singer's Searches*. New York: Peter Lang, 1995.
Kresh, Paul. *Isaac Bashevis Singer, The Magician of West 86th Street*. New York: The Dial Press, 1979.

Miller, David Neal ed. *Recovering the Canon*. Leiden: E. J. Brill, 1986.

Singer, Isaac Bashevis. *The Magician of Lublin*. New York: Penguin Books, 1960.

———. *The Slave*. New York: The Noonday Press, 1962.

———. *Short Friday and Other Stories*. New York: Farrar, Straus and Giroux, 1968.

———. *Enemies, A Love Story*. New York: Farrar, Straus and Giroux, 1972.

———. *Shosha*. New York: Farrar, Straus and Giroux, 1978.

———. *A Crown of Feathers and Other Stories*. New York: Farrar, Straus and Giroux, 1973.

———. *Love and Exile*. New York: The Noonday Press, 1984.

———. *In My Father's Court*. 1996. London: Vintage, 2001.

Singer, Israel Joshua. *Of a World That Is No More*. London: Faber and Faber, 1970.

Wiese, Elie. *Night*. New York: Bantam Books, 1982.

ショーレム、ゲルショム『ユダヤ神秘主義』山下肇・石丸昭二・井ノ川清・西脇征嘉訳、法政大学出版局、一九八五。

広瀬佳司『ユダヤ世界に魅せられて』彩流社、二〇一五年。

ボーンスタイン、マイケル&ホリンスタート、デビー・ボーンスタイン『4歳の僕はこうしてアウシュヴィッツから生還した』森内薫訳、ＮＨＫ出版、二〇一八年。

『聖書』口語訳、日本聖書協会。

第７章　父親はラビ、息子は作家
――アイザック・バシェヴィス・シンガーの小説――

佐川　和茂

1　はじめに

父親はラビであったが、息子アイザック・バシェヴィス・シンガー（Isaac Bashevis Singer 一九〇三―一九九一）は作家に、しかも優れた物語の語り手になり、ノーベル文学賞を受賞するに至った。こうした過程には、いかなる状況が存在したのであろうか。それを探ることが、本稿の目的である。

まず、ラビとはいかなる職業なのであろうか。ラビとは、聖典の知識に優れ、戒律に基づいてユダヤ共同体の人々を導く精神的な指導者である。シンガーの父親は、代々がラビの家系に生まれ、息子が父親のラビ職を受け継ぐことが当然視されたユダヤ教神秘主義ハシディズムに属し、最初はワルシャワ郊外の貧しいユダヤ人地区レオンシンで、そしてのちにはワルシャワの貧民街で、精神的な指導者ラビを務めた。

ところで、ユダヤ系アメリカ文学の特徴として、その描く独特の人間像がある。シュレミール（失敗常習者）、アンチ・ヒーロー、ルフトメンシュ（実質的な能力はないが、楽観的な人）（『新イディッシュ語の喜び』二五二）などである。失敗常習者といっても、それは必ずしも個人の落ち度のみではなく、そのようにしかならない厳しい状況があるからである。しかし、それに負けてしまうわけではない。そこには、自らの失敗を笑い飛ばす独特のユーモアがあり、聖なる愚者の姿があり、犠牲者像を乗り越えようとする態度があり、そして平凡な人の持つ非凡な強さが散見されるのである。さらに、生涯学び続ける人が多く登場するが、その代表者が、ラビである。

シンガーの父親のように、たとえ貧しい生活の中でも、ラビは、ユダヤ教の戒律を守って暮らし、金曜夜に訪れる安息日を楽しみ、戒律に適った清浄食品（コーシェル）を味わい、聖典研究を最優先事項として日々を過ごし、聖典解釈の執筆に専念する。こうした生き方に喜びを見出していたのである。

息子シンガーはそのような父親を、世事には疎いが、「敬虔なユダヤ人」と見なし尊敬していたのであろう。しかし、幼時から好奇心が人一倍旺盛で、様々な物事に対して「永遠の問い」を発して止まない彼は、父親の揺るぎない信仰をそのまま受け入れることは、残念ながら、できなかったのである。

それでは、息子シンガーが作家を目指すに至った動機付けは、何であったのか。有名なイディッシュ語作家となり、『ヨシェ・カルプ』（*Yoshe Kalb* 一九三二）、『アシュケナジー兄弟』（*The Brothers Ashkenazi* 一九三六）、『カノフスキー一族』（*The Family Carnovsky* 一九四三）などを発表した兄イスラエル・ジョシュア・シンガー（一八九三―一九四四）の影響もあったことであろうが、それに加え、物語を語り合う家族に囲まれて育った。そこでシンガーは、物語性に満ちた環境で、作家を目指すよう動機づけられ、宗教に打ち込んだ父親の姿勢を、作家業に没頭する自らの姿へと応用していったのではないか。「（トーラーを生涯にわたって学び、執筆を続けた父の姿を見て）僕は初めて作家になろうと決心したのだ」（『愛を求める青年』*A Young Man in Search of Love* 一四七）。神に対して揺るぎない信仰を持つ父親とは異なる批判精神を抱きながらも、最優先事項に没頭する父親の姿勢から学んでいったのである。そこで彼の作品の多くは、確たる信仰心を得られない者が、いかに人として生きてゆくのか、を問う内容となってゆく。

シンガーは、子供の頃より（作家としても兄とは異なる）独自性を発揮し、自分なりの課題を持ち、集中力や方向性を備え、創造性や生産性を伸ばしていったのである。「子供の頃、個性が強く、孤立しがちであり、読書にふけり、学び、盛んに書いていた」（『うれしい一日』*A Day of Pleasure* 一〇三）という。こうしたあくまで独自の姿勢は、生涯にわたって彼の作家業を発展させてゆく要素であった。

2　父親はラビ、息子は作家である例

作家兼ラビであったハイム・ポトク（一九二九―二〇〇二）の作品にも、父親がラビで、息子が画家や精神科医に成長してゆく例が見られるが、ここでは、アイザック・バシェヴィス・シンガーや、その兄イスラエル・ジョシュア・シンガー、そしてその父親のラビという具体例を扱う。

イスラエル・ジョシュア・シンガーの『失われた世界』（*Of a World That Is No More* 一九七〇）によれば、三歳のころ、父に幼年学校（ヘデル）に連れてゆかれた彼は、そこで「体系的でなく際限のない」宗教教育に疲れ、相性の悪い両親や、宗教一点張りの父親や、うっかりした言動をすぐに罪であると批判する家庭の雰囲気にいたたまれず、やがて信仰の篤（あつ）いユダヤ人が是としない絵画や文学へと惹かれていったという。この兄の影響を受け、兄を師と慕う弟アイザックも同様の道を歩んでゆくのである。

そして、これにはまた、母親の影響もあったであろう。母方の父は、森林に囲まれた辺鄙（へんぴ）なビルゴレイのラビであり、強力な指導者であり学者であったが、シンガー兄弟の父親が熱烈なハシディズムのラビであったのに対し、母方の父は、神秘性を重んじるハシディズムを批判し、母親もまた神秘主

義の代わりに冷徹な論理を信奉する人であったという。夫婦の相性の悪さは、そこに根本原因があったのであろう。神への揺るぎない信仰を持ち世事に疎く夢想家である父親と、神に対して懐疑的であり女性の仕事に疎く男勝りであった母親は、相補った面もあったかもしれないが、多くの場合、相性の悪さを露呈したようである。その具体例は、『父の法廷』(*In My Father's Court* 一九六二）所収の「なぜ死んだ鵞鳥が叫んだか」(“Why the Geese Shrieked”）などに見ることができる。弟シンガーは、母親にちなむ名前バシェヴィスを付けており（『夢を織る師匠』Telushkin 二四三）、母親の懐疑主義に同調することが多かったらしい。したがって、父親の無条件の信仰を受け入れることは、できなかったのである。ユダヤ教、ユダヤ性を文字通り呼吸しながらラビの家庭で育ち、宗教や民話などの話し合いが盛んで、物語性の豊かな雰囲気に包まれていたが、そこにはまた宇宙の創造主に対して永遠の問いを投げかける批判精神も育まれていたのだ。神が創造されたこの世に、なぜ不正や矛盾がはびこるのか。残虐非道に満ちた状況で、どうして心を込めて創造主を愛せよと言うのか。物事のそもそもの起源は何か、等々の問いかけが飛び交ったのである。

ちなみに、自立を求めて奮闘する女性を描いた移民作家アンジア・イージアスカ（一八八〇―一九七〇）は、父親が頑固なラビであり、母親や娘たちに専制的な支配を振るう家庭で育ったが、父親が強制する、男性に仕える生き方に猛反発し、「私は人として生きたい」と叫び、貧民街で働きながら、英語や文学を学び、『飢えた心』(*Hungry Hearts and Other Stories* 一九二〇)、『パンをくれる人』(*Bread Givers* 一九二五)、『傲慢な乞食』(*Arrogant Beggars* 一九二七）などで作家生活を求めてゆく。

シンガーやイージアスカの場合、その父親や息子・娘を見て感じることは、全員が強烈な個性の持ち主であり、いくら周囲が反対しても、信じる道を突き進む熱情を失わないことである。父親たちは、かなり頑固であるが、俗世間への対応力は乏しく、妻の援助なしにはおそらく生きてゆけないであろうが、それでも、「自分はこのような人間である」という明確な人間像を打ち立てていたのだ。父親の面影は、霧に閉ざされていた、という状況とは異なるのである。

問題は、それに対して、息子や娘たちがいかに振る舞うべきかということであろう。彼らは、宗教に没頭する父親の態度を、作家業に応用した。彼らは、才能豊かであり、独自性を振るう熱意にあふれ、物語性の豊かな環境に身を置き、世の中の神秘に関して永遠の問いを止めることがなかったのである。これは、彼らを作家として発展させた要素であったことだろう。

3　宗教教育の伝統

さて、『失われた世界』や『父の法廷』によれば、シンガー兄弟の父親は、朝から晩まで（煙草をふかし、お茶を飲みながら）聖典を読み、その解釈を書き綴っていたという。この意味で、彼は思想家であり、「作家」であった。

しかし、いかにラビであるからといっても、驚くべき長時間の学習である。それはいかに可能であったのだろうか。ハシディズムの熱心なラビとしての使命感があり、神の学問を修めるという喜びがあり、そこには活発な問いかけが躍動していたからであろうか。ユダヤ人迫害が悪化した場合、彼は一層激しく学問に没頭したという。学問こそが、彼を逆境から守る砦であったことであろう。

こうした学問に日々多大な時間を費やしていた結果、彼はラビとして戒律の知識に優れ、会衆を感動させる説教を行ない、住民の様々な訴訟を戒律に基づいて裁いていたことであろう。

ただし、ポーランドへのロシアの影響が強かった当時、ラビはロシア語の知識が必須であるという法令が出されたが、シンガー兄弟の父親は、そのような世俗性を無視し、妻が繰り返し勧めても、ロシア語の検定試験を受けようとしなかった。そのために、辺鄙な地域で法律に隠れて貧しいラビを務めざるを得なくなり、そのことは実際家の母を大いに憤らせたのであった。そのこともあって、相性の悪いまま夫婦関係は続いてゆくのである。

一方、アイザックの兄ジョシュアは、前述したように、三歳の頃より父に連れられて幼年学校（ヘデル）に通い、朝八時より夜九時まで（休憩が挟まれていたとはいえ）初歩の学習より始めて驚くべき長時間の宗教的な学問を続けていたという。それなりに進歩もしたようであるが、彼は「体系的でなく、際限のない」学習に疲れ果てたと述べている。子供の段階では、まだ暗記が主体であり、学問の魅力を引き出す問いかけは、乏しかったのかもしれない。このような宗教的な学問は、兄に続いて、弟アイザックも体験したものであった。

ジョシュアやアイザックの場合に見るように、子供たちの学習時間の長さは驚異的であったが、それでは成人の場合はどうであったのだろうか。その点、作家エイブラハム・カーハン（一八六〇―一九五一）は、ロシア系ユダヤ移民の被服産業での発展を綴る『デイヴィッド・レヴィンスキーの出世』(*The Rise of David Levinsky* 一九一七)において、「一日十六時間、宗教教育に打ち込む」小さなユダヤ人町(シュテトル)の伝統を述べ、同作家の短編「イェケル」("Yekl")においても、「したがって世俗の学問などは朝飯前である」と豪語している。

また、ノーベル平和賞を受けた作家エリ・ヴィーゼル(一九二八―二〇一六)は、ユダヤ教神秘主義ハシディズムの聖者たちを回想する『師を求めて』(*Somewhere a Master* 一九八二)において、ラビ専門学校では「平均して日に十四時間は勉強、四時間は祈祷、四時間は睡眠、一時間は共同体の活動、三十分は食事、そして残りの三十分は休息に当てられた」(一二三)と詳述している。

ラビ専門学校の生徒でさえこれほどの勤勉性を発揮したのであるから、彼らの師であるラビは、シンガーの父親の場合に窺えるように、どれほどの学問を積んだのであろうか、想像に難くない。

ラビ専門学校の生徒たちの多くは、共同体の援助によって食事を得ていた一方で、一般の成人男子は、行商や靴直しや服の仕立てなどに従事していたのであろう。同時に、彼らの妻たちにとっては、市場で終日商いに精出し、家事を賄い、夫の聖典学習を助けることが、「聖なる行為」であると見なされていた。すなわち、夫は神のご意思に沿う聖典学習によって天国に行けるが、それを助ける妻もまた天の恵みを授けられる、という。これが、ロシア、ポーランド、ハンガリーなど東欧に点在していた小さなユダヤ人町(シュテトル)の信仰であった。

さらに、シュテトルでは、聖書やタルムードの知識に秀でており、額が高く青白い顔をした若者が、「理想の結婚相手」と見なされ、良家の美しい娘との縁組が有望であった(『シュテトルより郊外へ』

Gittleman 四七）という。また、義理の父はその結婚を愛でて、数年間は義理の息子の衣食住を世話し、彼のさらなる聖典学習を助けることを、名誉であると考えていた。

すなわち、シュテトル全体に聖典学習の支援体制ができていたのである。日々十四～十六時間も宗教教育に従事するとは驚異的であるが、それを励まし可能にする雰囲気や制度や仲間が存在していたのである。

ただし、これを別の角度から眺めれば、シュテトルには乞食が多く、そこでは土地所有や職業選択や自由な旅行もままならない閉塞状況が支配的であり、そこで世俗的な発展を抑えられたユダヤ人にとって、学問こそが精力を発散する「聖なる対象」であった。聖なる学問に明け暮れているという誇りが、社会の末端に置かれた少数民族の悲哀に対抗するものとして機能したのだ。

その結果、シュテトルに存在した、学問を熱烈に求める「飢えた心」に注目すべきである。したがって、当時、シュテトルとその周囲の異邦人社会での識字率には、驚くべき格差が存在していた。すなわち、「周囲の異邦人村落では、読み書きのできる者が一人でもいれば幸いであった時代に、シュテトルでは一人の文盲でさえ見つけるのに苦労したほどであった」（『同胞との生活』Zborowski 一九五二、七二）。さらに、「（異邦人の）百姓は、機嫌の悪い時は、女房をぶん殴り、酒を浴びる。ユダヤ人は、気分がすぐれないとき、聖典を学び、歌う」（『イディッシュ語のことわざ』Ayalti 三七、『レオ・ロステンのユダヤ引用宝典』Rosten 二五九）。こうした不遇への破壊的・建設的な対応は、両者の間に広がる生活の質の格差を、如実に窺わせるものであろう。

シュテトルで培(つちか)われた宗教教育の伝統にシンガーの父親を位置付けて見れば、彼を日々長時間の聖典研究に駆り立てた大きな背景が理解できよう。父親自身の資質に加えて、父祖からの長い潮流が、彼の聖典研究を後押ししていたのである。このような現象は、われわれがユダヤ系文学を読んでいる際、しばしば目に留まることである。ユダヤ人の伝統が個人に及ぼす大きな影響の一例であると言えよう。

一方、ジョシュアやアイザックの兄弟は、聖典研究ではなく、それを小説や短編の執筆へと応用し、イディッシュ語新聞『ジューイッシュ・デイリー・フォワード』への作品連載より創作の場を広げていったのであった。新たな場所で新たな職業によって生きようとする二人の創作に対する職人気質は徹底しており、ジョシュアは「書けない時期の到来を予測し、新聞連載の少なくとも三ヶ月分を書き溜めてあった」(『アメリカで迷う』*Lost in America* 一九八一、一五二)と述べているし、アイザックは、「たとえインフルエンザにかかっていても、新聞連載の締め切りを遅らせることはなかった」(『メシュガー』*Meshugah* 一九九四、一二三)と作品中で自慢している。

こうした状況で、結局、父親のラビ職を継いだ者は、末弟のモイシェであった。彼の性格は、父親と似て、聖典研究に明け暮れる「夢想家」の面があったようである(『愛を求める青年』一五七)。ただし、「聖人として生きた」父親の死は四十年以上たっても詳述できないほどの大きな痛手をシンガーに与え(『アメリカで迷う』一)、さらに残念なことに、ポーランドに残ったモイシェは、後にホロコーストの犠牲となってゆくのである(『わが父アイザック・B・シンガー』*Zamir* 五五)。

さて、アイザックの創作に戻ると、彼の息子イスラエル・ザミラが著した『わが父アイザック・

B・シンガー』（一九九四）には、以下の描写が見られる。アイザックは、目を覚ましてから、寝床の中で二時間ほど費やして作品構想をまとめており、起床すると、四十年も着古したパジャマ姿で机に向かい、午前中に作品をイディッシュ語によって一気に書き上げてしまうのであった。その原稿を読み返しもせず、英語の翻訳者に送り、翻訳が戻ってくると、今度はそれを文章ごとに推敲してゆくのであった。推敲の際には、アイザックの秘書として十四年間も務めたデボラ・テルシュキン（『夢を織る師匠』Telushkin 一九九七）などの助力があったことであろう。

ちなみに、アイザックの息子イスラエルは、五歳の時に父と別れ、二十年後にニューヨークで父親と再会した。当然、心の隔たりは大きかったが、何度も父の作品を読み、それをヘブライ語に翻訳し、父の心に分け入ってゆこうと試み、結局、作品のほとんどをヘブライ語に翻訳する過程で、父との関係を修復できたという。ここに父親と息子のもう一つの人生の営みを観ることができよう。

こうして連綿と続く偉大な宗教教育の伝統があったればこそ、シンガーの父親や末弟は宗教の道へ、そしてジョシュアやアイザックの兄弟や彼らの姉は、文学の領域に没頭する基盤が確立されたのである。偉大な伝統が存在し、そしてその中でたった一軒のユダヤ家庭の中からでさえ、代々の精神的な指導者ラビが輩出され、さらに優れたイディッシュ語作家やノーベル賞作家が育まれた事実に驚嘆を禁じ得ない。

4　無名の作家としての長い道のり

『アメリカで迷う』（*Lost in America* 一九八一）で詳述されているように、アイザックは、兄ジョシュアの援助を受け、一九三五年にホロコーストを逃れて渡米したが、執筆用言語であったイディッシュ語を活用できず、作家として一語も書けず、物質的にも貧しく、苦しい時代が何年も続いた。すでに有名な作家になっており、イディッシュ語新聞『ジューイッシュ・デイリー・フォワード』の要員でもあった兄ジョシュアの存在は、助けになったことであろうが、アイザックの渡米時にはイディッシュ劇場はすでに衰退の色が濃かったのであった。この苦しい体験によって、青春時代を大不況下で過ごしたソール・ベロー（一九一五―二〇〇五）と似て、アイザックは生涯を緊縮財政で乗り切る術を見出したのであろう。菜食主義者であったアイザックの食事は質素なものであったし、四十年間も着古したパジャマ姿で執筆机に向かったのであった。無名の作家として長年を過ごした後、一九七八年にノーベル文学賞を受け、創作や講演や講義で高収入を得るようになっても、切り詰めた生活習慣を維持したようである。精神的には厳しく、物質的には質素に生きたことが、彼の作家としての長命を維持したことであろう。イスラエル・ザミラの『わが父アイザック・B・シンガー』によれば、アイザックは、ノーベル文学賞を得ても、それが彼の生活態度を大きく変えることはなく、質素な生活を続けながら、相変わらず執筆を最優先とする日々を送ったようである。

有名な作家であった兄ジョシュアを師と慕い、「ジョシュアの弟」として巷に知られ、兄の援助をいろいろ受けていたことは事実であっても、アイザックは、前述したように、独自の作家魂を追及していた。兄の二番煎じに陥ることは、決してなかったのである。

悪霊が飛び交う神秘的な作風を発揮し、作家としての彼の方向性を決定づけたのは、『ゴライの悪魔』（*Satan in Goray* 一九五五）であった。コサックの首領フメルニッキーによる（政府が陰で扇動したユダヤ人虐殺）ポグロムの後、迫害の後遺症に苦しむシュテトルの住民は、救世主（メシア）を待望していたが、その気運に乗じて偽メシアが暗躍し、共同体の精神的指導者であるラビを孤立・滅亡に追いやってゆく。一方、偽メシアに踊らされる住民たちは、戒律をないがしろにし、内部分裂し、退廃的な生活に流されてゆく。人々の心に悪霊が取り付いたのである。信仰の核が失われると何が起こるか。この作品は、人々に警告を与え続けているのである。十七世紀を描く作品であっても、その背景には、二十世紀のホロコーストの影が大きく立ちはだかっているのだ。

アイザックは、ヒトラーのポーランド侵攻を逃れたことを含め、間一髪のところで多くの危機的状況を掻い潜ってきた。そのような体験が成せる業であろうか、彼は作中でもしばしばハラハラさせる精神的な緊張を持続させるのである。「多くの不幸は倦怠より生じる」（『愛と流浪』*Love and Exile* xxviii）のであるから、作中でも複雑な愛の絡まりや予測できない人生の変転など、緊張が繰り返されるが、作家としても厳しい執筆条件を自らに課し、精神の緊張を維持していたようである。帰宅すれば、すぐ執筆机に向かうことからも想像できるように、作家魂に徹底した、張り詰めた精神で日々を過ごしていたのであろう。

5　信仰と生きる模索

前述したように、シンガーの作品において、神に対する揺るぎない信仰を持つことができない者は、人としていかに生きてゆくのか、がしばしば問われている。

シンガーは、人には到底及ばない創造主の叡智（えいち）を認めるが、ホロコーストを含めて悲劇を黙認しているかのような神の慈悲を信じることができない。そこで彼は、生涯にわたって「抵抗の宗教」を唱えてゆくのである。「真の抵抗とは、出来得る限り悪行を避けることである」（『愛と流浪』四五）。彼は、人ばかりではなく、鳥獣や昆虫の苦難にも心を痛める。動物を狩りなどで殺め、屠殺場や実験室で苦しめる行為は、容易に人の虐待につながることだ。そこで、シンガーは菜食主義を実践してゆく。あるいは、少なくとも、肉を食べる際に犠牲となった動物に思いをはせてゆく。たとえば、宮沢賢治の童話「なめとこ山のくま」のように、殺す者と殺される者との間に共通する結びつきを思う。実際、「自然に生きる動物たちは、繁殖過多となれば、種の絶滅につながることを知っており、本能によって数を抑制する術を心得ている」（『アメリカで迷う』八三）。ところが、人だけが、他の生き物を平気で犠牲にし、破滅に至る増加を続けているのである。この意味でも、人は獣に及ばない。シンガーの説く人間性に対する悲観的な見方を背景とした「抵抗の宗教」は、彼の作品全体に及んでゆくのである。

シンガーは、いわゆる正式な宗教行事、たとえば、シナゴーグでの祈り、を守っていなかったかもしれないが、彼独特の宗教心を抱いていたのだ。彼は、破壊的な諸力を掻い潜りながら生きているが、どこかで人を導く人知を超えた大きな力の存在を信じているのだ。ただし、彼は、神の慈悲を疑い、神に抵抗する宗教を止めない。「神の行為が不正であるならば、人には抵抗する権利がある」（『愛と流浪』三八）という。彼は菜食主義者であったが、それは、動物を殺めることから人を殺すことへは、ほんの一跨ぎであるからだ。

そうした彼の描いた作品のいくつかの例を見ておこう。

ホロコーストによって人生を翻弄され、狂気の中で生きる悲劇的な世界であっても、人は愛の灯を絶やさず、生きてゆく（『メシュガー』*Meshugah*）。愛の灯が絶えないならば、人はまだ生きているのである。困難な状況下でも、人は工夫し創造的に、積極的に生きようとする。

紆余曲折を経て、愛する者同士が、ともに埋葬される。死しても共に横たわるのである。シンガーは、こうした場面を好んで描く（『奴隷』*The Slave*,「短い金曜日」"Short Friday"）。

悪の道に迷い込んだ末に、狭い場所に自らを閉じ込め、そこでの苦行や瞑想を経て、人生の叡智を蓄積し、それを人々に伝授してゆく（『ルブリンの魔術師』*The Magician of Lublin*）。

あるいは、戒律に厳しい伝統的なユダヤ教超正統派の住む地域において、彼らの生き方を実践してゆく。たとえ多くの罪を犯しても、懺悔する道は常に開かれているのである。現代文明を鋭く批判する作品である（『悔悟者』*The Penitent*）。

乞食となって流浪し、叡智を蓄え、出会う人々にそれを伝え、喜んで死を受容してゆく（「馬鹿者ギンペル」"Gimpel the Fool"）。

宇宙に根差した思想を説くシンガーの作品においては、宇宙が生きているならば、その枠組みにおいて、死は存在しない。一つの場所から、別の場所へ移動するだけである。さらに、宇宙のどこかに、すべてのことを記録する保管所があるという。人は目に見えない力の影響を受けているのである。

シンガーは、片足を父親の倫理的・道徳的な世界に乗せ、片足を自由奔放な世界に乗せてゆく。宙ぶらりんな状態で何とか平衡を維持してゆこうと試みるのである。その彼の世界では、ソール・ベローのように、精神の共同体への憧れが窺えよう。それは、ヒトラーによって滅ぼされた亡霊の世界、移民の世界、を含むものであったことだろう。

6　おわりに

ユダヤ家族の場合、母親が子供たちに大きな影響を与えた場合もあったであろうが、伝統的な母親の役割は、家庭の運営と市場での商売であり、やはり、生涯をいかに運営するかという課題に関しては、子供たちに対する父親の役割が重要になってこよう。この点に関して、父親は、子供たちに見本を示さなければならない。

父親にとっては、「職業教育を施さなければ、子供は泥棒になる」(『レオ・ロステンのユダヤ引用宝典』三四二、四九六)と言われた時代であるから、幼時の頃より問いかけの多い家庭の雰囲気を作り、子供たちが自分の跡を継いでくれることを願ったかもしれない。しかし、時代の変転の中で、物事はそのようには進まなかったのである。

シンガーにとって、新世界での切磋琢磨に加え、旧世界で学んだ豊かな物語の世界やユダヤ教の知識やラビの職業に対する理解なども、創作に大いなる助けになったに違いない。旧世界の貧民街や「父の法廷」や母親の生まれ故郷ビルゴレイで目撃した多様な人間像を吸収し、それを創作に集約していったのである。

［引用・参考文献］

Ayalti, Hanan J. ed. *Yiddish Proverbs*. New York: Schocken Books, 1963.

Cahan, Abraham. *The Rise of David Levinsky*. New York: Grosset & Dunlap, 1917.

——. *Yekl and The Imported Bridegroom and Other Stories of Yiddish NewYork*. New York: Dover Publications, 1970.

Gittleman, Sol. *From Shtetl to Suburbia*. Boston: Beacon Press, 1978.

Rosten, Leo. *Leo Rosten's Treasury of Jewish Quotations*. New York: Bantam Books, 1972,

Singer, Isaac Bashevis. *Gimpel the Fool and Other Stories*. New York: Farrar, Straus & Giroux, 1957.

——. *The Slave*. Middlemarch: Penguin Books, 1962.

——. *A Day of Pleasure*. New York: Farrar, Straus and Giroux, 1963.

——. *Short Friday*. New York: Farrar, Straus & Giroux, 1964.

——. *In My Father's Court*. New York: Farrar, Straus and Giroux, 1966.

——. *An Isaac Bashevis Singer Reader*. New York: Farrar, Straus and Giroux, 1971.

——. *Lost in America*. New York: Doubleday, 1981.

——. *The Penitent*. New York: Farrar, Straus & Giroux, 1983.

——. *Love and Exile*. New York: Doubleday & Company, 1984.

——. *Meshugah*. New York: A Plume Book, 1994.

Singer, Israel Joshua. *The Brothers Ashkenazi*. New York: Alfred A. Knopf, 1936.

——. *Yoshe Kalb*. New York: The Vanguard Press, 1968.

——. *The Family Carnovsky*. New York: Schocken Books, 1969.
——. *Of a World That Is No More*. New York: The Vanguard Press, 1970.
Telushkin, Deborah. *Master of Dreams: A Memoir of Isaac Bashevis Singer*. New York: Perennial. 2004.
Wiesel, Elie. *Somewhere a Master: Further Hasidic Portraits and Legends*. New York: Summit Books, 1982.
Yezierska, Anzia. *Bread Givers*. New York: Persea Books, 1925.
——. *Hungry Hearts and Other Stories*. New York: Persea Books, 1985.
——. *Arrogant Beggar*. Durham & London: Duke UP, 1996.
Zamir, Israel. *Journey to My Father, Isaac Bashevis Singer*. New York: Arcade Publishing, 1995.
Zborowski, Mark & Herzog, Elizabeth. *Life with People: The Culture of the Shtetl*. New York: Schocken Books, 1995.
広瀬佳司 監修『新イディッシュ語の喜び』大阪教育図書、二〇一二年。
宮沢賢治『なめとこ山のくま』岩崎書店、一九七八年。

第8章　マラマッドの「ある殺人の告白」
――そのタイトルの重層的な意味について――

鈴木　久博

1　はじめに

バーナード・マラマッド（Bernard Malamud 一九一四―一九八六）は短編の名手であり、生前三つの短編集、『魔法の樽』（*The Magic Barrel* 一九五八）、『白痴が先』（*Idiots First* 一九六三）、『レンブラントの帽子』（*Rembrandt's Hat* 一九七三）を発表している。本論で取り上げる「ある殺人の告白」（"A Confession of Murder"）は、一九五二年から五三年にかけて執筆された作品であるが、いずれの短編集にも収録されず、死後に出版された『ピープルおよび未収録短編集』（*The People and Uncollected Stories* 一九八九）に収められた。この作品は元来小説の第一章を意図して書かれたのだが、小説の構想が頓挫（とんざ）したため、日の目を見なかったのである。

このような経緯から、この作品は認知度が低く、批評の数も極めて少ない。ただ、たとえそうであったとしても、この作品は一編の短編として十分な完成度を持っていると評価されている。

「ある殺人の告白」は、当初マラマッドによって、『誰も持ち上げることができない男』（*The Man Nobody Could Lift*）という小説の第一章として書かれたが、結局その小説の構想をマラマッドは断念した。だが、作中の出来事の配置やプロットの一貫性により、一つの短編として扱っても正当化されるものである。（Shaw 三三九）

また、この短編にはマラマッドの他の作品にも共通する点が見られる。一つはその主題として、父子関係の葛藤が扱われているという点である。この主題は、『レンブラントの帽子』に収録され、高く評価されている短編「銀の冠」（"The Silver Crown" 一九七二）、「手紙」（"The Letter" 一九七二）、「わが息子に殺される」（"My Son the Murderer" 一九六八）をはじめとするマラマッドの多くの短編でも扱われている。一方、長編『アシスタント』（*The Assistant* 一九五七）においては、ユダヤ人店主モリス・ボーバーと主人公であるイタリア人フランク・アルパインとの間に疑似的な父子関係が認められる。

もう一つは、現実と幻想を融合させるという手法である。この短編では、主人公が現実と空想の区別がつかない者として描かれている。主人公の視点を中心に語られる出来事について、読者は実際に起こったことのように感じるのだが、実はそうではないことが判明する。また、主人公の存在についても謎めいたところがあり、父親が酔った勢いで妻に暴力をふるった時に使い、トランクの底に隠しておいた上げ下げ窓の錘（おもり）の在処をなぜか知っている。そして、自分が父を殺害する際に凶器として使用し、それを地下室に隠したと主張する。そして実際にそれが地下室から見つかるのである。主人公に超人間的な力があるようにも思われる。

マラマッドは別の短編でも、作中に幻想や超人間的な力を持った存在を描いている。例えば、「魔法の樽」（"The Magic Barrel" 一九五四）や「最後のモヒカン族」（"The Last Mohican" 一九五八）では、それぞれの主人公を精神的覚醒へ導く役割を担う結婚仲介人サルズマンおよびユダヤ難民サスキントが、いずれも主人公が必要とする時に、必要とするものを把握しているということから、実在の人物ではなく、幻想であると解釈することが可能なのである。その意味で、「ある殺人の告白」における主人公の描き方には、マラマッドの後の短編につながる要素が認められると言えるかもしれない。

この作品の主人公エドワード・ファーは現在二十代後半で、伝統的なユダヤ人家庭にしばしば見られるような家父長制の家庭に育っている。彼の父ハーマンは、現在は改心したと言っているが、若い頃は極めて独裁的で暴力的だったと自白している。この短編は、そのような父に憎しみを抱く息子エドワードが、父を殺害した直後、その現場から逃走するという設定で始まる。そして、エドワードは警察署に出頭し、父を殺害したと述べる。だが後に刑事が彼を連れて現場検証に行くと、ハーマンは体に傷を負うこともなく、生存していたのである。ここで、父の殺害はエドワードの妄想にすぎないことが判明するのである。彼は事情聴取をした刑事から、現実と非現実の区別がつかない精神障害者とみなされる。

本論では、エドワードが実際には行なってもいない殺人を犯したと自供するという設定に、何らかの隠された意味があるのではないかと考えて作品の解釈を試みる。そしてそれが、この作品の「殺人の告白」というタイトルと関連していると仮定する。つまり、このタイトルには重層的な意味があるのではないかということである。そして、その意味を明らかにすることによって、ユダヤ教で伝統的に重視されている父子関係が、この作品ではいかに歪んだものとなっており、その理想から乖離(かいり)したものとなっているか、またその原因がどこにあるのかについても解明することができると考える。さらに、そのような設定が、物語最後のハーマンの覚醒にいかに関与しているかについても指摘したい。

具体的にはまず、このタイトルにある「告白」を以下の二つに大別し、論を展開する。第一に、エドワードによる父ハーマンの殺害の告白である。この点については、暴力的な父親が息子に与え得る影響について、精神障害との関連にも焦点を当てて論じてゆく。

第二に、このタイトルが、現場検証にやってきた刑事とエドワードに対して父ハーマンがすることになる過去の暴虐の告白を指しているという解釈である。その場合、ハーマンが誰を殺害したと告白しているのかが問題となるが、以下が考えられる。まず、彼の妻の殺害である。次に象徴的な意味での息子エドワードの殺害、そして最後にやはり象徴的な自分自身の殺害という三つであるが、後二者については、ユダヤ教で規定されている親子関係のあるべき姿に基づいて解釈を試みる。

最後に、このような告白をしながらも、実際には自己満足の域を出ないハーマンをして悔い改めに至らしめたものは何なのかについても分析する。

2　ファー家の家庭環境とエドワードへの影響―エドワードによる父ハーマン殺害の告白―

ファー家の家庭環境はユダヤ教の理想とはほど遠い。ユダヤ教では「家庭内におけるいかなる暴力も伝統的な文献で強く非難され」、「ラビの多くが躾(しつけ)のための尻たたきにすら眉を顰(ひそ)める」(Diamant 一六)ほど、家庭における暴力を否定するのだが、ハーマンは若い頃、自分は獣のように妻や息子に暴力をふるっていたと自白している。彼はエドワードに対しては、背中をベルトのバックルで殴るという行為を幾度となく繰り返していた。ハーマンの妻は十六年前に亡くなっており、それを機に彼は悔い改めたと言っているが、エドワードは現在の年齢から考えるとその当時十二、三才だったことになる。まだ子供だった頃に彼は父から暴力を受け続けていたのであり、これは彼の人格形成に深刻な影響を与えたと考えられる。この短編を通して、エドワードはまったく行動力がない人物として描かれているのだが、彼がそのような人物となった大きな要因が父の暴力であると考えられる。

ハーマンは現代しばしば用いられる用語を使えば「毒親」であろうが、脳科学者中野信子は、毒親の影響として、子供が自分の行動が親の意に添ったものなのかを心配し、自分の意志を抑圧してしまったり（中野 三二）、過剰に人に気を遣うようになる（中野 四〇）ことがあると指摘する。エドワードにもそのような傾向がある。彼が警察に出頭した時は夕食時だったのだが、担当刑事がその日は朝から次から次へと事件があって忙しく、それが一日で最初の食事だと言うと、「彼は今では来たことを後悔した」（一八二）のである。

また、この短編中には、エドワードが父親の意志に背いたらどんな目に遭うかを目の当たりにし、恐怖に怯える場面がある。幼馴染みのマーティと街角をぶらついていた時、マーティが通りかかった女性に下品なことを言う。それを偶然耳にしたマーティの父が血相を変えてその場に駆けつけ、彼をこっぴどく殴り、マーティは口から出血する。エドワードはその光景に腹の底から気分が悪くなり、嘔吐してしまう。彼はマーティの父に自分の父の姿を重ね合わせていたに違いない。

また、若かった頃のエドワードが友人たちといる場合と、家にいる時のようすとを比較しても、父親の存在が彼に与えた影響が感じられる。マーティの父が語るように、エドワードは歌が得意で、頻繁に街に出かけていた。また、かつてのガールフレンドのヘレンは、エドワードが以前は人とよく話をしたと言っている。それに対し、父ハーマンが描写するエドワードは、幼い頃からずっと口数が少ない人物である。彼は、「この世の中にはあらゆるタイプの人間がいて、中には他人以上に考え込むタイプもいる。息子には少年の頃からその傾向があった」（一八九）とエドワードについて述べている。エドワードは、家の中では父を恐れるあまりに無口になってしまったと考えられる。

エドワードが幼少の頃に父から受けた暴力の記憶は、容易に彼の脳裏から離れることはない。父の殺害をやり遂げたと空想した後、しばらく身を潜めている時に彼は誰かの足音を聞くのだが、それを奇跡的に傷が癒えて、出てこないとベルトで殴りつけるぞと脅かしながら、自分に対する怒りに燃える父の足音だと思ってしまうのである。そして、「この記憶はファーに非常に深刻な影響を及ぼしたため、彼はうめき声を上げた」（一七二）ほどであった。

なお、エドワードは、軍隊からの帰還後にすっかり引きこもるようになってしまったと書かれているが、元来、父に対する恐怖心によって精神にダメージを受けていたところに、さらに戦争という力による支配によって自らの命が脅かされ、彼の中の恐怖心がさらに亢進し、無力感に苛まれるようになったのかもしれない。戦争によって兵士が恐怖と戦慄を体験し、帰還後に心的外傷後ストレス障害（ＰＴＳＤ）を発症することはしばしばであるが、エドワードの場合はその家庭環境と相俟って、その影響を受けやすい状況にあったのではないだろうか。

エドワードが望んだことを行動に移せないようすが、彼が若い頃にヘレンから誘惑を受けながら、行動に踏み切ることができなかったエピソードに現れている。警察に向かう途中に立ち寄った酒場でその彼女と再会し、その夜のことを尋ねられるのだが、彼はそんなことは聞きたくないと厳しい調子で言い放ち、さらに、今回も同様の誘いを受けながらも、「彼はテーブルに頭を打ち付け、目を閉じたまま動こうとしなかった」（一七九）のである。

エドワードはこのような自分に対して葛藤やジレンマを感じている。そして、刑事からなぜ父親を殺害したのかと問われた時の「親父が自分の人生を台無しにしたんだ」（一八四）という回答が示唆するように、彼は自分がそのようになったのは父のせいだと捉え、父に怒りと憎悪を向けるのである。それが昂じて父を殺害したいという思いに至るのだが、その願望がいかに強く、病的なまでに自分自身を支配してきたかについては、父の殺害を空想した後のエドワードの感情から窺い知ることができる。

長年にわたって彼はその欲求に苦しめられ、口数が減り、寂しく、不機嫌になり、そして、それを実行することだけが解決策だという結論に至った。あまりにも長い間、その計画が実行されるのを待って心に巣くっていたのだが、今それがなされたため、彼はついに自らの存在を惨めなものとし、挫折させてきた悪臭を放つ欲求、抑圧された怒りと恐怖から自由の身となったと感じた。（一七三）

彼にとっては自分の存在を矮小化してきた父の暴力、父の存在から解放されることが救いだったことがわかる。

　なお、エドワードは父の影響でものごとを実行に移すことができなくなってしまったため、自分の空想の世界に逃避し、そこに生きざるを得なくなったと考えられる。父の殺害のように、現実と空想の区別がつかない場合もある。刑事が生存しているハーマンを前にして、エドワードに、「それでもまだ君は、それ〔凶器とされる上げ下げ窓の錘〕でお父さんを殴った、あるいは殴ろうとしたと主張するのかね」（一九〇）と問う場面がある。その時エドワードは、「じっと壁を見つめたままだった。彼は思った、もし答えたら自分は気が狂ってしまう。答えてはだめだ、答えてはだめだ」（一九〇）と激しく動揺する。彼にとって唯一、自己の存在を肯定し得る方策は、父の殺害であった。一方、刑事のこの質問は、エドワードの行為を空想の世界から現実の世界へと引き戻し、その尺度で測ったものである。彼はそのような質問に答えれば、自分が拠り所としている空想の世界から連れ出されてしまうことを認識していたのではないか。そして、そうなれば、空想の中で成し遂げた父の殺害を否定することになってしまうと感じたため、彼は頑なに回答を拒んだのではないかと思われるのである。

　このように、自らの思うように行動することに抵抗を感じ、空想の世界に依存せざるを得なくなったエドワードが、自分をそのような者とならしめた父に対して、複雑な思いや否定的な感情を抱くに至ったのは当然であろう。それが父の暴力と関連していればなおさらであり、その負の感情が殺意にまで強められたとしても無理からぬことと言えるかもしれない。本来愛されて当然の親からの虐待は、子供にこの上なく深い傷を負わせてしまうのである。

3　ファー家の家庭環境とハーマンの妻への影響─ハーマンによる妻殺害の告白─

ここからは、この短編のタイトルをハーマンによる殺害告白であると想定して解釈を試みる。まず、彼の妻を殺害したという告白についてである。

前述のように、ハーマンは若かった頃、妻にも暴力をふるっていた。具体的には、日々、痣ができるほどに殴り、鼻血を出させたり、階段から突き落としたりさえもしたと告白している。ある時にはエドワードが父を殺害した凶器だと主張した窓の錘で妻の頭を殴り、傷を負わせている。その暴力の酷さにハーマンの妻も耐えられず、その錘でハーマンを殴り返そうとしたことさえもあったほどであった。結局、彼女は病気を患った末に亡くなったことになっている。エドワードは、母に対する父の暴力のようすを見て、「親父がおふくろを毎日少しずつ殺していったんだ」（一八八）と幾度となく父を責める。ハーマンの妻の直接的な死因については言及されていないが、エドワードが指摘するように、ハーマンの日常的な暴力が影響していたとも考えられ、彼自身もその可能性を否定していない。その意味で、ハーマンの妻に対する暴力の告白は、妻を殺害したという彼の告白とも読めるのではないだろうか。

4　ユダヤ教における伝統的な親子関係─ハーマンによる象徴的なエドワード殺害の告白─

次に、作品のタイトルを父ハーマンによる息子エドワードの象徴的殺害の告白であると解釈する見方について述べてみたい。これを説明するために、ユダヤ教において伝統的に尊重されている父子関係を参照する。

ユダヤ教では子供の役割について多くの人々が以下のように考えている。

両親が病気の時、年老いた時に面倒を見、両親がきちんと埋葬されるように計らい、両親を思い出してカディッシュの祈りを唱えることである。子供には、一生を通じてその両親を「尊び畏れる」という義務が課せられている。これには、……両親に口答えをしない、両親に対して癇癪(かんしゃく)をおこさない、両親に恥をかかせない、死後にさえ尊敬の念をもって両親のことを語るといったことが含まれていると説明されている。(de Lange 一一四)

エドワードの父に対する態度はどうだろうか。それは、ユダヤ教で教えている理想とは対照的であると言わざるを得ない。彼は、父が自分の人生を滅茶苦茶にしたと述べ、愛情を一切抱かず、父を尊ぶどころか、「殺さなければならなかった」(一八三)とまで言っている。また、父を殺害しても、「彼の父が、自分にもたらしたあらゆる惨めさに対してついに悲惨な代価を払ったのだが、それは彼には慰めにならなかった」(一七二)ほど、彼の父が彼の人生に与えた影響は深刻であり、父に対する恨みと憎しみは深い。また、かつては父に向って怒鳴ったり、罵(ののし)ったりしたこともあった。さらに、ハーマンが刑事とエドワードに対して、妻が窓の錘で自分を殴ろうとしたと語った時には、エドワードは声を出して笑い、ハーマンに対する不信感と侮蔑を露骨に示すのである。

このようなエドワードの態度に対して、その責任がハーマンにあることは自明であろう。ユダヤ教では子供に親を尊敬する義務がある一方で、親には子供を教育する責任があると教えている。「親を尊敬するよう求める聖書の要求は……親子世代間の双方の様々な義務として詳細に規定された。目上の者に対して尊敬心をもって対するのが子供の義務である一方で、両親には子供を教育する責任がある」(Diamant 一六)のである。この観点からするとハーマンはまったく責任を果たせていないと言える。

親が子供に与える影響については、ラビ、アブラハム・ヨシュア・ヘッシェル(Abraham Joshua Heschel 一九〇七―一九七二)も次のように述べている。

私には娘がいて、心から愛しています。……娘には私を父として尊敬してもらいたいと思っています。それで何度も何度も自問しました。娘の尊敬に値するものが私にあるだろうか、それは何だろうか、と。

よろしいでしょうか。私が娘の尊敬に値するような人生を生きない限り、私は娘がユダヤ的人生を生きるのをほぼ不可能にしてしまうのです。……

子供を持つ親御さんへの私のメッセージは以下の通りです。「ご自分に、子供さんからの尊敬に値するものがあるだろうか、それは何だろうか」と日々自問してください。(Diamant 一六)

ハーマンはエドワードに生き方の模範を示すどころか、自らの暴力によって、彼が宗教伝統的なユダヤ教の精神に適う息子として生き、その義務を果たすことを極めて困難にしたと言える。エドワードは、自分や自分の母に対して日々暴力をふるい続ける父の姿を見て、正しく生きるどころか、殺害を企てるような息子に育ってしまったのである。

親の殺害が人の道に悖る行為であることは論を俟たないが、エドワード自身も、自らの姿が本来あるべき息子としての姿ではないことを認識している。彼は警察署へ向かう途中、告解のためにカトリック教会に立ち寄る。だがこの日は月曜で、告解は土曜だと告げられて、彼はそのまま立ち去る。この時のエドワードは、父を殺害したという「高揚感は消え失せ、以前感じていた感情がそれまでに記憶がないほど重く」（一八〇）のしかかっているのを感じている。そしてその重荷ゆえに彼はその場に崩れ落ちてしまいそうなほどなのである。エドワードは、たとえどんなに憎かろうと、自分の父を殺すということがどれほど非人道的で、由々しき事態であるかを認識していたと考えられる。そして今、彼の頭の中ではその殺害が実際に行なわれたため、彼は自らが非道な者であるという意識をかつてないほど強く抱くようになったのではないか。

また、彼は刑事とのやり取りの中で、「あんたは自分のことを人間だと思っているか」という質問を受ける。それに対して彼は「いや、自分はそうなれなかった」と答え、さらに、「じゃあ、獣なのか」と問われて「人間ではないという限りにおいてはそうです」（一八四）と答えている。これは、エドワードが、親を殺害するような人間は人間と呼ぶに値しないと認めているのだと思われる。

なお、マラマッドは別の短編「魔法の樽」で、道を踏み外した者を「死んだ」存在と表現している。この短編では、花嫁探しをしているラビ候補生の主人公レオ・フィンクルに対して、結婚仲介業者サルズマンがさまざまな相手を紹介するのだが、結果的にレオはサルズマンの娘ステラの写真を見て一目惚れをする。だが、彼女は売春婦に身を墜としてしまっており、サルズマンはステラのことを、「あれはわしにとって今はもう死んだのだ」（二一二）と表現するのである。ステラとエドワードの行為は異なるが、いずれも人の道に背くものであり、親を辱めるような行為であるという点では一致する。この点で、エドワードもまた象徴的に「死んだ」存在と言えるのではないだろうか。そして息子をそのようにさせたのが父ハーマンなのである。そうであるならば、ハーマンの告白は、自らの横暴ゆえに象徴的に息子を「死んだ」存在とならしめた自らの罪の告白であると解釈することができると思われるのである。

5　ユダヤ教における伝統的な親子関係―ハーマンによる象徴的な自分自身殺害の告白―

「ある殺人の告白」というタイトルを、ハーマンによる息子殺害の告白と解釈することができるのであれば、さらに、ハーマンによる自分自身の殺害の告白とも解釈し得ると思われる。この点について考えるにあたり、再度ユダヤ教の親子観を参照したい。

　ユダヤ教では親子関係において、子供が非常に重要な役割を担っていると考えている。親が子供の過ちを償ったり、道を踏み外した子供を救うことはできないとする一方で、子供は親の人生を償うことができるという。

子供の行為は親の人生を償うことができる。それは親の死後においてすら可能である。……子供の倫理的、宗教的、社会的美徳が、両親を聖化するのである。子供が生きている限り、親も生きる。立派な子孫を残した者は魂において死ぬことはない。死体は地中に埋葬されているが、その教えは地上で力を持ち続けるのである。

……木がその実によって判断され、職人がその作品によって判断されるように、親個人の重要性もその子供の道徳的、知的成功によって獲得されるのである。ダビデは自らに相応しい息子を残した。そのためタルムードはダビデの死を「眠り」と呼んで、彼の命が続いていることを示している。ヨアブには自らの偉大さを継承する息子がいなかったため、タルムードは「彼は死んだ」と述べて、終焉を示唆している。（Lamm 一五一―一五二）

息子エドワードによって父ハーマンの人生の重要性や価値が変わり得るというほど、エドワードの役割は重要だということになる。だが彼の態度はどうだろうか。たしかにエドワードは、ハーマンが刑事に向かって、「息子は知的な男で、あんたやわしが聞いたこともないような本を読むんだ」（一八九）と言うように、知的好奇心が旺盛なことが窺われる。しかし、ハーマンによれば、「その知識は、息子がわしに対する態度を軟化させるのに何の役にも立っていない」（一八九）のである。父親を軽蔑し、殺害を望むエドワードの姿は、たとえそこに十分な理由があったにせよ、倫理的、道徳的な観点からは、正しい生き方であるとは言うことができない。彼は自らの行動によってハーマンの人生を償うどころか、むしろ悪化させていると言えるのではないか。

このことをハーマンの観点から見ると、彼はユダヤ教の精神に適う子供を残すことができなかった親ということになる。彼は、人の道を外れ、象徴的な意味で「死んだ」息子しか残せなかったのである。ハーマンはヨアブの如く、その生命の終焉を迎えたと言わざるを得ない。このように考えれば、彼の告白は、息子に対する暴力ゆえに、自らの生命が引き継がれる可能性を絶ってしまったという告白とも解釈することができる。

なお、この物語中に、エドワードがハーマンの人生の価値をさらに貶(おとし)めようとしているのではないかと感じられる場面がある。彼が警察署に出頭した際、刑事から、殺害された六歳か七歳くらいの少年の写真を見せられる。刑事がハーマンに対し、エドワードの父親殺害は妄想だったと告げた後、エドワードは自分を何とか殺人鬼に仕立て上げようとしたのか、警察署で見せられた写真の少年は自分が手に掛けたのだと言い出す。実際にはこの少年は病気で亡くなった刑事の息子だったのだが、エドワードは自分のせいだと主張し、逮捕されようとして両腕を差し出すのである。彼は父の前で自分がさらに極悪非道な人物であることを示し、このような息子しか残せなかったことを自覚させることで、ハーマンの罪をさらに糾弾し、その人生の価値を一層否定しようとしているかのように思われるのである。

６　おわりに―エドワードの精神障害が持ち得る意味―

エドワードが父の殺害を成し遂げたと思い込み、それを理由に警察に自首したことがハーマンの自白につながり、上述のように父としてのハーマンの問題が明るみになる。マラマッドは、エドワードを事実と空想を区別できない精神障害者と設定することで、ハーマンに自らの罪の重さを自覚させ、本心からの悔い改めに至らしめようとしたのではないだろうか。この点について最後に述べてみたい。

妻の死に直面した後、ハーマンは自分では改心したと主張しているのだが、実は十分ではないことがわかる。彼が、エドワードに対して自らの暴力を何度も詫びてきたと刑事に説明するさまを見てみよう。

> 息子の心の奥深くには、わしの改心は何の影響も与えず、息子は以前と同様にわしを憎み続けている。わしが痛む膝をついて千回も悔い改めたのにな。わしは何度も息子に言った、「してしまったことはしてしまったことだ。わしがそれ以降どんな人間になったかで判断してくれんか」と。……だが、この点については息子は一切譲らず、納得しようとせんのだ。（一八九）

これは、今自分は悔い改めているのだから、過ぎたことは過ぎたこととして、赦（ゆる）されて当然といわんばかりの態度にも思える。ハーマンには自分が息子に及ぼした影響の深刻さが把握できていないと言える。刑事から、エドワードが署に来て父を殺害したという供述をしたと告げられても、ハーマンは最初、自分はそのような目に遭っても仕方ないとは言いつつも、それはエドワードがいつものように考えすぎているだけだと思ってしまう。彼は刑事に、「ろくに運動もせんから想像力が働きすぎているんだよ。そのことをわしは息子に何度も言ってきたんだが、息子はわしの言うことはきかんのだ」（一八九）と言い、むしろこれはエドワードの問題だというような態度さえ見せるのである。

しかし、虐待を受けた子供の側からしたら親の虐待をなかったことにするわけにはゆかない（中野五二）。それが自分が抵抗できない子供の頃のことであればなおさらである。エドワードの心の傷はハーマンが想像するよりもはるかに深刻なものだったのではないか。彼の人生は父の暴力によって取り返しがつかないほど歪められてしまったのである。また、エドワードが家の中で口数が少ない点についても、ハーマンは、息子が無口なのは生まれつきであるとしか考えなかったのであり、自らの暴力が与え得た影響など、彼にはまったく認識できていないようすがここからも窺われる。

このように、自分が赦されることばかりを考えている自己中心的なハーマンが、自分の罪を悟り、本当の意味での悔い改めに至るには、息子が本気で自分を殺害しようとした事実に直面する必要があったと思われる。刑事が再度、エドワードが父を殺害してもいないのに、そうしたと思い込んでいると指摘し、「わかるだろ、気がふれてしまったんだよ」（一九〇）と伝えることで、ようやくハーマンは、エドワードには自分の殺害が現実に行なわれたことと認識されていること、ゆえに彼の自分に対する殺意がそれほどまでに強いものであることを知って、衝撃を受けるのである。そして、自らの罪の重さを自覚したハーマンは、「自分こそ処刑に値する者だ」（一九〇）と叫ぶのである。

このように、エドワードによる父の殺害という凶悪な行為の告白が、結果的に父の覚醒に寄与するのである。その意味で、エドワードの父親殺害願望は、表層的には父に害を与えるように見えるが、その深層においては父に益するものであり、外見と内実が極めて対照的であると言える。エドワードを精神障害者とすることで、マラマッドは、ハーマンが罪を自覚し、ユダヤ教において理想とされる父子関係を構築してゆくきっかけを与えたのである。

なお、この作品には、そのようにものごとは外見では判断できないことを象徴するかのようなエピソードが挿入されている。物語の結末でエドワードが手に握った硬貨を空に向けて投げるのだが、これは彼が警察へ向かう途中、海で出会った物乞いがとったのと同じ行動である。その物乞いは「外見からは想像もつかないだろうが、自分は根は紳士なのだ」（一七三）と言い、人は見かけによらないということを示唆する。そして、エドワードに向かって金を要求するかのように手を差し出すのだが、彼が小銭だけを選んで渡すと、この男はそれに憤慨したのか、その小銭を海に向けて投げてしまうのである。エドワードも同様に、「自分は外見は殺人犯だが、その実は父のために行動しているのだ」と訴えようとしたのかもしれない。そのように、自らのすることには外見からは判断できない深遠な意味が含まれているということを、物乞いの所作を模倣することで彼が示そうとしたのであれば、それはまさにこの物語に相応しい結末であると言えるのではないだろうか。そして、そのようなエドワードの姿は、一見すると主人公に苦痛を与えるだけに見えながら、その実は彼らを精神的な覚醒に導く「魔法の樽」のサルズマンや、「最後のモヒカン族」のサスキントをも連想させるのである。

本稿は、日本ユダヤ系作家研究会第三八回講演会（二〇二二年九月十七日、オンライン開催）における口頭発表原稿に加筆訂正を施したものである。

［引用・参考文献］

Diamant, Anita. *Living a Jewish Life: Jewish Traditions, Customs, and Values for Today's Families*. Updated and Revised Edition. New York: HarperCollins Publishers, 2007.

de Lange, Nicholas. *An Introduction to Judaism*. Cambridge: Cambridge UP, 2000.

Lamm, Maurice. *The Jewish Way in Death and Mourning*. Revised and Expanded ed. Middle Village, NY: Jonathan David Publishers, Inc., 2000.

Malamud, Bernard. *The Assistant*. New York: Farrar, Straus & Giroux, 1957.

——. "A Confession of Murder." *The People and Uncollected Stories*. London: Chatto & Windus, 1990, pp.171-190.

——. "The Last Mohican." *The Magic Barrel*. New York: Farrar, Straus & Giroux, 1958, pp. 155-182.

——. "The Letter." *Rembrandt's Hat*. New York: Farrar, Straus & Giroux, 1973, pp. 97-106.

——. "The Magic Barrel." *The Magic Barrel*, pp. 193-214.

——. "My Son the Murderer." *Rembrandt's Hat*, pp.163-174.

——. "The Silver Crown." *Rembrandt's Hat*, pp.1-29.

Shaw, Martín Urdiales. "Conflicts of Communication and Perception in Malamud's Stories about Madness." *Many Sundry Wits Gathered Together*. A Coruña: Universidade da Coruña, 1996, pp.329-335.

Steinberg, Milton. *Basic Judaism*. San Diego: Harvest Book, 1975.

中野信子『毒親』ポプラ社、二〇二〇年。

第9章　「ジ・エンド」をめぐる父と娘
――グレイス・ペイリーの「父との会話」――

大場昌子

1　ユダヤ文化の父と娘

グレイス・ペイリー（Grace Paley）の短編集第二作『最後の瞬間のすごく大きな変化』（*Enormous Changes at the Last Minute* 一九七四。以後『最後の瞬間』と表記）には興味深い作者の一文が付されている。

この本に登場する人物はみな想像の産物です。ただ父だけは違います。どのようなストーリーに登場しても、彼は私の父、I・グッドサイド、医学博士、芸術家、そしてストーリー・テラーです。
G．P．

グレイスの父、アイザック・グッドサイドが出版の前年に亡くなっているため、この文が亡父への献辞であることは疑いないが、著書そのものを捧げる辞が一般的な中で、あえて読者にストーリー中の「父」が作者の実父であると伝える言葉には、何か意図があるのではないだろうか。

伝統的なユダヤ人家族において、「父」は特別な存在であった。ユダヤ系作家の小説の題材には多くの「父」が描かれているが、その中で父と娘の関係をメインテーマとする作品といえば、たとえばショレム・アレイヘム（Sholem Aleichem 一八五九―一九一六）の牛乳屋テヴィエを主人公とする一連の短編小説や、アンジア・イージアスカ（Anzia Yezierska 一八八五―一九七〇）の『パンをくれる人』（*Bread*

Givers: A Novel 一九二五）が即座に思い浮かぶ。これらの作品には、ロシアのユダヤ人村で父が娘の結婚相手を独断で決めるエピソードや、アメリカでの貧困生活で自分は仕事に就かず娘たちが働いて家計を担うことを当然とする父といった、家父長制を体現する父親が描かれている。メアリ・アンティン（Mary Antin 一八八一―一九四九）の自伝『約束の地』（*The Promised Land* 一九一二）は十九世紀末にロシアから米国に移住したアンティン自身の経験について書かれたものだが、本書について論じるサラ・ブラッハー・コーエン（Sarah Blacher Cohen）が、「だれもがユダヤの女子はユダヤの妻になるためにのみ生まれてくると信じていた」（二九）と説明するように、当時のユダヤ社会では、女子には家父長制のもと「妻になる」以外の選択肢はなかったのである。

グレイス・ペイリーは、ウクライナ出身で一九〇六年に米国に移住してきた両親のもとに、一九二二年に米国で生まれた。彼女が生まれたときには父親は医師としてブロンクスで開業しており、彼女は経済的安定を得た家庭で育っている。母は彼女が二十二歳になる年に、父はそれから二十九年後の一九七三年に亡くなった。ペイリーの伝記『グレイス・ペイリーのライフ・ストーリー』（*Grace Paley's Life Stories* 一九九四）の著者ジュディス・アーケイナは、ペイリーの父親に言及する中で、伝統的なユダヤ人の父親について次のように説明している。

グレイス・ペイリーが進んでいく先のユダヤの伝統により近いところにいたユダヤ人女性作家、アンジア・イージアスカとガートルード・スタインの二人は、大きくかけ離れた社会的および経済的階級にあったのだが、両作家の父親たちもまた、それぞれの階級の内側で、権力を有する地位から娘たちを支配しようとして、横暴であり、〔行動を〕禁止さえしていた。(二六)

一八八五年生まれのイージアスカと一八七四年生まれのスタインはともにペイリーよりも一世代以上前の時代を生きた作家だが、ペイリーの父親も「娘たちを支配」する両作家の父親の延長線上にあることが示唆されている。さらにアーケイナによると、ペイリー自身が父の死後、ルース・ペリーとのインタヴューで「ある面で父はとても良い人でした、でもある面では父から離れるまでは私は何もできませんでした」(二六)と発言しており、ペイリーがあえて献辞で特記する「父」には、ユダヤ文化に特徴的な家父長像が表象されていると推察できよう。

『最後の瞬間』にはそうした父と娘が真正面に対峙する作品が一編収められている。ペイリーの短編小説では、表面上様々な登場人物の声がランダムに発せられているものが多いのだが、一九七二年に『ニュー・アメリカン・レヴュー』誌に初めて発表された「父との会話」(“A Conversation with My Father”)は、ペイリー作品にしばしば登場する女性フェイスと彼女の父親との会話のみに終始する点で異彩を放つ。しかも二人の会話の主題はストーリー・テリングである。本稿では以下「父との会話」が、創作活動において文学的に〈父〉なるものからの自立に挑もうとする女性を描くきわめて野心的な試みであることを浮き彫りにしていく。

2　父と娘の創作観

「父との会話」で主人公フェイスは作家として登場する。冒頭、八十六歳のフェイスの父は「心臓も同様に古く、もはやこれ以上働かない」（一六一）死期が迫った状態にあり、「彼〔父〕は最後の助言とリクエスト」（一六一）をフェイスにするのだった。父のリクエストとは、「おまえにもう一度シンプルなストーリーを書いてもらいたい、モーパッサンやチェーホフが書いたような、かつておまえが書いていたような種類の話を。見覚えのある人々と、その人々に起こることを書くんだ」（一六一）というものである。父が望むのは「シンプルな」ストーリーであるが、これに対して娘は、「『ひとりの女性がいた』といった書き出しで始まり、プロット、つまり二点をつなぐ確たる直線が続くようなストーリー」（一六一―六二）を「ずっと忌み嫌ってきた」（一六二）と告白し、彼女固有の創作観が最初から明示される。

「父との会話」は、このように異なる創作観を有する父から要請を受けた娘が、父の「助言」を取捨選択しつつ第一稿から第二稿へと創作を進める枠組が設定されたメタフィクションであり、創作をめぐる父と娘のストーリーがフェイスの一人称で語られる中で、フェイスによるストーリーも形を得ていくプロセスが描かれる。

フェイスが書くストーリーは「数年前に通りの反対側で起きていた話」（一六二）である。近所のシングルマザーの女性がドラッグ中毒の息子を理解しようと自らもドラッグを使用するうちにドラッグ中毒に陥る、息子はドラッグから抜け出すことに成功するが母は抜け出せず、息子は母を残して街を去っていく、悲嘆に暮れる女性をフェイスたち友人が訪ねる、という内容である。このストーリーで注目すべきは、第一稿が、「私の人生のあるとき」で始まり、「私たちはみな彼女を訪ねた」（一六二）で結ばれる点である。この書き出しと結びを除く他の部分は、父が望むスタイルに従った三人称の視点での「ひとりの女性」のストーリーと読めるのだが、「私の人生」および「私たち」という言葉が挿入されることにより、一人称の語り手が語るストーリーとして設定される。第二稿では、書き出しの文章は「あるとき、通りの向こう側にきれいな女性がいた。私たちの隣人だった」に、また結びの文章は「私たちはよく通りを渡って〔彼女を〕訪ねて慰めた」（一六六）という表現に修正されて、最後には新たな文章が追加されるのだが、フェイスがストーリー発想の段階から、ある女性の話として完結するものではなく、主人公の苦悩が周囲の女性たちに共有され波及する状況を描くことに主眼を置いていたことがわかる。女性主人公および彼女の息子の個人名が省かれている点も、特定の個人の話として完結することを阻んでいると言える。一人称の語り手を配置するフェイスの創作においては、当然のことながら作者の立ち位置は、距離をおいて登場人物を描写する全能の作者ではなく、登場人物と同じ地平に位置付けられる。

父はフェイスの第一稿を評して、「おまえはすべてを省いた」（一六二）と批判する。その際に彼が名前を挙げる作家がツルゲーネフとチェーホフであり、他の無名のロシア作家であってもすべてを省いたりはしないと主張する。二人の会話から、父の言う「すべて」とは、主人公の容貌、髪、両親、家柄、息子の父親、結婚の有無といった事項であることが明らかになる。とくに結婚については、「私のストーリーではだれも婚姻届を出さない」（一六三）と言い切って「結婚しているかどうかは大したことではない」とするフェイスに対して、父は「大事なことだ」と反論し（一六三）、制度としての家族を重要視している父の価値観が示されている。また、登場人物がストーリーの中で自律的に動き出した場合「おまえはどうするのか」（一六四）と尋ねる父に対して、フェイスは「頑固な主人公と何らかの折り合いがつくまでストーリーを寝かせておかないと」（一六四）と答える。「二、三十年医師であって、その後二、三十年芸術家だった」父が、「依然として細部や技や方法に関心をもっている」（一六四）と父が単なる読者ではないことが説明される一方、彼女の創作では登場人物と作者が「折り合う」必要があり、作者が登場人物の言動を一方的に決定すると考える父とは明らかに異なる見解がここでも提示されている。

次に加筆後の第二稿に対して、父は女性主人公に対して次のように評する――「哀れな女性、哀れな女の子、愚か者の中で生きるために、愚か者の時代に生まれた。ジ・エンド。ジ・エンド。おまえ〔フェイス〕はその言葉を入れて正しかった。ジ・エンド」（一六六）。主人公の人生に父が付すこの「ジ・エンド」をめぐり、フェイスは父に「終わりということではないのよ、パパ」と「言う必要があった（一六六）。実はフェイスは、「口論になったら必ず父に最後の言葉を譲ると家族に約束していた」（一六七）にもかかわらずだ。彼女がこれまで父に対しても沈黙せず、自分の意見を述べてきた背景があるわけだが、衰えた父には「最後の言葉を譲る」、すなわち彼女が最後に沈黙することを一度は承知したのであった。ところが、フェイスとの会話で興奮した父はニトログリセリンを服用し、呼吸も乱れて酸素吸入の量を増やすのだが、それでもフェイスは「この件について私には別の責任がある」（一六七）と言い、「この件」、すなわち創作に際しての基本姿勢については自らの主張を封じ込めない姿勢を貫く。

父によれば、フェイスが描く主人公の人生は「悲劇！　明らかな悲劇！　歴史的な悲劇！」でしかないにもかかわらず、悲劇であると「認めたくない」フェイスの思考が「作家として大きな問題」（一六六―六七）なのだという。ここで「歴史的」と言っていることからも、父が十九世紀のロシア小説を基盤にして、その人物造形を念頭に置いていることが再確認される。従って、シングルマザーがドラッグ中毒になるという現代的な状況に関して、父が信じる創作観に拠ればそれは「悲劇」にしかならず、フェイスが力説する「人生での開かれた運命」（一六二）を父が女性主人公に見出すことは不可能なのである。

この場面で、二人の会話はストーリー・テリングの方法から人生観そのものへと移行している。フェイスは「あぁ、パパ、彼女〔女性主人公〕は変われるのよ」と、父の決定論的人生観に繰り返し反論するが、父は「最後の助言」として「おまえ自身の人生においても、おまえは人生をまともに見なくちゃいけない」（一六七）と言うのであった。この父の言葉で作品は終わり、娘の生き方に対する父の忠告にフェイスは反論せずに沈黙することが暗示されている。創作に関しては「別の責任がある」と言ってあくまで父に食い下がる彼女だが、親として娘の生き方を案じる父の心情はフェイスも受容しうるがゆえ、結末は「家族との約束」を守る形で終わっていると考えられる。

『最後の瞬間』にはフェイスと父親とのエピソードが含まれる短編がほかにも一編収められている。「午後のフェイス」（"Faith in the Afternoon"）がそれで、この短編は、ソール・ベローとジャック・ラドウィグが創刊した文芸誌『ノーブル・サベッジ』（*The Noble Savage*）第二号（一九六〇）に掲載され、「父との会話」の十余年ほど前の作品である。本作品で主人公フェイスは両親が暮らす高齢者施設を訪ね、母および父と久しぶりに会う。ストーリーの終盤ではフェイスと父との会話が描かれ、久しぶりに訪ねてきた娘に父は自作の詩を披露して、次のような心境を吐露する。

「あぁ、もしおまえが本当にこの詩を気に入ってくれるなら、政治活動は全部やめてしまってもいいんだよ。この頃私は途方に暮れている。移り変わりの時期なのだ。笑わないでくれ、フェイス。いつかおまえもこうしたことを乗り越えなければならなくなるんだ。私の人生から学びなさい」（四七）

さらに父は母について困惑している心中を明らかにする。

「フェイス、信じてくれ、おまえの母さんがあの女〔ミセス・ヘーゲルシュタイン〕に見ているのは、うさんくさい謎めいた雰囲気なのだ。なんと言えばいいのだろう。あの女は世界に向けて投げつける紙つぶてで一杯の袋を持っているんだ」（四七）

母が最近自分が不快感をもつ入居者の女性と長く一緒にいることを良く思わず、自分は「孤児」だと言う父は、話し相手が不在の寂しさを晴らすべく娘に積もる話をしたいのだが、フェイスは幼い子どもを友人に預けていることを理由に父の話を落ち着いて聞こうとはしない。娘のそうした様子を悟り、「おしゃべりな老人」と自嘲する父は、結末で帰りを急ぐフェイスの手をとるが、「侮辱されたという顔に表れる老い」（四九）からフェイスが逃れる前に、父の方が「彼女から立ち去っていた」と締めくくられる。老いを自覚する寂寥感（せきりょうかん）に苦しむ父が、娘に対して依然として父たるプライドを失わない様子がうかがえる。

この「午後のフェイス」を導線として「父との会話」を見るならば、すでに死期が迫る父は、自分と向き合おうとしない娘が向き合わざるを得ない課題をもちかけ、父と娘としてではなく、作家と作家としての創作談義に替えることでフェイスに自らの人生観を伝えようとしたことが理解できよう。

3　先行する作家からの自立

短編「父との会話」にはもう一人書く人物が存在する。フェイスのストーリー第二稿では、父の意見を受けてではなく、まったく新たに、第一稿では触れられていないシングルマザーの息子の人物像が加筆される。彼には「明敏さがあり、高校の学校新聞に説得力のある記事を書いた」（一六四）ほか、雑誌「おぉ、黄金の馬（ゴールデン・ホース）！」をローワー・マンハッタンで販売する手配をしたりする。雑誌の具体的な内容については触れられないが、息子が去った後、「夜になると彼女はひとり泣きながらその雑誌を繰り返し読んだ」（一六六）と語られているところから、この雑誌は去って行った息子と彼女を繋げる役割を果たしている。この息子が、彼をドラッグ中毒から立ち直らせた、ライターで出版や編集に携わるガールフレンドと一緒に、将来的に書くことを仕事にしていくであろう含みをもたされていることは、見逃せない点である。

フェイスの父が冒頭で名を挙げるロシアの文豪ツルゲーネフには、『父と子』（一八六二）という長編小説がある。この作品は十九世紀半ばの領主階層における世代間の隔絶を扱い、彼の代表作と言われている。翻訳者の工藤精一郎によれば、この小説の社会的背景は次のようであった。

当時（一八六〇年）は、農奴解放を間近にひかえ、アレクサンドル二世の中道自由主義への傾きのために、ロシア社会は精神的に大きな盛上がりを見せていた。社会の動きの注意深い観察者であるツルゲーネフは、五〇年代末からぞくぞくと登場しはじめた雑階級出身の知識人たちの歴史的使命を深く感じとっていた。観念を崇拝した父の世代にかわって、行動を理想とする子の世代が、新しいロシアの旗手になることを、彼の芸術的感覚が正確にとらえたのである。（四一八）

当時のロシアにおける若い世代の思想傾向の変化は、ロシアで社会主義運動に関与してシベリアに送られた経歴を有するペイリーの父アイザック（一八八五年生）にも無縁ではなかったと推測される。『父と子』が捉える世代間の意識の隔絶は、フェイスと彼女の父、さらにはシングルマザーの女性主人公とその息子の間でも同様に生じており、短編「父との会話」が十九世紀半ばから二十世紀後半にわたる長い年月をカバーしながら、親の世代とは異なる価値観をもつ子の世代が、親に影響されることなく自らの価値観に従って「書く」行為を続けていくというストーリーが浮かび上がってくる。

『最後の瞬間』が出版された前年の一九七三年は、アイザック・グッドサイドが亡くなり、偶然にも文芸批評家ハロルド・ブルーム（Harold Bloom）が『影響の不安——詩の理論のために』（*The Anxiety of Influence: A Theory of Poetry*）を出版した年である。本書においてブルームは、先行する詩人を積極的に誤読することで後続の詩人は自らのオリジナリティを発揮する余地が生じると説き、それができる詩人は「強い詩人」であるという。

強い詩人において、ケノーシスとは、先行する詩人との関係において「空っぽにする」あるいは「潮が引く」ことが行なわれる修正行為である。この「空っぽ」にすることは〔後続の詩人を〕解放する不連続性であり、先行する詩人の霊感や神性の単なる反復では可能にはならないであろう詩のあり方を可能にする。（八七—八八。傍線は原文のイタリック体を示す）

こうしたブルームの論によるならば、「この件については別の責任がある」と言って死期が近い父であっても自らの創作観を断固として主張し続けるフェイスは、「強い」作家たりうる創造力の持ち主といえるかもしれない。彼女が父の出身地であるロシアの作家の影響下から脱して、アメリカの作家として新しい境地を切り開く可能性を読み取ることができよう。

加えて、フェイスのストーリーで主人公の息子が発行する雑誌名「ゴールデン・ホース」だが、この名前の由来には言及されておらず意味するところは不明であるが、一つの事実として、一九五七年に発売された「スイス時計の歴史の中でも腕時計の普及に貢献した画期的なモデル」の腕時計が同じ名前である。仮に刊行物の名前がこの腕時計を連想させるものであるならば、高価なステータスシンボルとしての腕時計という常識を変え、日常的に使用できるものへと「腕時計の新しい姿を提示」し[1]たとされるこの名前は、女性の息子がフェイスの世代のライティングをさらに変えるかもしれないという予感を与えうる。

グレイス・ペイリーの「父との会話」は、ユダヤ文化の父と娘の関係を基軸にしながら、文学において〈父〉として先行する作家たちから離れて、新たな文学を志向する次世代作家のストーリーをも展開している。創作者として沈黙せずに〈父〉と対峙するフェイスの姿勢は、伝統的なユダヤ文化の文脈におくことで、ひときわ鮮烈な印象を与えるのである。

［註］

（1）「ダイアモンド・オンライン」二〇一九年九月二日。https://diamond.jp/articles/-/209474

［引用・参考文献］

Arcana, Judith. *Grace Paley's Life Stories: A Literary Biography*. Urbana: Univ. of Chicago P. 1994.

Bloom, Harold. *The Anxiety of Influence: A Theory of Poetry*. New York: Oxford UP. 1979.

Cohen, Sarah Blacker. "Mary Antin's *The Promised Land*: A Breach of Promise." *Studies in American Jewish Literature*, Winter 1977-78, Vol. 3. No 2. Penn State UP.

Paley, Grace. *Enormous Changes at the Last Minute*. New York: Farrar, Straus and Giroux. 1974.（本文中の日本語訳は筆者による。）

ツルゲーネフ『父と子』工藤精一郎訳、新潮文庫、二〇二二年。

第10章　父の怒り、息子の涙
――『男としての我が人生』における苦悩と失意――

岩橋　浩幸

1　はじめに

ベロー、マラマッドと並び二十世紀のユダヤ系アメリカ文学を牽引(けんいん)したフィリップ・ロス（Philip Roth 一九三三―二〇一八）はノンフィクションも含めると三十二冊もの作品を世に送り出したが、彼の興味関心がその長いキャリアの中で時代や自身の年齢とともに移り変わっているため、それらを単一のテーマに収斂(しゅうれん)させることは不可能である。実際、彼の処女作『グッバイ、コロンバス』（*Goodbye, Columbus and Five Short Stories* 一九五九）から晩年の代表作『プロット・アゲンスト・アメリカ』（*The Plot Against America* 二〇〇四）までを射程に収めてロス文学の全体像の提示を試みている坂野明子は「彼の文学を通底する三つの特徴」として「《声》、《身体》、《歴史》」（四三）を挙げているが、この三つが全作品で均等に扱われているわけではなく、前景化される要素は作品によって異なると述べている（二一五―一七）。

一方、アン・バス（Ann Basu）は、「ユダヤ系の主人公がアメリカ社会から終わりなき裁きを受ける様子を描くことで、第二次大戦以降のアメリカという国の基本理念やアメリカ人のアイデンティティを絶えず問い直す」（二）というのがロス文学の核心であると捉え、『ゴースト・ライター』（*The Ghost Writer* 一九七九）から『ネメシス』（*Nemesis* 二〇一〇）までを議論の対象にしている。また、ロス文学の最新の研究書である『フィリップ・ロスを読む』（*Understanding Philip Roth*）の中でマシュー・A・

シャイプ（Matthew A. Shipe）は「微に入り細を穿つようなロスの筆力［…］こそが彼の作品の魅力であり、作中に内在する互いに対立する様々な声を下世話な現実の中で描き出す」（六）としている。ここでいう「声」に作者ロス自身の《声》も含まれるとするなら、坂野が既に指摘していたように、《声》の獲得がロスにとって極めて重要な課題であったということになるが、ピア・マシエロ（Pia Masiero）は「『ポートノイ』とその余波」（"*Portnoy* and Its Aftermath"）と題する論文の中で、「その後大きく花開くことになる声の種は『ポートノイ』の中に見出すことができる。［…］そして、二十世紀の後半から二十一世紀の初頭にかけて発表された、ザッカマンが登場する九冊からなる作品群に、ロスがアメリカの作家として成熟していく過程を見ることができるのである」（七七）と結論づけている。

こうした一連の先行研究から見えてくるのは、『ポートノイの不満』（*Portnoy's Complaint* 一九六九）は序章に過ぎず、ロス自身の声を求める自己探求の旅は《ザッカマンもの》（Zuckerman Books）でその本領が発揮され、とりわけ一九九七年の『アメリカン・パストラル』（*American Pastoral*）から二〇〇〇年の『ヒューマン・ステイン』（*The Human Stain*）に至る、通称「アメリカ三部作」で頂点を極めたという見方が批評家の間に定着しつつあるということである。ロス自身が認めているように、『カウンターライフ』（*The Counterlife* 一九八六）が彼のターニングポイントで、それ以前ではユダヤ系アメリカ作家ザッカマンの《声》の獲得に比重が置かれ、それ以降では《身体》と《歴史》が前面に出てきていると なれば、《ザッカマンもの》にはロスの文学的特徴、彼の小説の良さが全て入っていると考えられ、批評家がこぞって取り挙げるのも当然である。

しかし、そのせいか、シャイプも指摘しているように（三六）、『ポートノイの不満』以外の前期作品、とりわけ『偉大なるアメリカ小説』（*The Great American Novel* 一九七三）や『男としての我が人生』（*My Life as a Man* 一九七四）といったロスの野心作の研究が手薄になっていると言わざるを得ない。「アメリカ三部作」で扱われる「ヴェトナム反戦運動」、「マッカーシズム」、「ポリティカル・コレクトネス」といった壮大なテーマへの問題提起も確かに興味深いものではあるが、個人的には、ロス作品の最大の魅力は、己の人生に過剰な期待を抱く主人公が理想と現実のギャップに苦しむ中で無力な自己を受け入れ、最終的にはそんな弱い自分を笑い飛ばせる強さを獲得したり、語るに値するものを見つけたりする過程が緻密に描かれている点にあると思っている。そこで、本稿では、そんな悩み苦しむ主人公の一人ピーター・ターノポル（Peter Tarnopol）が出てくる『男としての我が人生』を取り挙げ、父と息子という観点から読み解いてみたい。

２　綻び始める家族の絆

ユダヤ系作家たちの作品は総じて自伝的で、ロスもまた例外ではない。それゆえ、彼の作品の至る所に自身の体験、つまり父ハーマンとのやりとりをモデルにしたと思われるエピソードが見られるが、ロス作品を父子の愛憎関係という側面から論じるのなら、避けて通れないのは『父の遺産――本当の話』（*Patrimony: A True Story* 一九九一）である。副題が示すように、小説の体裁を纏（まと）ったノンフィクションであり（父ハーマン、息子フィリップをはじめとした全ての人物が実名で登場している）、八十六歳になった父の発病（脳腫瘍）から死までの一年ちょっとの日々が克明に描写されている。その中でも印象深いのは、トイレに行くと言って出ていった父が便座に間に合わずバスルームの中で粗相してしまった姿を目撃する場面だろう。息子は、部屋の掃除に取りかかるが、幅広の栗材からなる老朽化した床板の、狭く不揃いな隙間に入り込んでしまった糞便までは完全に取り去ることができない。そこで、彼は「これこそが自分にとっての父の遺産。お金でも、聖句箱でも、髭剃り用のマグでもなく、父の大便」（二七六）という認識に至るのである。

こうした悟りの境地に達した彼の姿から、ガリツィアからアメリカに渡って来たユダヤ人の息子として徹頭徹尾世俗的で、反ユダヤ主義に屈することなくメトロポリタン生命保険会社の保険外交員として汗水垂らして働き続け、妻と二人の息子との生活を守り抜いた父ハーマンへの畏敬の念が読み取れる。しかし、ロス文学において父と息子が族長アブラハムと息子イサクに見られた絶対的な信頼関係を反復しているかというと、そのようなことは決してなく、むしろそれを転覆した関係にあったことを忘れてはならない。父は息子によって裏切られ乗り越えられるべき存在なのであり、ロスは『父の遺産』の中で次のように述べている。

私たちが使うのは言葉であり、頭である。精神を駆使し、つまり、父たちと私たちの間に広がるどうしようもない乖離を生み出したあらゆる要素（それらを私たちに与えるべく父たちは額に汗して働いたというのに）を駆使して荒廃と抹殺をもたらすのである。私たちが賢い子供になり、成績優秀な学生となるよう励まし、助けてくれた彼ら父たちは、夢にも思わなかっただろう。そのせいで自分たちがやがて、息子たちが凄まじい勢いで浴びせてくる言葉の泡を前にして途方に暮れ、呆然と孤立してしまう日が来ることを。(一五九)

ここから分かるのは、「家族の絆というものにほとんど奴隷のように縛り付けられていた」(九一)父の一家の稼ぎ手としてのプライドを打ち砕いたり、父からの忠告を無用で的外れなものとして退けたりするなどして親子の連帯感を破壊したのは過剰な自意識に毒された息子、つまり「家族の中で自分こそ人格者だという態度を取りたがる性分」(一〇四)の持ち主であるロス自身だったということである。

実は、息子を人生の先輩である自身の管理下に置きたい父/母と、そこからの解放を強く求める息子という構図は『ポートノイの不満』の時点で既に確立していたものであり、父のジャックは、「モンキー」という渾名(あだな)のシクサ〔非ユダヤ人女性(特に若いクリスチャン)〕に入れ揚げている三十三歳の息子アレックス・ポートノイを「十六歳で、高校を卒業したばかりの赤ん坊」と同じであると考え、以下のような警告を与える——「わしらの言うことをよく聞かなければならん。[…]わしらは今まで生きてきた!　わしらは様々なことを見てきた!　成功はしなかったが!　世間の人は全くの別人種なのだ!　世間はお前を八つ裂きにするだろう」(一八八)。これに対し、「父が提供してくれるというものを僕は欲しがらなかった——そして、僕が欲しがるものを父は与えようとしなかった」(二七)というのがアレックスの一貫した認識である。

主人公の親不孝な態度は『男としての我が人生』にも引き継がれており、ピーターは父の反対を押し切ってモーリーン（Maureen）と結婚したものの、望んでいた平穏無事な夫婦生活は一度も手に入らず、心の健康を維持できなくなったため精神分析医であるシュピールフォーゲル博士（Dr. Spielvogel）のところへ通い詰めることになる。そして、生活扶助料をめぐる泥沼の裁判が続く中、モーリーンが自動車事故で死ぬことで、当時のピーターが心から望んでいた、彼女との離婚（「彼女からの解放」）が実現するわけだが、そのことを父に告げ、葬式にも行かないという話をした時に彼が直面したのは、父の激しい怒りである。

父は怒ったままだった。僕の方は奇蹟的に冷静だった。だから初めて僕にも分かったのだ。勤勉に根気よく実際的に生きるという我が家の遺産を——土曜日ごとに店で叩き込まれた教訓を——僕がみんな無駄にしてしまったのを父がどんなに怒っているかが。（三二九）

父は息子の幸せを願い、「残りの長い人生を誰かと添い遂げるというのがどういうことか」（二〇一）を言い聞かせようとしていたわけだが、そうした助言に息子は全く耳を貸さずに結婚して不幸になり、その不幸な姿を見せつけられているという経緯を踏まえれば、ここでの父の怒りは当然と言えるだろう。『父の遺産』の場合、「父の大便」という遺産を息子が自力で見つけ出したということもあり、それを継承する（つまり、後世に語り継ぐ価値のあるユダヤ系移民二世の波瀾万丈な人生を本にする）ことで父を乗り越えたと解釈することも可能であったが、それは一九八八年でロスが五十五歳の時のこと。『男としての我が人生』のピーターはモーリーンの死による離婚が成立した一九六六年の時点で三十三歳であり、物語の主軸はそれ以前の約十年間にあるため、人生の立ち位置的には『ポートノイの不満』のアレックスに遥かに近い。したがって、ピーターは性欲をはじめとした様々な欲望に塗(まみ)れており、自己中心的な考え方しかできず、そのせいで父の期待を裏切るだけに終わってしまっていることを次節で見ていくこととする。

3　良心と欲望の相剋

『男としての我が人生』は、ロスの最初の妻で非ユダヤ系女性マーガレット・マーティンソン（Margaret Martinson）との恋愛、五九年の結婚、別居、生活扶助料をめぐっての裁判、そして六八年の彼女の自動車事故死という偶然による決着に至る、彼の人生の中で最も過酷な十数年間が文学作品に昇華されたものである。それゆえ、そうしたロスの伝記的事実との照合、そしてピーターが書いたという、ネイサン・ザッカマン（Nathan Zuckerman）を主人公にした二つの短編（「青春時代」［"Salad Days"］と「不幸を呼び寄せて」［"Courting Disaster"］）で物語の幕が開け、それが作品全体の三割近くも占めるという実験的手法に先行研究の関心が集まってきた。例えば、本作におけるパラテクストの多用に着目したデイヴィッド・ブラウナー（David Brauner）は、「『～の著作から採られたものである』という表現は、編者の存在を仄(ほの)めかすものであるが、この作品〔『男としての我が人生』〕がロスの編者であるアッシャーとエプスタインに捧げられているというのは実に奇妙で多義的である」（五三）とし、こうすることで作者ロスと語り手兼主人公ピーターとの距離が限りなくゼロに近くなっていると指摘している。加えて、ピーターが姉のジョーンに送った手紙の中で、「『不幸を呼び寄せて』は、僕の結婚生活をその激動が終わった現在の視点から小説という形式で考察しただけのものです」（一一三）と述べていることから、ピーターとザッカマンの距離もまた無きに等しいものであることが分かる。

ここから、ロスとピーターとザッカマンはシームレスに繋がった存在であり、無理に切り離して区別する必要など全くないと考えるべきだろう。ロス文学は自伝の体裁をとっているだけで、あくまでも小説であることを忘れてはならないと主張するミリアム・ジャフ＝フォジャー（Miriam Jaffe-Foger）も、「事実と虚構の境界線を曖昧にするロスの手法をパターン化することはできず、そのことはロス作品の語り手や登場人物を理解しようとする時、とりわけ当てはまる」（一三五）として、ロスの伝記的事実に「合う／合わない」箇所を一々指摘する読みに対して警鐘を鳴らしている。とするならば、ザッカマンを主人公にした「第一部――有益な小説」とピーターが語り手兼主人公になっている「第二部――我が実人生」とを分けて考えるのではなく、そのどちらにも当てはまる要素に着目することが肝要であろう。そして、そのような視点で作品を眺めると見えてくるのは、主人公が抱く強い欲望や野心の数々である。

「この開口部や器官には無限の魅力がある！　僕自身、制止が効かなくなっている！」（一〇四）というのは『ポートノイの不満』の主人公の偽らざる本音だが、その根底にはユダヤ教に雁字搦め（がんじがら）にされ、それによって自己を規定されることに対する激しい嫌悪感(「お父さん、僕は神様もユダヤ教も信じていません――どんな宗教もね。みんな嘘ばっかりだから」〔六二〕)と、そうした束縛を完全に退けるだけの勇気も力量もない弱い自分を、シクサを性的に従属させることで乗り越えられるはずという妄想(「性交渉することでアメリカを発見しようとしている感じ、アメリカを征服している感じがする」〔二三五〕)がある。この構図が『男としての我が人生』にも流れ込んでいるのは、ピーターがモーリーンとの結婚生活を反省して書いたとされる「不幸を呼び寄せて」の中で、リディアという妻がいるにもかかわらず、それ以前に性的に征服することに成功したシャロンの肉体を忘れられずにいるザッカマンの姿を描いた次の記述から明らかである。

「忌まわしい」人間がいるとしたら、それは僕の方だった。僕はシャロンの淫らで甘美な肉体を、遊び好きで恥知らずな好色な肉体を求めていた。その時その時の僕たちのエロティックな気分に間違いなく答えてくれる、彼女の完璧な出来栄えの性的反応を求めていた――彼女とは対照的に様々な肉体的不幸の記憶をとどめているリディアの体を満足させようと頑張っている最中、彼女を求め、想い出し、眼の前に思い浮かべていた。(七五)

こうした、主人公の性への耽溺を示す描写が作中の至る所に見られるが、ここで興味深いのは、性的欲望に屈する彼がそんな自分のことを「弱い男」として深く恥じ入っており、自身の欲望を正当化できる理由を常に探し求めていたことである。つまり、作品を特徴づけているのは息子の徹底的な〈自己否定〉と〈自己嫌悪〉であり、これはユダヤ教の伝統が位置付ける力強い男性像の対極にある要素と言えるだろう。そして、彼の弱さは、「商売は破産しても家庭までは破産しなかった。家長が厳然と君臨していた」（五）という父の逞しさとの対比から、より一層際立つことになる。

だが、その一方で、主人公は確固とした良心も持ち合わせていたことを忘れてはならない。モーリーンが妊娠三ヶ月と彼に宣言し（ただし、それは彼女がピーターと結婚するためにでっち上げた真っ赤な嘘である）、「結婚してくれなければ自殺する」と迫った時、これまでの彼女の数々の愚行や暴挙を考えれば、彼は彼女を突き放すこともできたはずである。にもかかわらず、そうせずに、「モーリーン、聞いてくれ。結婚しよう。君が妊娠していようといなかろうと、明日の検査結果がどうであれ、そんなことはどうでもいい。僕は君と結婚したい」（一九五）と言って、彼は彼女との結婚を受け入れたわけだが、これは彼の良心のなせる業（わざ）に他ならない――「僕が原因で誰かが死ぬことは絶対にあってはならない。それは自殺ではなく殺人だ。そうなるぐらいなら、僕は彼女と結婚しよう」（一九三）。

この道徳的決断の背後には、五〇年代アメリカの社会事情が大きく関係している。つまり、「広大な外の世界は紛れもなく男性のものだったため、普通の女性は、結婚生活の中でしか平等と尊厳を獲得するという夢を実現できなかった。事実、既婚女性より未婚女性が搾取され侮辱されているというのが当時の女性擁護論者たちの通説だった」（一六九）という背景があったのである。ユダヤ教の伝統的な家父長制に加え、こうした当時のアメリカの価値観がピーターの良心を形作っていたため、「未婚女性」の立場という苦境からモーリーンを救い出せるのは自分しかおらず、そうすることが彼女にとって最善のことであり、自身の良心にも叶うと彼は考えたのだろう。

しかし、自分は「王子」であり、モーリーンと、彼女との別居後に付き合い始めたスーザン（Susan）の二人は「塔に閉じ込められた姫」（一七三）であるとピーターが見なしていることに加え、これまで述べてきたモーリーンとの結婚に至る場面が描かれている、本作の第二部の第三章（「当世風結婚」［“Marriage à la Mode”］）のエピグラフが『グリム童話』の「ラプンツェル」（“Rapunzel”）から採られていることを踏まえると、結婚することでモーリーンとの関係を今後より一層豊かなものにしていこうという意思や、彼女のことを大切にしようという考えが全くないことが分かる。あるのは、性欲に屈して未婚女性を妊娠させたことに対する罪悪感と、そうした罪の結果である「罰としての結婚」という認識、そしてモーリーンが「既婚女性」という立場を得て安定する代わりに、自身はこれまで享受してきた自由を失うという〈被害者意識〉だけである。

このように、自身の現状を著名な文学作品の枠組みで把握するというのがピーターの基本姿勢であり、ユダヤ教の伝統、五〇年代アメリカの社会事情に加え、それが彼の良心を形成する重要な一角となっていたことが分かる――「先生たちと書物は依然として僕が人生で得た最上のものだった。それに、僕が自分の名誉や誠実さや男としての義務や〈人間の道徳性〉を大袈裟に考える性質でなかったら、文学の授業を面白いと思ったり、その楽しさに夢中になったりすることもなかったはずだ」（一九四）。だが、こうした文学への情熱が彼の良心を形成する一方で（「僕が仕える主人は、金銭でも遊びでも礼儀作法でもなく、芸術、それも真摯で道徳的な性質の芸術だった」〔一七四〕)、それが強過ぎてかつ余りにも野心的であり過ぎたために、周囲を見下す彼の言い分としても機能していたことを見逃してはならない。目の前の人物が、お気に入りの文学作品に登場する崇高な人間には程遠いと見るや、彼はその人物に対する軽蔑を隠さないのである。実際、彼はザッカマンの姿を借りて、ザッカマンの姉ソーニアの結婚相手を次のように酷評している。「ソーニアは二度ともシチリア人の息子と結婚した。それも最初の夫は金を使い込んで結局自殺し、二度目の夫は、商売は正直だが、他の点では『ゴミみたいに平凡』な——僕たちの心痛と軽蔑のほどは他の言語では伝えられそうにないのでイディッシュ語で言うと『プラスト』〔prust〕な——人間だった」(三五)。こうした彼の周囲への不満は作中の至る所で見られるが、それを通じて明かされるのは、彼の圧倒的な文学的才能がもたらす成功ではなく、自身の夫婦生活すら豊かなものにできない彼の無力さである。

4　無力さとの直面

『男としての我が人生』が重苦しさ一辺倒の作品に堕することなく、ジャンルの枠に当てはまらない痛快で唯一無二な作品に仕上がっているのは、その実験的な物語構造もさることながら、ピーターが憧れていた「高尚な文学」の作中に出てくる「男らしい男」の正反対に位置する「弱い自分」が臆面もなく曝け出されているからである。その様子はコミカルで軽薄ですらあるのだが、その理由は、目の前の現実に文学を持ち込むという突拍子もない手法が繰り返されることに求めることができる。「僕の手に負えない現実の生活が、それに相応しい道徳的高みで、例えば『カラマーゾフの兄弟』と『鳩の翼』の中間辺りの高みで営まれることが僕の願いだった」（一九四―九五）とするピーターは自身の恋愛観について次のように述べている。

僕にとって恋愛は必ず苦悩を伴っていなければならなかった。創作から離れた時でも想像力が掻き立てられるように、何か問題を、未知のことを伴っていなければならなかった。必ずしも「思想」を論じ合う必要はないが、とにかく何かを考えさせる若い女性のそばに僕はいたかった。（一七九）

一見、作家としての自己実現に忠実で、「男らしい男」の彼なりの表現と言えそうだが、こうした考えもまた『ボヴァリー夫人』や『アンナ・カレーニナ』の焼き直しに過ぎず、その薄っぺらさを後にモーリーンから指摘されることになる（「私がいなければ、彼はフローベールの後ろに隠れ続け、現実の人生がどんなものか分からずに終わることでしょう」［三一〇］）。

ピーターが縛られている「成熟」や「男らしさ」といった概念は、学生だった頃に多大な影響を受けたトーマス・マンやヘンリー・ジェームズの作品から自分で勝手に練り上げた虚像であり、そこには彼が今現在抱えている問題を解決する力が無いことは明らかである。にもかかわらず、未だにそれを捨てられずにいるのは何故か。それは、若き日の小説家としての彼の成功を後押ししてくれ、彼が生涯を通じて最も大切にしていた課題である〈小説家としての自己探求〉を支えてくれたものの一つだったからである。そして、これこそが彼の自信の源であったことは、「自分をありきたりで月並みな大学卒業生の一人とは見ていなかった」（一七四）と豪語したり、「二十五歳の僕は自信満々で、成功は向こうから飛び込んでくるものと思っていた」（一七三）とまで言い切ったりしていることから存分に伝わってくる。つまり、偉大なる文学作品を自家薬籠中の物にできた自分を特別な存在だと考えてうぬぼれていたわけだが、こうした彼の傲慢さはシュピールフォーゲル博士から「ナルシシズム」として批判されることとなる（ピーターの症例を基に書かれたと思われる、「創造性——芸術家のナルシシズム」という表題の論文が博士によって発表されている［二三九］）。

　加えて、ここで忘れてはならないのは、作中で言及されている『ハーツォグ』（*Herzog* 一九六四）の作者で、ロスの文学的師匠でもあったベローもまた、この種のうぬぼれや理想は必ず挫かれる運命にあると考えていたことである。アラン・ブルーム（Allan Bloom 一九三〇—一九九二）の『アメリカン・マインドの終焉』（*The Closing of the American Mind* 一九八七）に寄せた「まえがき」の中で、『ハーツォグ』のことをベローは振り返り、「この小説で私が示そうとしたのは、苦しむ人間に『高等教育』がほんの僅かな力しか与えられなかったということである。主人公ハーツォグは人生における身の処し方についての教育を全く受けてこなかったことに最終的に気付く」（一六）と述べ、「『ハーツォグ』は喜劇小説として書いたつもりだった」（一五）と纏めていることから分かるように、文学研究も含む高等教育が植え付ける過剰な自己信頼は笑い飛ばすことによって文学的テーマとなり得るのである。

　そして、このように理想が裏切られることによって出てくるのは、無力な〈等身大の自己〉であるが、ベローと同じくロスも、こうした自己を書くに値するものと考えていたようである。その観点から言うと、ピーターの子を身籠ったというモーリーンの嘘を見破れず、その責任を取るために彼女と結婚する決断をした彼がそのことを電話で両親に報告し終えた際の次の記述は注目に値する。

僕は今にも泣き出しそうだった。「そうかもしれません。でも、今の僕はもう子供じゃありません。いいですか。僕は結婚します。心配しないでください」と言って、僕は電話を切った。僕を迎えに来てください、この二十六歳の子供を父さんの膝元に連れて帰ってくださいと叫びたい気持ちを何とか抑えて。(二〇一)

ここから分かるのは、モーリーンの妊娠という事態を正直に打ち明ける勇気のないピーターが、二十六歳にもなって未だに父親に精神的に依存していることである。このように、求めていた苦悩が望み通り提供されたら、涙を流しそうになったり、自分の感情を抑えきれずモーリーンに対して暴力を振るったりと、ピーターの弱い部分が次々と明らかになってくるわけだが、そんな弱い自分、無力な自分を積極的に晒していくこと。これこそがロス文学の真骨頂であり、最大の魅力であると言えるだろう。

もっとも、己の負の側面と向き合い、それを受容するにはかなりの歳月が必要だったようで、「第二部——我が実人生」はピーターが三十四歳の時に書かれたという設定になっていることから、文学作品に仕立て上げるまでに八年もかかっていることが分かる。『ネメシス』などはその典型だが、ロス作品には「出来事が起こった時点」と「語りの時点」にかなりの開きがあるものが多く見られる。それだけの時の経過の中で現実世界は目まぐるしく移り変わっていくわけで、そうした劇的な変化を経てもなお語る価値のあるもの、それは不条理という他ない形で降り掛かってくる不幸と、それに伴う苦悩から曝け出される人間の弱さということなのだろう。実際、『ネメシス』では、知らないうちに自分がポリオを子供たちに感染させたのではないかと疑心暗鬼になって、自己処罰にこだわる主人公の姿が描かれており、そうした彼の生き様を語り手は主人公の傲慢さ、弱さがなせる業と見ている。一流の槍投げ選手として子供たちの憧れの的だった力強い主人公も、実は弱さを抱えた一人の人間だったというわけである。

このように、一個人の強さと弱さの間の振れ幅が大きければ大きいほど、それはその人間の深みの醸成につながり、弱さもそれを受容して笑い飛ばすことができれば強さへと転換され得ること。そして、苦悩することは己の弱さと向き合うきっかけとなり、それは、見方によってはとても有意義な時間であることをも『男としての我が人生』は我々に教えてくれる。というのも、「仮に苦悩から解放されたら、モーリーンにまつわるあらゆる拘束や不幸から解放されたら」（二九二）と、ピーターはスーザンとローマに戻って出直すことを夢想するが、連呼されている「平和」がもたらしてくれるものといえば、物質主義的な快楽ばかりの、底の浅い生活でしかないからである。「この世にはモーリーンのこと以外にもなんと沢山書くことがあるのだろう。なんと贅沢な生活だ」（二九二）と述べているものの、苦悩とがっぷり四つに取り組まなければ真に価値ある小説は書けず、真に価値ある人生を送ることはできないという、ピーターのひいてはロスの決意が作品の最終部で読み取れると言っても差し支えないだろう。

5　おわりに

ロスは苦悩が人に深みを与え、〈人生のスパイス〉になると信じていたからか、苦悩する人物を好んで描き続けてきたように思われる。更に注目すべきは、苦悩しているのは主人公だけとは限らないという点である。モーリーンが残した日記は、ピーターの創作活動を助けるミューズになれず、彼女は彼女で激しい苦悩に苛まれていたことを明かしているし、その『男としての我が人生』からちょうど三十年後に発表された『プロット・アゲンスト・アメリカ』では、息子の精神的拠り所であり、家庭という避難所を作ってくれていた父親ですら激しい苦悩に沈み、暴力による解決という望まない事態に立ち至った様子が描かれている。主人公フィリップ少年の従兄弟で孤児のアルヴィンが、フィリップの父ハーマンが止めるのも聞かずにヒトラーと闘うためにヨーロッパへ出かけて片脚を失ったというのが本当のところであるにもかかわらず、ハーマンが止めようとしていた事実を怒りに飲み込まれて忘れた彼が、「あんたが俺を送り出したせいで片脚を無くしたんだ。おじさんは疫病神だ」（二九四）と言って片脚を失った自分の姿を見せつけ、挙句の果てにハーマンの顔に唾を吐いたため、ハーマンは彼と殴り合いの喧嘩を始めてしまうのである。

こうして、父は何があっても動じない人物だというフィリップの幻想が突き崩され、尊敬に値する父といえども苦悩からは免れることができない、弱さを抱えた人間であったことが明らかになる。しかし、こうした己の弱さと直面したからこそ、その弱さを埋めるかのように、かつての隣人の子であり今やケンタッキー州で暴徒によって母親を殺され孤児になったセルドンを救出するため、アルヴィンとの殴り合いで受けた傷が治らない中、一人で車を運転し続けてセルドンを救うというハーマンの英雄的行動が輝くのである。主人公だけでなくその周辺人物もまた、苦悩を糧に新たな自分を発見し成長していくプロセスの好例と言えるだろう。

もっとも、『男としての我が人生』の場合、ハーマンが見せたような人間的成長よりも、父の助言を無視した結果生じた事態を受け止められない息子ピーターの弱さや果てしなく苦悩する姿の方が際立つわけだが、ロスは、そうした苦悩こそ真に書くに値するものと考えていたのではないだろうか。苦悩することは自身の新たな側面の発見に繋がり、人生を豊かなものにするスパイスであると信じていたのである。こうした観点からロスを再評価することで、これまであまり論じられてこなかった彼の他の作品にも光を当てることができる。そして、これこそが日々苦悩してやまない多くの人々を当事者として作品内に引き入れる力であり、ロス作品の色褪せない魅力であることは間違いない。

［引用・参考文献］

Basu, Ann. *States of Trial: Manhood in Philip Roth's Post-War America*. New York: Bloomsbury, 2015.
Bellow, Saul. Foreword. *The Closing of the American Mind*. By Allan Bloom. New York: Simon, 1987. 11-18.
Brauner, David. *Philip Roth*. Manchester: Manchester UP, 2007.
Jaffe-Foger, Miriam. "Philip Roth's Autobiographical Gestures." *Critical Insights: Philip Roth*. Ed. Aimee Pozorski. Pasadena: Salem Press, 2013. 133-49.
Masiero, Pia. "*Portnoy* and Its Aftermath." *Philip Roth in Context*. Ed. Maggie McKinley. Cambridge: Cambridge UP, 2021. 71-80.
Roth, Philip. *My Life as a Man*. New York: Holt, Rinehart and Winston, 1974.
——. *Nemesis*. Boston: Houghton Mifflin, 2010.
——. *Patrimony: A True Story*. New York: Simon and Schuster, 1991.
——. *The Plot Against America*. Boston: Houghton Mifflin, 2004.
——. *Portnoy's Complaint*. New York: Random House, 1969.
Shipe, Matthew A. *Understanding Philip Roth*. Columbia: U of South Carolina P, 2022.
坂野明子『フィリップ・ロス研究——ヤムルカと星条旗』彩流社、二〇二二年。

第11章　ポール・オースターの「父と息子」の物語
――『孤独の発明』における語りの作法――

内山 加奈枝

1　はじめに

ポール・オースターは、自分の文学はすべて「同じ問い」のまわりをめぐる「強迫観念の物語」（*The Art of Hunger* 一九九五）であると語り、その作品の多くは「死者との対話の(不)可能性」を問うている。そして、オースターの語り手たちが「不在の他者」について語ろうとする困難のはじまりに、オースターが自身の亡き父親サム（Samuel Auster 一九一一—七九）について語ろうとした散文処女作『孤独の発明』（*The Invention of Solitude* 一九八二）がある。

オースターはコロンビア大学で学士号と修士号を取得してまもなくフランスに渡り、一九七四年にアメリカに帰国すると、詩や書評、評論、翻訳を多数発表した。しかし、最初の結婚生活が破綻寸前で経済的にも困窮する中、まったく創作活動ができない時期があった。転機は三十二歳の時に訪れる。一九七九年にオースターの父が急死し、その遺産を相続したことで作家として世に出るチャンスをつかむ。その時のことをオースターは、インタビューで次のように語っている。

お金が一種のクッションとなり、私は人生で初めて書く時間ができました。家賃の支払いを心配せずに長期の仕事に取り組めるようになったのです。ある意味、私がこれまで書いてきた小説はすべて父が私に残してくれたお金から生まれたということです。それは二、三年の猶予をくれて、私が立ち直るのに十分な時間でした。座って書くたびにそのことを考えずにはいられません。ひどい話ですよね。父の死が自分の生を救ってくれたと考えるのは。（*The Art of Hunger* 三〇三）

オースターは父の財産によって作家になるための経済的余裕を得たといえるが、同時に「不在の他者についていかに語るか」という、その後の創作活動で繰り返されるテーマを見出したと思われる。『孤独の発明』は、父の死後、数年のうちに書かれた二つのエッセイをひとつにまとめたものであり、第一部「見えない人間の肖像」（"Portrait of an Invisible Man"）は、「ぐずぐずしていると父の生涯全体が父とともに消えてしまう」（六）という危機感と義務感から、父の記憶を息子の立場から語ったものである。第二部「記憶の書」（"The Book of Memory"）は、父が亡くなった年に生まれた幼い息子ダニエルをめぐる記憶を父の立場から記している。一部と二部あわせて、「父の息子となり、息子の父になる」物語として読むことができる。英語圏を中心とした著名人らが父について語るアンソロジー『息子たち＋父たち』（*Sons+Fathers* 二〇一五）には、『孤独の発明』からの抜粋が寄稿されている。亡き父について大なり小なり語ることはユダヤ系作家に限らない。だが『孤独の発明』を改めて読むと、ユダヤ系三世であるオースターの、アメリカ人であり、なおかつユダヤ人であるという自意識が浮かびあがる。[1]『孤独の発明』はまた、オースターが「書く行為」について試行錯誤した形跡であり、オースターの散文作家としての成り立ちを見ることができる。オースターが息子として父として自らの記憶をつかもうとすると、他の作家たちのテクストが思い浮かんでくる。本稿では、オースターが書きながら「父の息子となり、息子の父となる責任」に目覚めつつ、同時に自分の文学論を形成していった過程を考察したい。

2　父親像にみる「幽霊」と「孤独」

死者と過ごした記憶を呼び覚ます喪の作業には故人の遺品や写真の整理があるが、オースターも同様の経験について語っている。なかでもオースターの父サムを象徴的に示す写真が『孤独の発明』の表紙に使われている。それは一九四〇年代にアトランティックシティの写真館で撮影されたトリック写真だ。五人の父が円卓を囲むように並んで座っており、写真中央に位置するのは顔のない父の背中である。オースターはこの写真を「自分を増殖させているうちにうっかり消してしまった自分自身を喚び戻そうとする」男の降霊会に例える（三二）。この写真が象徴するように、オースターが父を繰り返し形容する言葉は「幽霊」（ghost）であり、「目に見えない」（invisible）という言葉である。「生涯にわたって父はどこか別の場所にいた。ここと、そこのあいだのどこかに。ここにいることはけっしてなかった。そこにいることもけっしてなかった」（一九）。オースターの小説では、「どこにも存在しない」（nowhere）という言葉もまた、虚構の主人公たちが置かれる状況に使われるが、記憶が特に空間と結びついて表現されるのがオースターらしさである。

オースターは、『孤独の発明』の冒頭で亡き父を次のように語る。

十五年のあいだ、父は一人で暮らしていた。依怙地な、かたくなな、あたかも世界に対し免疫の身であるかのような生き方。父は一定の空間を占めている人間のようには見えなかった。むしろ人間のかたちをした一塊りの貫通不可能な空間という感じだった。世界は父に当たってはね返り、父にぶつかって砕け落ち、ときには父にぴったりくっついた。だがその内部に到達することはけっしてなかった。十五年のあいだ、父は広大な家に、たった一人で、幽霊のようにとり憑いていた。亡くなったのもその家でだった。（七）

男がひとり部屋にとり憑くイメージは、その後のオースターの小説に幾度となく反復される。幽霊のような男たちは多くの場合、子を失うか捨てた父親であり、孤独なもの書きである。しかしながら、「幽霊」や「孤独」といった言葉は、オースターの小説において一様の意味を持つわけではない。「自分の内面を見ようとしなかった父」（三六）の孤独は、オースターが「書く行為」のうちに見出していく孤独とは別のものである。オースターは父の孤独を次のように表す。

孤独。だが一人という意味ではなく。たとえば自分がどこにいるのかを知るためにみずからを追放の身に追いつめたソローの孤独ではなく。鯨の腹のなかで解放を祈るヨナの孤独ではなく。退却という意味の孤独。自分自身を見なくてもよいという意味の孤独、自分が他人に見られているのを見なくともよいという意味の孤独。（一六―七）

オースターは『孤独の発明』を書きながら、父とは異なる「もの書きの孤独」を発見していくのであるが、倣うべき孤独はアメリカ最初期のナチュラリストと旧約聖書から引用される。かたや独り居の喜びを謳ったソロー（Henry David Thoreau 一八一七―六二）であり、かたや囲いの中で救いを見出すヨナである。オースターの孤独の探究はまた、息子が父を「読み直す」試みにもなっているのだ。

3 「孤独の発見」が導く父親像の救出

『孤独の発明』の第一部「見えない人間の肖像」でオースターは一人称で父について語るが、第二部「記憶の書」では、みずからをあえて「A」として三人称で記す。Aの記憶の多くは空間のイメージから蘇り、空間に結びつけて表現されるため、「記憶の書」には、若きAが実際に住むか訪れた都市に実在した部屋、Aが親しんだ文学や絵画に描かれている虚構の空間が登場する。そのほとんどが、作家、画家、作曲家が作品を生み出した部屋である。ニューヨークのヴァリック・ストリートにある貧しい自室、パリで最初の詩集を書いた部屋、プラス・ピネルにある作曲家Sの内面を体現したような部屋、アムステルダムで訪れた、アンネ・フランクが密かに日記を書いた部屋、エミリー・ディキンスンがひっそりと詩作したアマーストの部屋、フェルメールが描いた数多くの部屋。Aには牢獄のように感じられてしまうゴッホ自室の絵。

なかでも、閉ざされた部屋のイメージと結びつけて芸術家の孤独が語られるのは、十九世紀のドイツ詩人フリードリヒ・ヘルダーリン（Johann Christian Friedrich Hölderlin 一七七〇―一八四三）である。ヘルダーリンはフランス革命に失望すると、三十六年もの間、塔の地下室に閉じこもって過ごした。Aが引用する、ヘルダーリンがその部屋で記したという一節は、分裂症であった詩人が、オイディプス王の「言葉にしがたい、語りえない、表現不可能な」（一〇〇）苦悩、そして、神々と戦ったヘラクレスの苦悩に共感したものだ。ヘルダーリンは自身の苦悩を表現するのに古典を引くが、この傾向はオースターのテクストにも顕著である。

このあとAは、世捨て人となったヘルダーリンが独房のような部屋の中で実は救われたのではないかという考えをヨナ書に見出す。

部屋に引きこもることはその人間が盲になったことを意味するものではない。発狂したということは言葉を失ったことを意味するのではない。おそらくはむしろ、部屋こそがヘルダーリンを人生に復帰させたのだ。部屋こそが、残されていた生を彼に返してくれたのだ。ヨナ書においてヨナが鯨の腹に入った一節に注釈を施して、ジェローム[2]はこう述べている。「読んでわかるように、ヨナもこれで最期かと思われたその場所に、彼にとっての安全があったのである。」（一〇〇）

ヨナが大魚の腹でひとり過ごすイメージは、オースターの青春小説『ムーン・パレス』（*Moon Palace* 一九八九）でも反復される。神の命令に逆らって予言を拒否するヨナがふたたび口をひらくためには、魚の腹の中で三日三晩こもることが必要である。同様に、『ムーン・パレス』の語り手マーコ・フォッグが育ての親である叔父の死から立ち直り語りだすには、金も職も住処もすべて失い、セントラル・パークで見つけた木の穴の中で三日三晩昏睡する段階を踏まなければならない。つまり、マーコの人生からの退却と復活はヨナに例えられている。孤児であったマーコは、穴を出てから名前すら知らなかった祖父と父を発見し、彼らを看取った後、共に過ごした記憶を語る。「記憶の書」でAが、囲いの中のヨナの疑似的な死を「新たなる生への準備」（一二五）と表現したように、閉ざされた空間でのマーコの孤独は、父の発見と同時に語り部としての自己の発見につながるのだ。

父親の愛情に飢えていたAは一九六五年、高校卒業直後にパリで出会った男性と疑似的な父子関係を結ぶ。AがSと呼ぶ、世捨て人同然の作曲家は、放っておけば食事もとらずに餓死してしまうような人であり、Aは大学卒業後パリに滞在していた数年間、Sの住処（すみか）に食べ物を運ぶ。息子による父の救出は、Aが三歳の息子に読み聞かせる『ピノキオ』（*Le avventure di Pinocchio* 一八八三）にも模索される。Aは、この物語は「ピノキオが父を探す物語であり、ジェペットが息子を探す物語である」（一三二）と解釈し、息子が成長しながら父を救う可能性を見出す。

Aはダニエルに、ピノキオがジェペット老人を背負って鯨の腹の中から脱出する場面を読み聞かせ、話を聞く彼の様子を観察する。すると、老人を背負い泳ぐピノキオの姿に息子がいたく感銘をうけていることに気づく。Aはこの時抱いた感慨を次のように語る。

「スーパーマンって何するの？」「人を救うんだよ」。この救うという行為こそ、まさに父親の行為なのである。父こそが幼い息子を危害から救うのだ。そして幼い息子にしてみれば、ピノキオという、数々の災難に遭ってきた、いい子になりたいのにどうしても悪い子になってしまう愚かなあやつり人形、本物の子供でさえないこの無能なあやつり人形が、ついに救済の主となり、死の手中から父を救い出すのを見ることは、まさに崇高なる啓示なのだ。息子が父を救う。これはあくまでも幼い息子の視点から思い描かれねばならない。（一三四）

Aは続けて「自分の父親にとってかつて息子であった父親の心のなかで思い描かれねばならない。永遠の息子。子が父を救う」（一三四）と語る。それは、サムの死後もなお継続する親子関係において、自分のなかの父親像を再解釈したいという想いであろう。

実際、第一部「見えない人間の肖像」ではサムの人間性が控えめに擁護される。オースターは成人してなお父方の祖父の話を聞いたことがなかったが、あるとき古い家族写真のある部分が切り取られ貼りあわされていることに気づく。実は、オースターの祖父ハリーは妻アンナに銃殺され、ハリーの話は一族のタブーとなっていた。オースターは、いとこが他人から聞き及んだことを契機に事件を知り、当時一家が暮らしていたケノーシャの新聞記事を引用しながら事件を紐解く。アンナは自殺未遂をはかった経歴と移民生活の苦労、夫の不倫、糟糠（そうこう）の妻であったことから、陪審員の同情を得て無罪になる。オースターはこの事件が、幼くして父を失ったサムに及ぼした影響を推しはかる。

オースターの語るサムは、貧困を恐れて終生仕事に生きたが、病的なほど金を使えなかったという

（五三）。生まれたばかりの孫ダニエルにかける言葉は、「出来あいの決まり文句」（三一）に聞こえてしまう。その一方、オースターはサムの死後、父が甥に愛されていたこと、所有するアパートの下宿人から慕われていたことを知る。オースターが幼いダニエルに料理を教えていると、ふとプルーストの一節が到来する。「よい息子にとっての父は、尊敬すべき客観的理由が父にあるかどうかとはまったく無関係に、つねに最良の父親なのだ」（六〇）。ここでオースターは、サムが悪い父親だったのではなく、高学歴でも金が稼げない詩人の自分が、苦労人のサムにとって「悪い息子」（六〇）であったという新しい視点を得る。

4　記憶術の確立と「孤独」のうちにある〈他者〉の発見へ

第二部「記憶の書」で、Aの『ピノキオ』論の観点は、父と息子の関係性から、作者コローディの記憶と作品の関連性を問う段階にすすむ。息子を持ち、父の立場を理解しはじめたAが、作者と作品の関係についても思索するのだ。コローディは、ピノキオが魚の腹の中に落ちた時の闇を「インク」（一六三）と表現する。Aは、『ピノキオ』は五十を過ぎたコローディが子供時代を取り戻す記憶の書であると言い、木でできた人形を暗闇に投げ入れる行為に、作者自身がペンをインクに浸している行為を重ねる。ピノキオはコローディの少年時代の似姿であり、作者は自分の分身である人形を利用して自身の記憶の書を書いたというのがAの主張である。記憶はいつでも同じ形で蘇るわけではなく、言葉にするとほぼ無限に表現され、何度でも別の形で蘇る。だとすれば、オースターが幾度となく描いてきた、部屋に籠る書き手たちもまた、オースターの分身であるという解釈が成り立つ。オースターの分身たちが直面する「書くことの困難」は、作者自身の苦闘、「記憶の父は自分が作り出したフィクションではないか」という問いを、別の形で問い直した書であるといえるのではないか。

文学作品の源泉が作者の記憶であるという考えはさほど革新的な発見でもないが、Aのいう記憶は個人的なものではない。

一九七九年のクリスマスイブにヴァリック・ストリートの部屋に一人でいたときの、あの瞬間に彼が経験したのは、おそらく、突然訪れたひとつの認識だったのだ。すなわち――たとえ一人で、この部屋の底知れない孤独のなかにいても、自分は一人ではないのだという認識。もっと正確にいうなら、その孤独について語りはじめようとしたその瞬間、彼は単に彼自身である以上の何ものかになったのだ。だとすれば記憶というものも、ただ単におのれの個人的過去をよみがえらせる行為というだけではなく、他者たちの過去のなか、すなわち歴史のなかにみずからを没入させる行為にもなってくる。（一三九。傍線部は筆者による）

閉ざされた部屋でひとり書いていてもひとりではないという意味を解釈するには、オースターの言語観が参考になるだろう。Aは子供時代の言葉遊び、room, tomb, wombといった韻を踏む遊びを思い出して次のように言う。「それぞれの言葉は他の言葉によって定義されているのであり、したがって言語のなかのある一部分に入ることはその言語全体に入り込むことに等しい」（一六〇）。Aはまた、言葉と同じく、世界の事物も相互の関係においてのみ意味を帯び、まったく別々の二つの出来事に韻を見出せば、個別の出来事の現実に変革が生まれると考える。[3] オースターにあっては、この二つの出来事に現実と虚構の区別はない。

オースターの記憶術としても読める「記憶の書」では、実在する空間に結びつけられた実在の人物と、フィクション内の空間に結びつけられた虚構の人物も同じ平面上で語られる。言いかえれば、Aにとって思い出すことは、ひとつのイメージがまたひとつのイメージを呼び出すことであり、それは虚構と現実の区別を超えて作者に到来する。たとえば、父を救うピノキオはまず、キャラクターとしてのスーパーマンを想起させる。その次は、映画『スーパーマン』の製作者のひとりであるSの次男、そしてS自身と連想されていき、現実と虚構の区別なく、空間や時間が隔たったもの同士が結びつけられ韻を踏んでいく。韻を踏むものは言葉や出来事だけでなく、文学テクストも同様である。オースターはインタビューで「記憶の書」を「共作」（*Art* 三一六）であると話しているが、それはみずからを介して、自分が読んできた他の著者たちのテクストに語らせているからである。

5　父から息子へ継承される語りの作法

オースターは『孤独の発明』の三年後、二年のうちに『ガラスの街』（*City of Glass* 一九八五）、『幽霊たち』（*Ghosts* 一九八六）、『鍵のかかった部屋』（*The Locked Room* 一九八六）を続けて発表した。それら三作品は『ニューヨーク三部作』(*The New York Trilogy* 一九八七)として一冊にまとめられ、オースターの小説家としての地位を固める出世作となった。オースターは、小説家として最初に評価された作品『ガラスの街』を書くことを可能にした私的な出来事として、父の死以外に子の誕生をあげ、「自分の存在を超えた世界とつながりを持つようになった」と述べている(*Art* 三〇五)。自分を超えた時空間とのつながりには、オースターが今まで読んできたテクストも含まれるだろう。実際、『孤独の発明』で得られた「父と息子」の関係性を問うモチーフとオースターの執筆手法(他の作家の人生やテクストを自作に織り込んでいく方法)は、『ガラスの街』でさらに発展し、続く二作品でも反復されている。

父と息子の観点から三部作を読むと、『ガラスの街』は、息子を事故で失った失意の詩人ダニエル・クィンが他人の息子を救うために自分を捧げる話と読むことができる。『幽霊たち』は、実父を亡くし、探偵業を教えてくれたボスにも頼ることのできなくなったブルーが、自らの親となる自立の物語である。ブルーが子供の失踪事件に心を痛めるエピソードは、『孤独の発明』でAが触れた実際の事件の反復でもある。『鍵のかかった部屋』では、名前のない語り手である作家が、失踪した友であり天才作家であるファンショーが放棄した小説のみならず、彼が捨てた妻と息子を引き受け、夫として父として成熟していく。『ニューヨーク三部作』は多様な読みを許すが、父と息子の関係性を問う作品群として読むことができる。

同時に三部作は、都市を舞台とした探偵小説の枠組みを採用しているため、探偵小説の祖であるエドガー・アラン・ポーをはじめ、ナサニエル・ホーソーン、ハーマン・メルヴィル、ソローといった十九世紀の文豪たち、オースターにとって父祖ともいえる作家たちの人生の逸話やテクストを蘇らせる。オースターが繰り返す、「父と息子のモチーフ」と彼が親しんできた作家のテクストには、時空間を超えた繋がり以外にも関連性を見出すことができる。Aがディズニー版の『ピノキオ』よりもコローディの原作を評価する理由が細部を語りすぎない点にあるように、オースターが好んで親しんできた作家たちもまた、写実主義の小説家ではなく、読者に想像する余地を与える作家たちである。ラテン・アメリカ文学の巨匠ボルヘスは、オースターのテクストに最も頻繁に登場するカフカとホーソーンを結びつける視点を提示しているが、それは、読者が話の核心に近づくのをなるべく先に引き延ばそうとする性質である（『新編バベルの図書館1』一七）。物語を完結せずに継続しようとする性質は、『孤独の発明』にあっては、子が父に物語をねだり、父が語り続けるイメージに求められる。

この書で語られる、父から息子へ継承される伝統の最たるものは、物語を聞く楽しみである。第一部「見えない人間の肖像」でオースターは、父にねだって話してもらった冒険譚を本当の話と信じて夢中になった記憶を語る。第二部「記憶の書」では、父となったAが息子に物語を乞われる。

子供が物語を求める欲求は食欲と同じくらい根源的であり、その現われ方も空腹のそれと似ている。おはなしをしてよ、と子供は言う。おはなしをしてよ。ねえパパ、おはなしをしてよ。父親は腰をおろし、息子におはなしを聞かせる。あるいは闇のなか、子供と並んでベットに横たわり、語りはじめる。あたかも世界にはもはや自分の声しか、闇のなかで息子におはなしをする自分の声しか残っていないかのように。［…］むかしむかしダニエルという名前の男の子がいました、とAはダニエルという名の息子に向かって語りはじめる。そしておそらく、自分自身がヒーローであるこれらの物語こそ、息子にとってもいちばん楽しい物語なのだ。部屋に座って記憶の書を書きながらAは理解する。自分もまた自分の物語を語るために、自分自身を他者として語っているのだと。自分をそこに見出すために、彼はまず自分を不在の身にしなければならない。だから彼は、私は、と言わんとしながら、Aは、と書く。［…］ゆえに声は語りつづける。少年が目を閉じ、寝ついてしまっても、父の声は闇のなかで語りつづける。（一五四。傍線部は著者による）

Aは、他者からお話をききたいという子供の根源的な渇望について語るが、物語への渇望は子供だけのものではない。この引用で幾度か繰り返される「暗闇のなかの声」というイメージは、オースターの小説『闇の中の男』（*Man in the Dark* 二〇〇八）を思わせる。その小説では、イラク戦争で恋人を惨殺された孫娘を持つ老人が、眠れぬ夜に頭の中で自分の作った物語を自分に聞かせる。それと同様に、大人になったAは己を主人公Aとして、自身に物語を聞かせるのだ。

6　おわりに

デレク・ルービンは、『孤独の発明』にオースターのユダヤ人としてのアイデンティティを認める（Rubin 六八）。実際オースターは、父を語ろうとする渇望が目的地を見出せない苦しみを、ユダヤ人の放浪の歴史に重ねる。「かりに、いくらかなりとも前進できたとしても、それが自分のめざしているつもりの方向に近づく前進なのかどうか、まるで確信がもてない。荒野をさまようからといって、約束の地が存在するとはかぎらないのだ」（三二）。

オースターにとって、荒野をさまようのはカフカのイメージでもある。カフカ没後五十年目のエッセイでオースターが想像するカフカは、約束の地を求めながら、けっしてそこに足を踏み入れないという。なぜなら約束の地に到達してしまえば、「それに近づく望みを諦めることになるからだ」（*Art* 二五）。オースターのいう「同じ問い」が「飢え」のように尽きないのは、最後の答えを完結することなく未来につなぐユダヤ教における注釈の伝統に似ている。

オースターはあるインタビューで「書くことは自由意志の問題ではなく、サバイバルのためである」（*Art* 二九五）と語っているが、「記憶の書」では書くことの強迫観念がどこからくるのか考察されている。結論をいえば、確たるものは見つけられない。ただし、Aはジークムント・フロイトの「不気味なもの」と呼ばれる理論を採用し、自分にとり憑く不気味なものの根源は、すでに忘れられている、子供時代に世界を感じとった記憶にあるのではないか、と仮定している（一四八）。

オースターのいう「強迫観念」の源流は特定の記憶に限定できない。だが『孤独の発明』を読めば、オースターの小説群で繰り返される「偶然性」のモチーフや「ノートブック」の着想が、作者の子供時代の記憶に起因することがわかるだろう。『孤独の発明』で明かされるハリー、アンナ、サム、ダニエルという、オースターの家族の名前は小説の登場人物に与えられ、『ムーン・パレス』のマーコが発見する祖父と父の人物像は、オースターの母方の祖父から引用されていることも明らかだ。『孤独の発明』は作者自身の記憶、そしてみずからの孤独の発明にこだわりながらも、ナルシズムに耽溺しているようには感じられない。おそらくそれは、「閉ざされた空間」として表象されるもの書きの孤独に、「時間」という〈他者〉を招き入れる作業、すなわち「注釈」を行ない続けるからであろう。サムがひとり住んだ家は、他人にも自分にも関心が薄かったという家主の孤独の象徴であったが、その息子が発明する孤独、ひとり部屋で書くことから生じる自己意識は、〈他者＝サム〉を再発見していく過程ではじめて鍛えられる。Aが気づくように、部屋にはときに窓というものがあるのだ（一四〇）。

Aが引用するテクストは、特定の時代や文化圏に限定されない。自分が生きるため、同時に他者を生かすための物語という観点からAがとりあげるのは、『千夜一夜物語』のシェヘラザードだ。彼女は、若い娘と交わると殺してしまう王に毎晩お話を聞かせ、結末を延長し続けることで死を免れる。語ることで自身が生きのび、女性に恨みを抱えていた他者を癒し、王との間に生まれていた息子たちを生かすのだ。Aが「記憶の書」で預言者ヨナについて繰り返し考えるのも、ヨナが苦しんだ末にユダヤ人の同胞のためではなく、異なる民の未来のために口を開いたからだ。それと同じく、Aがダニエルに見出す希望は、世界中のすべての子供たちに向けられる。

ひとかけらの救いもない絶望、どこにも出口のない絶望。何ものもこの牢獄のドアを開けることはできない。希望の消滅、それがこの牢獄の名だ。Aは自分の独房の鉄格子のなかから外を見渡し、いくらかなりとも慰めを与えてくれる思いを探す。それはたった一つだけ見つかる――自分の息子のイメージ。そして単に自分の息子だけでなく。どの息子でもいい、どの娘でもいい、どの父親、どの母親のどの子供でも。(一五六)

ユダヤ系三世であるオースターにとって、ユダヤ性とは信仰でもなく生活様式でもない。しかしながら、実父をふくむ自らの問いを解釈し続け未来に開く作法には、子供時代に週三回シナゴーグに通い、ユダヤ(ヘブライ語)聖書を学んだ体験が深く根をおろしているように思われる(*Report from the Interior* 七四―五)。

第二部「記憶の書」のエピグラフ候補としてAが引用するのは、再びフロイトだ。「私が一見異様と思われるほどに詩人における幼時の記憶の重要性を強調するのは、つまるところ、芸術的創造は白日夢と同様にかつての子供の遊びの継続であり代用物である、という前提に導かれてのことだ」(一六四)。フロイトが、遊ぶ子供は「自分の世界の事物を並べかえ、新たな秩序のなかに置き入れる」(一六四)と言うように、『孤独の発明』第二部終盤では、Aは遊ぶダニエルを観察し、子供が自分の行為を声に出して説明する様子を自らの「書く行為」になぞらえる(一六五)。第一部「見えない人間の肖像」でオースターは、自分だけの記憶にある父を自分だけの表現で蘇らせた。同じ問いを別の仕方で書き続けてきたオースターの文学は、父の息子であり、息子の父である関係性、ほかの作家たちのテクストとの関係性の網目から喚び起こされる「記憶の書」であるようだ。

［註］

（1）たとえば、作者の少年時代の記憶から、過越祭の最後の挨拶「来年エルサレムで」をアメリカの少年らしい生活に引きつけて理解していた例が紹介される。野球好きの少年に育ったA（オースター）は、自分が応援するチームが負けて次年度にかける時の言葉、「来年待ってろよ」と「来年エルサレムで」は互いの注釈として理解したという。

（2）聖ジェロームとして知られるエウセビウス・ソポロニウス・ヒエロニムス（Eusebius Hieronymus 三四七—四二〇）は聖書のラテン語訳で知られ、ヨナ書の注釈も行なっている。

（3）時空間が異なる出来事に韻を見出す例としては、Aが幼いダニエルの死を恐れた時、マラルメがその息子アナトールの死を悼んだ事を想起し、中断していたマラルメの翻訳に戻る逸話がある。筆者はすでに、過去の出来事やテクストと対話するオースター文学の特色——〈過去〉を〈現在〉にとって意味あるものとして活用する特性が、亡命の思想家ヴァルター・ベンヤミンに通じることを論じている。広瀬佳司・伊達雅彦編『ジューイッシュ・コミュニティ』の第七章「ポール・オースターの『ブルックリン・フォリーズ』における遺産の継承——「引用」と「対話」が紡ぐジューイッシュ・コミュニティ」を参照されたい。

［引用・参考文献］

Auster, Paul. *The Art of Hunger*. Penguin, 1997.

——. *The Invention of Solitude*. Penguin, 1982.

——. *The New York Trilogy*. Penguin, 1987.

——. *Report from the Interior*. Picador, 2013.

Gilfillan, Kathy, editor. *Sons + Fathers*. Hutchinson, 2015.

Rubin, Derek. "'The Hunger Must Be Preserved at All Cost': A Reading of *The Invention of Solitude*." *Beyond the Red Notebook: Essays on Paul Auster*, edited by Dennis Barone, U of Pennsylvania P, 1995.

広瀬佳司・伊達雅彦編『ジューイッシュ・コミュニティ　ユダヤ系文学の源泉と空間』彩流社、二〇二〇年。

ホルヘ・ルイス・ボルヘス『新編バベルの図書館1　アメリカ編』国書刊行会、二〇一二年。

『孤独の発明』の翻訳は、柴田元幸氏の翻訳（新潮社、一九九一年）を使用させていただいた。オースターの著作から引用した頁数はすべて原著による。

第12章　父子をめぐる〈虚-実〉のトポス
――スピルバーグの『未知との遭遇』から『フェイブルマンズ』まで――

中村 善雄

1　スピルバーグの少年時代と夫婦関係

スティーブン・スピルバーグ（Steven Spielberg）の家系はウクライナのユダヤ系移民であり、共にシンシナティ生まれであるコンピュータ技師アーノルド（Arnold）とピアニストであるリア（Leah）との間にスティーブンは生を得た。彼にはアン（Anne）、スー（Sue）、ナンシー（Nancy）の三人の妹がおり、妹たちの金切り声とピアノの音が常に響く家庭に育った。甲高い声を放つ妹たちは、『E.T.』（*E.T. the Extra-Terrestrial* 一九八二）の主人公エリオットの愛らしくも煩い妹ガーティの造形に寄与している（Baxter 一六）。一方、父親は第二次大戦に従軍後、計算機メーカーのバロース社に入り、一九五〇年にRCAに転職し、一家はニュージャージー州に引っ越している。一九五七年にはジェネラル・エレクトリック社に転職するため、アリゾナ州フェニックスに転居し、さらにIBMへの転社によって、一家はカリフォルニア州のサラトガに居を定めた。アーノルドは家族に豊かさを齎すのが父の務めと考え、良き職場、良き給料を求め、その結果が度重なる引っ越しとなったのである。一方、息子スティーブンは父親の都合で転居する自らを「職業軍人の子供（ミリタリーブラット）」（Sullivan 六六）と称し、落ち着きのない生活に不満を覚えた。彼は運動が苦手で痩せっぽちな背の低い少年で、ディスレクシア（難読症）のため学業も芳しくなく、クラスでも目立つ存在ではなかった。おまけにサラトガの高校時代には、ユダヤの金銭欲を嘲笑うため彼に向って一セント銅貨が投げられて、反ユダヤ主義の洗礼も受けている。彼の少年時代は総じて明るいものとは言えなかったのである（Schober 二一）。孤独と不適合の意識を抱える少年スピルバーグに対して、経済的安寧を目指すアーノルドは七時に家を出て、時に夜の九時か十時まで帰宅しない生活を送り（Baxter 一八）、仕事を優先する父と息子との関係は良好ではなかった。さらにアーノルドと妻リアとの関係が不和になると、家庭には不穏な雰囲気が漂い、「寝室から寝室へと音が伝わり、『離婚』という言葉が暖房ダクトを通じて、漏れ聞こえていた」とスピルバーグは述懐している（Spielberg 六三）。結局、カリフォルニアに転居した後の一九六六年に両親は離婚している。アーノルドは、ある時「俺は家長なんかじゃないさ、だが、俺だって家族の一員なんだ」と叫んで、家を飛び出て（Baxter 三六）、スピルバーグと父との溝は決定的なものになったのである。

2　スピルバーグの初期作品にみる家族と父の表象

先のアーノルドの言葉は、スピルバーグの最初期の監督作品『激突』（*Duel* 一九七一）の中の台詞として使われているが、特に初期映画において、スピルバーグの父親への感情が非難を込めつつ、濃厚に反映されている。『未知との遭遇』（*Close Encounters of the Third Kind* 一九七七）はその一つである。まず宇宙人に拉致される子供バリーは母親ジリアンと共に暮らす母子家庭の子で、父親は不在である。主人公の電気技師ロイ・ニアリーは妻と子供に恵まれた平凡な家庭を築いているが、ＵＦＯの正体解明に固執するあまり職を失い、愛想をつかした妻ロニーは子供と共に実家に帰り、家庭崩壊を来（きた）している。それでもロイは家族のことを意に介さず、バリーの行方を探索するジリアンと共にワイオミング州のデビル・タワーに向かい、タワーに着陸した宇宙船に遭遇する。宇宙船からは誘拐されたバリーが姿を現し、母ジリアンとの熱い抱擁が交わされる一方、ロイは人間の子供の背丈ほどの宇宙人たちと手を繋ぎマザーシップに乗って、地球を飛び立つ場面で映画は幕を閉じる。このエンディングでは、母子の絆の深さと共に、父親が異種なる「子供」と新たな「家庭」を構築する可能性を予期させ、スピルバーグの父母に対する感情が明確に投影されている。と同時に、マザーシップへの収容は子宮回帰のイメージを帯び、ロイは人間社会での家庭再建を放棄し、ピーターパン的存在として異星人との家庭創造というファンタジー世界へと回収されるのである。

『未知との遭遇』以上に、『E.T.』は、スピルバーグが語るように、「両親の離婚や両親が別れた時に抱いた感情に関する非常に個人的な話」(McBride 三二七―二八)をベースにしている。主役の少年エリオットの父は愛人サリーとメキシコに駆け落ちし、ご多分に漏れず、父は不在である。夫の家出の影響から母メアリーは鬱々とし、エリオットは兄マイケルや妹ガーティとの言い争いが絶えず、ビートルズの楽曲よろしく、「ひとりぼっちのあいつ(ノーウェアマン)」(Friedman 一一〇)状態であり、父がいなくなったスピルバーグの孤独が投影されている。しかし、この一家に「家族」から逸れたE・Tが迷い込み、この異星人が萎んだ花を蘇らせ、エリオットの指の傷を即座に治す異能を発揮し、その再生力がエリオット家の再生と連動している。事実、エリオット家の母子はE・Tを匿い、「ホーム」へ帰還させるという共通目的の下、結束し、孤独な「僕」であったエリオットはE・Tと「僕たち」の連帯性を育んでいる。科学者や医者によって捕獲されたE・Tとその横に寝かされたエリオットの心拍数のシンクロニシティは「僕たち」の連帯性を可視化し、「僕たち」の〈想像上の〉血縁的な繋がりさえ予期させるのである。大久保清朗はスピルバーグ映画においては「他者の裡に『親』や『子』を見出す」（大久保 二九）と指摘したが、エリオットがE・Tに見出したのは、シンクロする〈代理〉父の姿なのである。けれどもエリオットは迎えに来た宇宙船に乗るE・Tとの別離を甘受し、宇宙船への同乗の誘いも断っている。『未知との遭遇』にて「子」たる宇宙人と手を繋ぎマザーシップへ乗り込むロイとは対照的である。大人でありながら幼児退行したロイが異種なる他者との新たな家族構築を目指すのに対し、エリオットはE・Tとの「僕たち」の関係を解消し、「僕」と「あなた」の関係に分化し、「親」離れというイニシエーションの物語を紡ぎ出している。そこにはE・Tの本当の「ホーム」への帰還と、その裏返しとして駆け落ちした父の帰還を願うエリオットの想いが込められていよう。

『E.T.』と同じ年に公開された『ポルターガイスト』（*Poltergeist* 一九八二）では、『未知との遭遇』や『E.T.』と異なり、父と母がいる平凡な家庭が舞台である。フリーリング家の父親スティーブは不動産会社のやり手社員であり、郊外ののどかな住宅地に妻と三人の子供と共に住んでいる。スティーブはピューリッツァー受賞のヘンドリック・スミス執筆の『レーガンという男、大統領』を読み、妻アンが冗談めかしながらも「ボディビルみたい」と言う上半身裸の姿を見せ、「強いアメリカ」を標榜したドナルド・レーガン（Donald Reagan）のネイション・ビルディング（nation building）とスティーブのボディ・ビルディング（body building）が共振し、家族の守護者を期待させる。しかし、この家族の家で突如としてポルターガイスト現象が起こり、霊界に拉致された娘アンを助けるのは妻ダイアンであり、スティーブはといえば、恐怖のあまりダイアンを繋いだロープを離し、妻や子との命の絆＝ロープを絶つ。幸いにもダイアンはアンをロープに繋いで霊界から脱出するが、二人の体に付着したスライム状の物質が胎盤や羊水に塗れた出産のイメージを、ロープが臍(へそ)の緒を喚起し、母子間の絆が強調されている。事件後、ダイアンの髪の一部が突如白髪に変化しているのも、身命を賭(と)して母が娘を救ったメッセージを伝えている。つまり、映画前半にて家族を守るマッチョ的役割を期待された父スティーブの役目は、華奢な体つきのダイアンに取って代わられ、母の偉大さと父の地位の低下が浮き彫りになっている。

このように、特に初期映画において、スピルバーグ家の家庭の状況が、映画の中の家出した父や頼りない父や子供の孤独や家庭崩壊といった形で、濃厚に反映されている。

3　ハリウッドにおける代理父の探求

『E.T.』にて主人公エリオットが抱いた父への想いは、スピルバーグ自身の父への切望の投影でもあった（Sullivan 六八）。その満たされぬ欲求は映画同様代理となる父親を探し求め、その対象となったのが年上のユダヤ系映画人たちであった。ゴードンはその一人としてスタンリー・キューブリック（Stanley Kubrick）を挙げている（Gordon 二二八）。十九歳年上のキューブリックと一九七九年に出会ったスピルバーグは、この大物監督を大変「立派な人（mensch）」と呼び、『博士の異常な愛情』（*Dr. Strangelove or: How I Learned to Stop Worrying and Love the Bomb* 一九六四）を「映画製作のほとんど完璧な例」と激賞している（Friedman 八〇—八二）。キューブリックが一九九九年に死去すると、彼の妻クリスティーン（Christine）と彼女の兄弟でプロデューサーのジャン・ハーラン（Jan Harlan）は、故人が計画していた『A. I.』（*Artificial Intelligence*）の監督をスピルバーグに依頼している。彼は故人の遺志を継ぎ、二〇〇一年に映画化に漕ぎ着け、「スタンリー・キューブリックにささぐ（For Stanley Kubrick）」というクレジット表記と共に、この代理父への賛美と弔（とむら）いを彼なりの方法で行なった（Gordon 二二八）。

スピルバーグの代理父はキューブリックだけに留まらない。ダニエル・リーマンによると、ユニバーサルの編集部主任であり、十代の時のスピルバーグの短編映画を見て、彼のために通行証を発行したチャック・シルバー（Chuck Silver）や、当時ユニバーサルの重役で、スピルバーグと契約を交わし、映画人としての第一歩をお膳立てしたシドニー・シャインバーグ（Sidney Sheinberg）が挙げられる。さらには、当時ユニバーサルのテレビ部門の責任者で、ピーター・ベンチリー（Peter Benchley）原作の小説『ジョーズ』（*Jaws* 一九七四）の映像権を獲得したジェニングス・ラング（Jennings Lang）の名前も出している（Lehman）。しかし、スピルバーグ自身が「父のような」（Friedman 一八六）存在と呼んだ、タイム・ワーナーの創始者スティーブ・ロス（Steve Ross）以上に、その立場に相応しい人物はいない。ブルックリンの貧しいユダヤ家庭に生まれたロスは葬儀会社のオーナーであるエドワード・ローゼンタール（Edward Rosenthal）の娘キャロル（Carol）との結婚を足掛かりに、葬儀業だけでなく駐車場やレンタカー業に手を広げた。その後、ショービジネス界に進出し、ワーナー・ブラザーズやゲーム業のアタリを買収し、一九八九年には出版業を主とするタイムと合併し、メディアコングロマリットであるタイム・ワーナーを築いた立身出世の人物である。スピルバーグがロスに出会ったのは三十代前半であるが、ロスはスピルバーグにビジネスの戦略を教え、なおかつユニバーサルからワーナーへの引き抜きを画策し、以後、この若き監督はワーナー配給の映画も発表する。私生活ではロングアイランドのイーストハンプトンにある自宅近くの土地をロスはスピルバーグのために用意し、クリント・イーストウッド（Clint Eastwood）や、バーブラ・ストライサンド（Barbra Streisand）やクインシー・ジョーンズ（Quincy Jones）らを紹介した。スピルバーグはロスを「六フィート三インチのE・T」（Baxter 二六七）と表して、頼りがいのある「父親」と見なし、ロスの俸給の高さがワーナーの年次総会で議題となると、「ロスがこの戦艦の艦長である限り、私は自分の持ち場を決して離れない」と彼を擁護している（Baxter 三二八）。ロスの影響はビジネスだけに留まらない。スピルバーグは慈善から喜びを得るロスの姿を眼にし、自らが「守銭奴から慈善家」へと変わったことを認めている（Friedman 一八六）。スピルバーグは「父」を真似て、例えばユダヤ関連の寄付では、一九九四年にホロコースト生存者の証言の記録と保存を目的とした南カルフォルニア大学ショアー財団を、二〇〇八年にはアメリカのユダヤ人コミュニティを援助する基金「ライティス・パーソンズ・コミュニケーション」を設立している。

しかし、最大の代理父との別れは一九九〇年代初めに起こる。一九九一年秋にスピルバーグは女優ケイト・キャプショー（Kate Capshaw）と再婚となる結婚式を挙げたが、すでにロスは回復の見込みのない前立腺がんを患っていた。その頃スピルバーグは『シンドラーのリスト』（*Schindler's List* 一九九三）

の制作に取り組んでいたが、長身で容姿の優れたロスを想い、彼をシンドラーの見本とするように主役リーアム・ニーソン（Liam Neeson）に指示し、ロスを映したホーム・ビデオを渡している。シンドラーとロスの両者に人を魅了する共通点を見出したのだが、それだけでなく、ユダヤの救い人たるシンドラーにロスを重ねたことは彼に対するスピルバーグの信頼の証であろう。一九九二年十二月にロスは死去するが、スピルバーグは葬式にて妻ケイトと共に参列者の先頭に立ち、『シンドラーのリスト』のクレジットの最後にロスへの献辞を捧げている。

4　『インディ・ジョーンズ／最後の聖戦』にみる和解の兆し

『インディ・ジョーンズ』シリーズでは初期映画に見られなかった、新たな父子関係が展開されている。シリーズ第一作『レイダース／失われたアーク《聖櫃》』（*Raiders of the Lost Ark* 一九八一）や第二作『インディ・ジョーンズ／魔宮の伝説』（*Indiana Jones and the Temple of Doom* 一九八四）では主人公インディの父親は不在であったが、三作目『インディ・ジョーンズ／最後の聖戦』（*Indiana Jones and the Last Crusade* 一九八九）には父親が登場する。しかし、三作目までは初期作品同様、インディには代理父が存在した。一人はインディの上司たる大学の副学部長にして博物館長マーカスであり、父の不在を埋めていた。けれども、『最後の聖戦』では自分の博物館でも迷子になる男とインディに揶揄（やゆ）され、頼りない男として「父親」的立場から降格している。一方、博物館に多額の寄付をし、インディの探検を金銭的に援助している富豪ドノバンは、インディのもう一人の「父親」と言える。聖杯探索の資料と父ヘンリーに関する情報を与えたのもドノバンである。マーカス同様、ドノバンも代理父の座から降格するが、それだけに留まらない。インディとの会話中に、隣のパーティ会場から漏れ聞こえるピアノ演奏の曲は『スター・ウォーズ』(*Star Wars* 一九七七)のダース・ベイダーのテーマ曲『インペリアル・マーチ』である。後に判明するが、ドノバンは聖杯獲得を目指すナチスと裏で手を組む悪党で、インディを裏切る「ダークサイド」に落ちた「父」であることをその微かな調べは伝えている。この映画では代理父はその立場を早々に失い、それに代わって真正の父が登場するのである。

と言っても、ショーン・コネリー(Sean Connery)扮する父ヘンリー・ジョーンズは聖杯研究の権威であるが、息子の危機にも手を貸さず自分の研究を最優先する「書斎の虫」である。研究を前にして、インディの母の病気と死も顧みない人物である。その父親像はスピルバーグの父アーノルドを容易に想起させる。そればかりでなく、息子を常に名前でなく、「ジュニア」と呼び、父の優位と子の従属を植え付けている。ヘンリーが常に携帯し、振り回す傘も父の威光を表すファルスの明白なる象徴であろう。子供扱いされるインディは父の権威を前にエディプス・コンプレックスを抱く息子と化している。

この心理的葛藤には母の存在が必要であるが、ゴードンによれば、母親亡き今、エルザ・シュナイダー博士がこの葛藤を成立させる代理母の役割を担っている(Gordon 一四四)。エルザは魅力的な女性考古学者であるが、実はナチスと手を組み、聖杯を我が物にせんとするファム・ファタールである。その名に相応しく、この仮親は聖杯のためにインディと一夜を共にする。インディは「母」を寝取った男として、エディプス・コンプレックスの解消に向かうと思いきや、インディより先にヘンリーがエルザと寝たことが判明し、息子の葛藤は解消されない。しかし、この父子はナチスと手を組む代理父ドノバンや代理母エルザの野望を前に共闘し、インディは聖杯に注いだ命の水でヘンリーの銃創を治癒し、ヘンリーは崖から落ちそうになるインディを引き上げ、互いの救済を通じて父子の絆が深まる。最後にヘンリーは初めて「インディアナ」と息子の名を口にすることで、父から独立した一個の男性としてインディを認めてやる。と同時に、代理母であったエルザが自らの欲望のために死ぬことで、インディのエディプス的葛藤は解消され、それまでのスピルバーグ映画になかった父子の和解という結末が提示されている。

こうした父子の新たな関係やファム・ファタールの存在を検討する上で、スピルバーグの私生活の変化を抜きには考えられない。スピルバーグは『E.T.』にて、エリオット役のヘンリー・トーマス（Henry Thomas）やガーティ役のドリュー・バリモア（Drew Barrymore）を初めとする子役に対して「父」的立場から演出をし、父親願望に目覚め、家族をもつイメージが具体化していった（Baxter 二四三）。また、スピルバーグは一九七六年に『未知との遭遇』のオーディションをきっかけに六歳年下のユダヤ系女優エイミー・アーヴィング（Amy Irving）と出会っている。両者は一時別れもしたが、五年以上の交際を経て、一九八五年に結婚し、同年に息子マックス（Max）も誕生している。私生活でのこの変化が父親の意味や子供への責任を自問する契機となった。エイミーはマックスを妊娠中の一九八五年四月に『ロサンゼルス・タイムズ』のインタビューの中で、「私たち二人はすっかり変わった」と答え、マックス誕生の折には「私にはピーターとウェンディがいる」とスピルバーグも大喜びしている（Baxter

三〇七―八）。二人の生活の中心はマックスで、スピルバーグは生後一歳半の息子を『アメリカ物語』（*An American Tail*　一九八六）のプレミアのホストにし、制作総指揮を務めた『バック・トゥ・ザ・フューチャー　PART2』（*Back to the Future Part II*　一九八九）では架空の映画『ジョーズ19』の看板にマックス・スピルバーグ監督の名前を記している。エイミーも女優業をしばらく休止し、彼女曰く「ロケーションワイフ兼母親」（Baxter 二四五）になることに決めた。しかし幸福な時期は短く、生来野心家で向上心に富むエイミーは妻や母親の立場に満足せず、二人の仲は次第に険悪になっていった。ついには、一九八九年五月の『最後の聖戦』の封切りにぶつける形でエイミー側から離婚申し立てが発表され、二カ月後には離婚が成立している。バクスターによると、『最後の聖戦』のジョーンズ父子を裏切る道徳観念のないエルザには彼の結婚に対する苦々しさが投影されている（Baxter 三四二）。初めての結婚は短期間で幕切れたが、スピルバーグにとって結婚生活は父親や家族の意味、そして家族を維持する難しさを考えさせる機会となり、それらが父アーノルドへの理解を促す呼び水となったのである。

5　父の帰還とファンタジーからの離脱

結婚と子供の誕生、そして離婚の経験の余波は、その後のスピルバーグ映画の性格にも少なからぬ影響を及ぼしている。ピーターパンをテーマとした一九九一年公開の『フック』（*Hook*）制作を前に、スピルバーグは「もはやピーターパンと自己とを同一視できない状況にあった」（Baxter 三六三）。彼が得た経験は成長したくない少年の寓話創造を許さなかったのである。ゆえに、『フック』ではピーターパンではなく、ピーターパンの記憶を失った四十歳の敏腕弁護士ピーター・バーニングを主人公にしている。携帯電話と時計を肌身離さず持ち歩き、息子ジャックの野球の試合観覧も反故にするバーニングにはお馴染みの仕事熱心な父アーノルドの影響が見られる。それと共に、子供をもつ父となったスピルバーグ自身の姿も重ねることが出来るであろう。一方、フック船長は、父に不満を抱く息子ジャックと娘マギーをネバーランドに連れ去り、元ピーターパンのバーニングと雌雄を決そうとする。しかし両者は単なる宿敵ではない。部下の海賊を集めて開催した野球の試合でジャックは見事にホームランを打ち、フックは少年の夢を実現させてやる。別の時には、ジャックと共にネバーランドにある多くの時計を打ち壊し、常に時間に支配され、子供を構わないバーニングの生き方を否定してみせる。最後には自分と同じ衣装をジャックに着せ、フックは（仮の）父子関係を部下の海賊たちに披露している。敵同士だが、フックはバーニングの本来あるべき父の姿＝オルター・エゴを具現化し、代理父の役割を果たしているのである。勿論ファンタジー物語の勧善懲悪の精神を踏まえ、ピーターパンの記憶を取り戻したバーニングは、フックとの戦いに勝ち、子供を取り戻す。しかし、ネバーランドにいる旧友たちの願いを聞き入れ、バーニングがその地に留まることはない。『未知との遭遇』で主人公ロイは家族を思慕する素振りも見せず、ファンタジー世界の住人となったが、人生の陰影を知ったスピルバーグには空想世界に生き続けるピーターパンを描くことは出来ないのである。二〇〇五年公開の『宇宙戦争』（*War of the Worlds*）でも、スピルバーグは主人公レイ・フェリエを演じたトム・クルーズ（Tom Cruise）とのテレビ対談の中で、一九七七年の『未知との遭遇』では父親ロイは家族を平気で見限ったが、『宇宙戦争』でそうした父を描くことはないと語っている。その理由として、自分が養子を含む七人の子供を持つ父であることと自分自身の成熟を挙げている（Aames）。

このようにスピルバーグを取り巻く環境の変動は映画の中の父親たちの表象に変化を与えたが、それは実父アーノルドとの関係にも及んでいる。一九九九年六月発行の雑誌『ライフ』（*Life*）に掲載された「スピルバーグと彼の父：十五年にわたる確執の修復」（"Steven Spielberg and His Dad: Healing a 15-Year Rift."）と題した記事では以前とは異なる父への想いを表明している。エイミーとの離婚後の一九九一年十月に、女優ケイト・キャプショーと再婚し、娘サーシャ（Sasha）が生まれたスピルバーグは、自分が両親の離婚の内実を単なるアウトサイダーとしてのみ判断していたことを認めている。また、母リアが離婚はアーノルドだけでなく、母親自身の責任でもあると語ったことを紹介し、父への過剰な批判をスピルバーグは後悔している（Sullivan 六八）。

その証拠に、スピルバーグと父との和解が一九九〇年代中頃から垣間見える。先述したように、スピルバーグは一九九四年にショアー財団を設立したが、アーノルドはコンピュータ技師の知識を活かし、一九九六年から財団の映像歴史教育研究所が担う映像アーカイブの仕事を手伝っている。また第二次大戦中アーノルドは「ビルマ・ブリッジ・バスターズ」と呼ばれた第四九〇爆撃飛行隊の無線通信士であったが、スピルバーグは父から戦争の話を聞き、その影響で十五才の時の初の映画製作は戦争映画『エスケープ・トゥ・ノーウェア』（*Escape to Nowhere* 一九六一）であった。戦争映画は彼の映画の原点であり、第二次大戦を舞台に「父」のごとくライアンを守るミラー大尉を描いた『プライベート・ライアン』（*Saving Private Ryan* 一九九八）の制作はアーノルドへの敬意の表れであった。

6　親子関係を回顧する『フェイブルマンズ』

スピルバーグと父との関係は以後も好転し、二〇二一年制作の『ウエスト・サイド・ストーリー』（*West Side Story*）公開にあたっては、前年に百三歳で他界したアーノルドのことをスピルバーグは回想している。父が一九六一年公開の『ウエスト・サイド物語』（*West Side Story*）の大ファンであり、ロサンジェルスの自宅からｉＰａｄを使ってリメイク版の撮影現場の様子を見ていたことや、スピルバーグ版を父が鑑賞できなかったことへの悔恨を吐露している。映画の最後には「父へ（For Dad）」とクレジット表記がなされ、この映画は亡き父に捧げられた（Sandwell）。

アーノルドの死に先んじること三年前の二〇一七年には母リアも他界しており、両親とも歴史の一部と化したが、それはスピルバーグにとって一つの課題を齎（もたら）した。父母との過去を回顧し、自分の家族を描くという宿題である。生前母リアがスピルバーグに「あなたの映画では私たち家族の物語はほんの少ししかない。あなたはいつも比喩を用いた方が安全だと感じている」（Zacharek 三五）と語ったように、異星人やロボットやおとぎ話の人物など、他者の姿を借りて家族を語ってきた。しかし、両親の死去が自らの家族そのものを語ることを促したのである。コロナ蔓延という状況も味方した。パンデミックによって映画製作が全面的に停滞し、懐古する時間が与えられたのである。こうして映画化されたのがスピルバーグ家をフェイブルマン家に置き換え、実在の人物名も変えた半自伝的映画

『フェイブルマンズ』(*The Fabelmans* 二〇二二) である。

『フェイブルマンズ』は、スピルバーグをモデルとするサミーの映画への情熱と映画監督としての原風景を描くと共に、フェイブルマン一家の家族をテーマとしている。アーノルド同様に父バート・フェイブルマンはコンピュータ技師であり、二〇一二年放送のCBSのドキュメンタリー番組『60ミニッツ』(*60 Minutes*) でスピルバーグが語っているように、仕事中毒ではあるが、母リアに比べて「ずっとしっかり者で、ずっと社会の中で善良な人」として描かれている。一方、この映画の母ミッツイも実母リア同様にピアニストで、同番組でスピルバーグがリアを「成長するのを拒絶したピーターパン」と称したように、ミッツイは自分の感情のままに行動し、ユーモアを愛する女性である。ミッツイ自身が語るように、バートが冷静なサイエンティストであるのに対し、彼女は感受性豊かなアーティストで、両者の気質の対照性が際立っている。この夫婦の差異を埋め、一家の潤滑油となるのがバーニー・アドラー (Bernie Adler) をモデルとしたベニーである。アドラー同様ベニーはバートと同じコンピュータ技術者でありつつ、ユーモアを解し、自ら冗談を飛ばす人物で、夫婦両方にとって最良の友人であった。しかし、サミーが、ベニーも交えたフェイブルマン家のキャンプでの記録映像から、ミッツイとベニーの親密すぎる関係を発見するのである。

母親の不倫は実のところ、前述した『60ミニッツ』にてリアが告白しており、アーノルドと離婚した翌年には、アドラーと再婚している。一方、アーノルドは同番組にてリアへの愛情から、息子スティーブンや三人の妹に母の不貞を隠し、父が家族を捨て離婚したことにして、子供たちからの批判を甘受したことを吐露している。けれども、この映画では父と母との秘密の前に、既に母と母の不義を知った息子との間に秘密があったという新しい事実が暴露されている。実際、スピルバーグは『ニューヨーク・タイムズ』のインタビュー記事で、サミーの発見は事実と認めている（Scott）。

しかし、そこには一つの疑問が生じる。スピルバーグは少年時代に母の過ちを知りつつ、母ではなく、なぜ父アーノルドばかりを非難の対象としたのかということである。『60ミニッツ』では、「どういうわけか（for some reason）」離婚について父を責める方が母より簡単であったと答えている。スピルバーグは「どういうわけか」とその理由を自覚していないが、そこには母が彼の理想で無くなることの不安から生じる防衛機制が働いたのではないだろうか。認知的不調和理論では心中にて自己矛盾が生じる場合、不調和な認知要素の過小評価と協和的な認知要素の過大評価によって、その不調和を解消しようとする心理が働く。スピルバーグの場合、母の過ちという不調和な認知要素を抑圧・矮小化し、逆に普段から父の帰宅が遅い、また父が家庭を捨てたという認知要素を過大評価し、離婚の原因を父に帰し、自身の心的バランスの均衡を図ろうとしたのであろう。

しかし、『60ミニッツ』が放送された二〇一二年の時点で両親とスピルバーグの三者は互いに親密な関係に戻っており、母との秘密を隠す必要は無くなったのである。『フェイブルマンズ』で、バートは妻との不和を踏まえて、サミーに対し「人生は映画ではない」と言うが、スピルバーグはネガティブな秘密をも映画に含むことで、「映画は人生である」というメッセージを伝えている。彼はまたこの映画を「父と母を取り戻すための方法」（Nolfi）と位置付けており、そのためには『フェイブルマンズ』

のなかに父母の真正の記憶を書き込み、それを保存する必要があった。

以上のようにスピルバーグの人生と映画を俯瞰すると、「お気楽な娯楽作品（popcorn entertainment）」（Schober 一）と評価されがちな彼の映画は、彼の人生における緊張や葛藤や対立といった、決してポジティブでない経験が下敷きになっている。特に、スピルバーグは「全ての映画に私の子供時代が用いられ、映画のアイデアやストーリーを見つけるために子供時代に立ち返る」（Yule V）と語っている。それを踏まえると、少年期を描いた『フェイブルマンズ』は彼の映画の秘密を知る上でも極めて重要である。と同時に、自身の経験からストーリーやアイデアを紡ぎ出すスピルバーグにとって、彼と家族との関係性の変化が、映画の登場人物の造形に影響を及ぼし、逆に映画の中の家族の表象から、各々の時期に彼が抱く家族観を導き出すことができよう。『フェイブルマンズ』にてリアの奏でる音楽が感情に左右されるように、スピルバーグにとって映画は彼の状況と感情にシンクロする自己表出のトポスなのである。

［引用・参考文献］

Aames, Ethan. "Interview: Tom Cruise and Steven Spielberg on *War of the Worlds*." *Cinema Confidential*. 28 June, 2005. <https://web.archive.org/web/20080206185633/http://www.cinecon.com:80/news.php?id=0506281>

Baxter, John. *Steven Spielberg*. London: Harper Collins, 1997.〔ジョン・バクスター『地球に落ちてきた男』野中邦子訳、角川書店、一九九八年。〕

Gordon, Andrew M. *Empire of Dreams: The Science Fiction and Fantasy Films of Steven Spielberg*. Lanham: Rowman & Littlefield Publishers, 2008.

Lehman, Daniel. "The Role of the Father in the Films of Steven Spielberg." 1 December, 2004. <https://danielmlehman.wordpress.com/2004/12/01/the-role-of-the-father-in-the-films-of-steven-spielberg/>

Friedman, Lester D. and Brent Notbohm, eds. *Steven Spielberg: Interviews*. Jackson: UP of Mississippi, 2000.

McBride, Joseph. *Steven Spielberg: A Biography*. London: Faber & Faber, 2012.

Nolfi, Joey. "Steven Spielberg Made His Life Story into *The Fabelmans* to Bring His Late 'Mom and Dad Back.'" *Entertainment*. 11 September, 2022. <https://ew.com/movies/steven-spielberg-fablemans-bring-back-late-mom-dad/>

Sandwell, Ian and Jo Berry. "Steven Spielberg Explains Why *West Side Story* Is Dedicated to His Late Father." *Digital Spy*. 7 December, 2021. <https://www.digitalspy.com/movies/a38422456/steven-spielberg-west-side-story-interview/>

Schober, Adrian and Debbie Olson, eds. *Children in the Films of Steven Spielberg*. Lanham: Lexington Books, 2016.

Scott, A.O. "Steven Spielberg Gets Personal." *The New York Times*. 9 November, 2022. <https://www.nytimes.com/2022/11/09/movies/steven-spielberg-the-fabelmans.html>

“Spielberg: A Director's Life Reflected in Film.” *60 Minutes*. 10 January, 2013. <https://www.cbsnews.com/news/spielberg-a-directors-life-reflected-in-film/>

Spielberg, Steven. “Show Business: The Autobiography of Peter Pan.” *TIME* 126.2(1985): 62-63.

Sullivan, Robert. “Steven Spielberg and His Dad: Healing a 15-Year Rift.” *Life* 22.6(1999): 66-68.

Yule, Andrew. *Steven Spielberg: Father of the Man*. London: Little, Brown, 1996.

Zacharek, Stephanie. “Steven Spielberg Waited 60 Years to Tell This Story.” *TIME* 200.21(2022): 35-39.

大久保清朗「夜の暗がりの寄る辺なさとともに——スピルバーグ映画の子供たち」『スティーブン・スピルバーグ論』、フィルムアート社、二〇一三年、一六—三五頁。

第13章　アーサー・ミラー『セールスマンの死』に見るユダヤ系の父と息子
――レヴィンソンとシュレンドルフの解釈を基点に――

伊達　雅彦

1　はじめに

ランバート・ストレザー、ジョージ・バビット、ジェイ・ギャッツビー、フレデリック・ヘンリー、ウィリー・スターク、そしてウィリー・ローマン。彼らはみな、批評家ジョン・オルドリッジが、アメリカ文学において「記憶すべき（memorable）」主人公として、その著書『ザ・デビル・イン・ザ・ファイア』（*The Devil in the Fire*）で名前を挙げた人物である。[1] いずれもがいわゆるキャノンの主人公だ。ただし、よく見ると一人だけ「毛色」の違う人物がいる。ほとんどがアメリカの小説に登場する人物だが、ウィリー・ローマンだけはアメリカの戯曲の「出身」である。

ウィリー・ローマンを主人公とするアーサー・ミラーの『セールスマンの死』（*Death of a Salesman* 一九四九）は、彼自身の代表作であることはもちろん、二十世紀のみならず二十一世紀に入った今日においてもアメリカ演劇の代表的戯曲である。それが読まれた時代や地域によって『セールスマンの死』は様々な視点から読み解かれてきたし、また戯曲であるがゆえに上演もされてきた。同じ作品であっても、演出その他で大きく印象が変わるのも戯曲ならではだが、どのような演出になってもこの作品が家族劇であることに変わりはない。さらに言えば「父と息子」の物語であり、ミラーがユダヤ系作家である事実を考え合わせれば、容易にユダヤ民族の族長アブラハムとその息子イサクの物語も想起される。ユダヤの歴史が、約四千年前（紀元前十七世紀）に彼らの物語を基点として始まったとするなら「父と息子」の物語はユダヤ全体の原点的な物語と言えるだろう。

振り返れば、ミラーの作品の中でも、例えば『焦点』（*Focus* 一九四五）や『ヴィシーでの出来事』（*Incident at Vichy* 一九六四）等の作品においては間違いなく「ユダヤ」が問題のひとつとして提示されていた。では改めて『セールスマンの死』に「ユダヤ」というキーワードをかけ合わせた時、この「父と息子」の物語は、果たしてユダヤ人父子の物語として読めるのだろうか。この問いは古くて新しく、この作品に対し過去何度も投げかけられてきた。(2) 結論から言えば、その問いに対する確固たる証拠は作品中にはないし、結果、現在に至るまでその答えは明確にはなっていない。ただ、その問いが繰り返し投げかけられている事実には留意しなければならない。それは、ウィリー・ローマンがユダヤ系であり、ローマン家はユダヤ系一家なのか、という疑問に明白な回答を用意できないながらも、やはり彼らをユダヤ系と見る視点が有効である可能性を如実に物語っているからである。

そうした『セールスマンの死』の「ユダヤ問題」に、ひとつの解釈を示した人物がいる。『レインマン』で第六十一回アカデミー賞の作品賞・監督賞を受賞したバリー・レヴィンソン（Barry Levinson）である。スティーブン・スピルバーグ、ウディ・アレン等と同じユダヤ系の監督として知られ、ハリウッドでも実績を積み重ねてきた映画人だ。その彼が一九九九年に撮った『リバティ・ハイツ』（*Liberty Heights*）の中で、レヴィンソンは二人の若者に次のような会話をさせている。一人はユダヤ系のヤセル、もう一人は非ユダヤ系のトレイである。

トレイ「なあ、聞いてもいいか？　学校で『セールスマンの死』を読んだんだけど、あれはユダヤ人家族の話なのか？」
ヤセル「さあね」
トレイ「アーサー・ミラーが書いたんだろ？　ヤツはユダヤ人だ。つまり、セールスマンのウィリー・ローマンがさ。子供たちの名前だってさ。ビフとハッピーだっけ？」
ヤセル「イカレタ名前だよな。ビフだなんて。ビフ！　ミラーは全部をユダヤっぽくしたくなかったただけさ」
トレイ「どういうことだよ」
ヤセル「観客は何て言うだろうな？　俺たちが観たのは何の芝居だったんだろうな、とか。ユダヤの劇なのか？　面白かったよ。ユダヤ人家族の話は。ただのセールスマンの芝居じゃない。ユダヤ人のセールスマンの芝居がさ、とね」
トレイ「ミラーは芝居をもっと万人受けするようにしたかったのか？」
ヤセル「その通り」

レヴィンソンは、『わが心のボルチモア』（*Avalon* 一九九〇）で東欧系ユダヤ移民一家を描きつつ、同時にそのエスニシティを殊更(ことさら)に強調しない。むしろ隠そうとしている。「隠蔽」と呼ぶほどに積極的ではないにせよ、ユダヤ的要素から視線を外そうとする作為は感じられる。それはまさに「全部をユダヤっぽくしたくなかった」からだろう。レヴィンソンはユダヤ系移民の物語と限定し、観客に色眼鏡を掛けさせたくなかった。「万人受けするように（universal）」意図的にユダヤ系一家として目立たなくする工夫をしたのである。ミラーが『セールスマンの死』で施した細工を、レヴィンソンは同じユダヤ系として、近似の眼差しと心情で理解し、その意図をユダヤ系共通の嗅覚で嗅ぎ当てていたのかもしれない。本論では、このレヴィンソンの嗅覚に依(よ)って『セールスマンの死』の主人公ウィリー・ローマンとその家族が「ユダヤ系」一家であると仮定した上で、そこに表象される父と長男の物語を考えていこうと思う。

2　二つの映画版とウィリー・ローマンのイメージ

『セールスマンの死』は、アメリカのみならず世界各国での舞台化は言うまでもなく、同様に過去において何度も映画化されてきた。アメリカでの映画化で代表的な作品と言えば、一九五一年公開のラズロ・ベネディク（László Benedek）監督版や、一九八五年公開のフォルカー・シュレンドルフ（Volker Schlöndorff）監督版だろう。『セールスマンの死』の初演は、一九四九年二月十日、ニューヨークのモロスコ劇場とされているので、ベネディク監督版は、そこからわずか二年足らずで劇場公開されたことになる。映画化の企画、キャスティング、撮影、編集というスケジュールを考えれば、おそらく初演直後、演劇作品として評判になった後に映画化の声が上がったはずだ。

ただ、原作の再現性の点で言えば、初期のベネディク版よりも後年のシュレンドルフ版の方が脚本をミラー自身が手がけたこともあり、優っていると言わざるを得ない。ベネディク版の『セールスマンの死』でウィリー・ローマンを演じたのは、フレドリック・マーチ（Fredric March）。この『セールスマンの死』公開以前の『ジキル博士とハイド氏』（一九三一）、また『我等の生涯の最良の年』（一九四六）の二作でアカデミー主演男優賞に輝き、『セールスマンの死』でもヴェネツィア国際映画祭の男優賞を受賞、アカデミー賞でも主演男優賞にノミネートされている。ただ、彼自身はユダヤ系ではなく、どこまで「ユダヤ系」ウィリー・ローマンのイメージを醸成できたかは不透明である。一方、シュレンドルフ版のウィリー・ローマンを演じているのはダスティン・ホフマン（Dustin Hoffman）。彼はユダヤ系の俳優として広く認知されているので、彼が演じる人物は明示的な設定がなくても「ユダヤ系」と一般の観客の目には暗黙の了解的に映っている可能性が高い。特にこのシュレンドルフ版の『セールスマンの死』が公開された一九八二年は、ホフマン四十五歳、俳優としてのキャリア全体から見ても絶頂期と言え、彼の「ユダヤ系」としての押し出しの印象はかなり強かっただろう。同年公開されている『トッツィー』での女装も評判になり、何よりも前作『クレイマー、クレイマー』（*Kramer vs. Kramer* 一九七九）でアカデミー賞主演男優賞を獲得し、これが受賞後の次作という流れで否が応でも注目が集まっていたはずである。『クレイマー、クレイマー』でも、ニューヨーク、マンハッタンに暮らすワーカホリックのテッド・クレイマーを演じていたが、「クレイマー」もユダヤ系に多い名前であり「ダスティン・ホフマン＝ユダヤ系」のイメージは、ここでも強化されている。よって、『セールスマンの死』では一転して齢六十を超えたセールスマンという実年齢よりも十五歳も老けた役だったが、

「ユダヤ系の老セールスマン」の強いインパクトを確実に観客に残したのではないかと思われる。

ただし、ホフマンを起用したために原作から失われた設定がある事実も付言しておかなければならないだろう。ウィリーはセールスマンとして人に「好かれる（liked）」ことが重要だと信じている。人々の好意こそが成功への条件という信念を持ち、彼自身も人々に「好かれている」と息子たちに自慢げに語る。しかし、その一方で妻リンダには自分は仲間内から「笑われている」と正反対の悩みを吐露する。第一幕第三場の終盤、リンダとの会話の中でウィリーは「自分は太っている」という自己認識を語り、周囲から「セイウチ」と呼ばれ嘲笑されている現実を苦しげに告白する。第二幕の冒頭、朝、出社する彼にリンダが「サッカリン」を忘れずに持ったか、と尋ねる場面がある。サッカリンは、当然、人工甘味料として使われていると推測されるが、なぜウィリーが常にサッカリンを所持していたかといえば、この肥満設定に繋がるからだろう。コーヒーなどに砂糖を入れないよう人工甘味料を持ち歩いていたと考えられる。しかしながらホフマンは、このシュレンドルフ版において決して「太った」ウィリー・ローマンではないため、この設定は有効とは言えない。だが、全体的に見ればシュレンドルフ版のウィリー・ローマンは、ダスティン・ホフマンの存在そのもので、十分にユダヤ系のセールスマンに見えているはずである。

3　ユダヤ系セールスマンとしてのウィリー・ローマン

結末を見ずともタイトルから推測できるため、読者や観客にとって、ウィリー・ローマンの終幕の死は驚きではない。従って、『セールスマンの死』においてミラーは、先の読める彼の死を一義的に描こうとしていたわけではないだろう。確かにウィリーの死への転落の軌跡は描かれている。それは彼にも成功の時期が確かに存在した経歴からも明らかである。外回りのセールスから内勤のデスクワークへと仕事内容の変更を求め、社長室に直接赴きワーグナーと対峙する場面、ウィリーのいわゆる「過去の栄光」が披瀝(ひれき)される。セールスマンとして最大の売り上げを記録した全盛時代を社長相手に熱弁するものの、その栄光の季節が短命に終わった事実は、それが世界恐慌前年の一九二八年であった設定から読み取れる。彼の全盛期は、世界恐慌という社会的要因であっけなく幕を下ろす。この作品が発表された一九四九年当時、ウィリーと同様の悲惨な経験をした観客も少なくなかったはずである。世界恐慌はユダヤ人を含め、多くのアメリカ人の生活全般に大きな影響を及ぼした未曽有の出来事だった。社会経済の破綻によりウィリーが味わった悲哀はユダヤの枠組みを越えて多くの人に共有されたはずであり、彼はその意味では「万人受けするように」描かれている。恐慌期のアメリカ全土に及んだ「共通の不幸」がウィリー・ローマンを「ユダヤ系セールスマン」の枠組みから解放し、「普通のセールスマン」として成立させている。

このようにウィリーの転落の一部は、来(きた)るべき未来ではなく既に起こった過去として描かれる。物語の冒頭、帰宅するなり彼が妻リンダに報告的に語るのは、帰路における運転の不調である。どれほど意識を集中しても「車が路肩に飛び出してしまいそうになる」(九)と彼は嘆く。セールスマンとして車を使った地方営業の仕事は心身共にもはや限界で、それが内勤希望へと繋がる。そして最後に、社長室での熱弁から暴言へと文字通り「飛び出して」しまい馘首される。もちろん、それ以前からの個人業績の悪化によるウィリーの苦悩も描かれてはいる。固定給が打ち切られ歩合制になり、収入が十分に確保できない中、保険金の支払いや日常的な支出にも対応できず、ついにはチャーリーに毎週借金を申し入れる。そしてこの窮状の果てにウィリーの自殺による死が用意されているのである。

先述の通り、ウィリーは人に「好かれる」ことを信条としてセールスマン稼業を生業としてきた人間であり、事あるごとに息子たちにもそれを社会におけるサバイバビリティの第一要件として語る。もちろん人種や性別に関係なく、一般的に「好かれる」ことは望ましい資質であり、特筆すべき要件ではない。ただ社会的に「嫌われる」立場に置かれ続け、「反ユダヤ主義」に翻弄されたユダヤ人であれば、「好かれる」状況への意識や執着は人並み以上だろう。歴史的にユダヤ人ほど他者からの「嫌悪感」に晒され続けた人々はいない。その歴史的事実を考える時、ユダヤ系ウィリー・ローマンの「好かれる」ことに対する拘泥には彼個人の特性に帰する以上の背景が見え隠れする。彼がデイブ・シングルマンを崇拝するのは、彼が多くの人に「とても好かれている（loved）」（六三）からで、その葬儀には多くの知人や関係者が参列したとウィリーは想いを込めて熱く語る。そして第二幕第九場、自らの死を目前に自分の葬式にも「大勢の人が詰めかける（massive）」（一〇〇）だろうとその希望的観測を実兄ベンの亡霊に語りかける。だが、結果としてウィリーの葬儀には、残された家族三人と隣家のチャーリー父子の五人が参列しただけであり、「シングルマン」のユダヤ系の名前が示唆する通り、彼は「唯一の例外的な」ユダヤ人に過ぎなかったのである。

4 『彼の頭の中』の息子たち

ベネディィク版にせよ、シュレンドルフ版にせよ、両作品は共に主人公ウィリー・ローマン役にアカデミー賞主演男優賞のオスカー・ウィナーを起用し、全体的にミラーの企図したセールスマン像を再現すべく、それを意識した作りになっている。『セールスマンの死』は、そのオリジナルタイトルが『彼の頭の中』(*The Inside of His Head*) だったことは周知の事実で、やはり「ウィリー・ローマン」が基軸となる作品である。彼がユダヤ系として読者あるいは観客に認識されさえすれば、ローマン家は連動してユダヤ系一家として認識され、ウィリーの二人の息子、特に長男ビフとの関係性にもその認識は当然及ぶ。そしてこの作品の焦点は、ウィリーとビフの関係性に置かれ、長男に対する父親の意識、あるいは父親に対する長男の意識こそが、そのユダヤ系親子の特徴の最たる要素と見なされる可能性はある。冒頭で確認した通り、この物語は「父と息子」の物語ではあるが、更に厳密に言えば「父と長男」の物語として成立していると言える。

そしてこの「父と長男」の物語を強調するために設定されているのが「次男ハッピー」である。彼は、長男ビフに比して父ウィリーとの軋轢(あつれき)はほとんど無いように描かれる。だが、その確執の無い関係性は、親子関係の良好さを裏付ける要素というよりも、父ウィリーの期待が長男ビフほど次男ハッピーにはかけられていない事実に起因するように見える。『セールスマンの死』において「次男ハッピー」は彼に独自の物語が用意されているわけではなく、あくまで「長男ビフ」との関係性の中でしか登場しない。彼とてもビフと同様、あるいはそれ以上に不品行・親不孝な部分が見られるが、それをウィリーに叱責される場面はない。父ウィリーと次男ハッピーの関係性が、物語の最終局面まで不明瞭なのは、ハッピーが実はウィリーの興味の対象外に放置されているからである。「彼の頭の中」というオリジナルタイトルで示されているように、この物語はウィリーの意識に上らなければ、存在しないも同然なのだ。その意味で次男ハッピーの存在感は薄く、長男ビフは「より存在する」ような描かれ方をしている。ハッピーは、本名がハロルドでありながら「ハッピー」という、いかにもお気楽な名前を与えられて「父と長男」の緩衝材的な存在、あるいは「母リンダ」と彼らを取り結ぶ役割を担って存在しているに過ぎない。そもそもウィリー自身が次男であり、長男である兄ベンの生き方がまず手本的に優位に存在し、老齢になった今でもそこに羨望(せんぼう)を禁じ得ない。

また、父子の関係性の悪化がローマン家の不幸の基点だが、そもそも父子の不仲など日常的なレベルで言えば珍しい話ではない。ローマン家の悲劇は、この父子は当初はむしろ関係性が非常に良好だったことにある。例えば、第一幕第三場でローマン父子の「幸福な時代」が語られる。次の引用は、ウィリーが息子たちに購入したパンチング・バッグを渡す場面である。

ハッピー「サプライズってどこにあるの、パパ？」
ウィリー「車の後部座席さ」
ハッピー「やった！」（走り去る）
ビフ「何なの父さん？　教えてよ、何を買ってくれたの？」

ウィリー「なんでもない、買ってやろうと思ってたものだよ」
ビフ「なんだった、ハッピー?」
ハッピー「パンチング・バッグだよ!」
ビフ「わあ、父さん!」
ウィリー「ジーン・タニーのサイン入りだぞ」
ビフ「ああ、なんで僕たちがパンチング・バッグを欲しがっているのが分かったの?」

ジーン・タニー(Gene Tunney)は、アメリカの実在のプロボクサーであり、一九二六年から一九二八年にかけてのプロボクシング世界ヘビー級王者である。「ジーン・タニーのサイン入り」を素直に読めば、これは「一九二六〜二八年」頃を回想するシーンと解される。つまり、大恐慌直前、ウィリーがセールスマンとして最高の売り上げを記録した時代と一致する。このエピソードは彼が、仕事が多忙であったその時期に、仕事だけに没頭せず子供の成長にも心を砕いていた様子を窺わせる。ウィリーは、息子たちの興味関心がどこにあるのか、何を欲しているのかを、彼らに直接問わずに理解している。子供たちが父親を慕う必然的理由が用意される。それゆえ、ビフは「僕たち父さんがいないと寂しくってね」と語り、ウィリーが「寂しいのか、え?」と聞くと「いつも寂しいよ」(二三)と高校生にもなって答えるのである。
「子を想う親、親を慕う子」のこの光景はあまりにも理想的であり「美しい」。よってこれがウィリーの回想であることを考える時、そこにある程度、都合の良い「思い出補正」がかかっている可能性は考慮せねばならないだろう。実際、シュレンドルフ版では、その回想シーンは照明的には不自然に「明るい」ライティングの中、浮かび上がる。(3)

5　ボストン事件——転落する父

ビフの転落の人生は、ウィリーの浮気現場を目撃した時点から始まる。彼を自暴自棄にさせ、その後の人生を棒に振るほどの衝撃となったのは、ウィリーが「放埒(ほうらつ)なダメおやじ」ではなく、むしろ「尊敬できる立派な父」だったからである。ボストンにあるホテルの父親の部屋で、半裸の女性と事故的に遭遇した体験は思春期のビフに計り知れない精神的ダメージを与える。彼は父親を過度に敬愛していたため、その落差が悲劇を生んでしまう。高校のアメフト部のスター選手で、大学への推薦入学も決まっていた彼はこの「ボストン事件」を契機に日陰の人生を歩む。しかし、ビフはこの件を母リンダに報告もしなければ、弟ハッピーにも明かさない。その時点でも感情にまかせて暴露もしないし、それ以後、現在に至るまで沈黙を守り続け、自分の胸の内にしまっている。もちろん父ウィリー本人に対して蒸し返し糾弾もしない。ただし、ビフはボストン事件で知った父親の欺瞞性(ぎまんせい)を、忘却の渕(ふち)に追いやるどころか、逆に自身の内奥に沈潜させ、今なお気に病んでいる。第一幕第八場、リンダが息子二人に、ウィリーに自殺の気配があると告げる場面、リンダが口にした「女」(Woman) という言葉にビフが過剰な反応を見せるのがその証左と考えられる。

リンダ「女の人がいるようでね……」（息をつく）
ビフ（鋭く、しかし落ち着いて）「どんな女？」
リンダ（同時に）「……で、この女が……」
リンダ「何？」
ビフ「なんでもない。それで」
リンダ「なんて言ったの？」
ビフ「なんでもないよ。どんな女って言っただけ」
ハッピー「その女がどうしたの？」

ビフはこのボストン事件を、ウィリーの死後にすら誰にも語らない。その顛末（てんまつ）を知り得ているのはビフと観客のみである。そして彼のこの一徹な沈黙こそが、ローマン家を最悪のシナリオ、すなわち家庭崩壊から救っている現実を観客は最後に知る。母親にウィリーの裏切りを知らせない決断が母親を守り、同時に父親の尊厳を守った。そして父親の自死を静かに受け止め乗り越えていくことでローマン家の命脈を保つ。ビフの「親不孝」は実は「親孝行」と表裏一体になって進む。ビフの中に父親の醜態を目撃しても、それを辱めないよう努力するノアの息子セムやヤフェトたちと同様の忠義を見てもよいだろう。その意味で言えば、妻を、家族を裏切るのはむしろウィリーに他ならない。

改めて振り返れば、第一幕第一場を構成するのはウィリーとリンダの夫婦の会話、同第二場はビフとハッピーの兄弟の会話である。この冒頭の場面で、長期不在だった長男ビフがごく最近、実家に舞い戻ってきた設定が示される。それは第一幕第一場の前に置かれたステージ・ディレクションでも既に暗示されている。舞台上の台所にはテーブルと「椅子が三脚」とあり、この家の住人が今まで「三人」だった様子が示される。四人目、つまり突然帰宅したビフの椅子は用意されていない。第一場、ウィリー自身も「ビフはなぜ帰ってきたんだ。どうして帰ってきたのか訳を知りたいものだな」(一一)とリンダに問う。そのため、ビフがなぜ家を出て行ったのか、そしてなぜ今戻ってきたのか、という観客の関心がその後の物語を駆動させる。

そして「なぜビフが戻ってきたのか」というウィリーの疑問は、そのまま観客と共有可能であっても、「なぜビフが出て行ったのか」という疑問の方は共有不可能であることが、物語の進行と共に分かってくる。なぜ共有できないか、と言えば「ビフが家を出て行った理由」を開演時点で観客は知りようがないが、ウィリーはその理由を「当然先に」知っているからだ。つまり、ウィリーは自分の浮気が原因で、ビフが自暴自棄になり人生を踏み外してしまった経緯を当初から認識しているのである。

ボストン事件が展開されるまでは、愛妻家に見えるウィリーだが、一方では妻リンダを軽視する傾向も随所に見られる。例えば、前述した第一幕第三場のその後、彼はニューイングランドの出張先での自慢話を得意げに語る。するとビフはそうしたアメリカの諸都市に「いつか父さんと一緒に行きたいな」と期待を込めて話し、ウィリーは「夏が来たらすぐに連れて行く」と言い、「お前とハッピーと私とでな」と約束する。そこには「母さん」つまり「妻リンダ」の名前は加えられない。また第一幕第八場で、家族の将来に関わる大事な計画を話し合う際にも、ウィリーはリンダの議論への参加を許さず怒鳴りつける。ビフは「母さんを怒鳴らないで」と懇願するもウィリーはにべもない。元来、ユダヤ世界では男女は厳格に区別され、例えばシナゴーグの礼拝席も別である。(4) ウィリーのリンダに対する態度には、そうした伝統が反映されているのかもしれない。

6 チャーリーとバーナード――もう一組のユダヤ系の父と息子

この作品は、平凡な初老のセールスマンであるウィリー・ローマンの死の直前の約二十四時間の出来事を描きだすに過ぎない。その短い時間経過で、ローマン家の父と息子の物語を強調するために、ミラーはローマン家の人々を直接使わずチャーリー家を利用している。チャーリー家は「昔からのお隣さん」であり、この付き合いの長さを語ることで、現在だけではなく、過去の事件や事象をも描く。つまり、この「長い近所付き合い」から両家の対照性は一層強くなる。ウィリーはチャーリーと対比させられ、彼らの息子たちも連動して対比させられる。ウィリーは息子ビフの人生に親として今現在も拘泥するが、チャーリーは、いわゆる放任主義の父親である。チャーリーの息子バーナードは、ビフと幼馴染みで同級生であるが故に、ビフとの比較対照がより鮮明になり、バーナードの成長はビフの成長がいかに歪んで負の変貌を遂げたものであるのかを映す鏡として機能する。またローマン家には妻であり、母であるリンダが設定されているが、隣家には妻も母も不在である。もちろん、チャーリー家は父子家庭ではなく、バーナードの実母は「家の中に存在している」ように感じられるのだが、作品中には登場しないし言及されもしない。隣家の母親の存在を不可視化することでローマン家の「母子」ではなく「父子」の関係がより一層可視化されるようになっている。

さらにチャーリーが、ウィリーの信条や価値観を容赦なく一蹴する場面もある。ウィリーが唯一の友人と認めるチャーリーは、その友情関係を考慮すれば、やはり同じユダヤ系と考えられる。その彼が先の「好かれる」ことを重要視するウィリーの哲学に真っ向から異議を唱える。第一幕三場で、ウィリーはチャーリー親子に対し、他人からの好意という点では否定的な評価を下し、一方、息子ビフには「お前の方が社会に出てから成功する」と太鼓判を押す。しかし、現実にはその予想は悉く外れる。チャーリーは会社社長であり、息子バーナードは最高裁で仕事をするほどの敏腕の弁護士になる。どちらかと言えば、チャーリー家の方に、社会的成功を収めたユダヤ系のステレオタイプの雰囲気が漂う。彼らには苗字が与えられていないが、アメリカ社会への同化に成功した証かもしれない。チャーリー親子がユダヤ系の典型的な表象とすれば、ウィリー親子はユダヤ系としてはそのパブリック・イメージから乖離しており非ユダヤ系、つまり世間一般のマジョリティに溶け込みやすい、すなわち「万人受けしやすい」イメージになる。狡猾になれない、要領よく生きられない、落ちこぼれるプロセスを経て、ビフはユダヤ人のステレオタイプから離れ「非ユダヤ」的人物になる。『リバティ・ハイツ』のヤセルが指摘するように、このような点で『セールスマンの死』は普遍化に成功したとも言える。しかし、ユダヤ系の「成功者」チャーリー親子との親密な関係性が、結果、ウィリーをやはり「ユダヤ系」の位置に留め置く。ローマン家のユダヤ性は隣家のチャーリー親子の「ユダヤ的」サクセスストーリーによって担保されている。

7　おわりに

アメリカ文学史の中には第二次世界大戦後から五〇～六〇年代に渡りソール・ベロー、バーナード・マラマッド、フィリップ・ロス等に牽引された形でユダヤ系アメリカ文学が隆盛を見せた一時期がある。その時期、ユダヤ系アメリカ文学はユダヤ系の読者だけに依らず、非ユダヤ系の幅広い読者を獲得したからこそ大きな勢力になっていった。ミラーの『セールスマンの死』を始めとする作品群も当然その一翼を担っていたわけである。

では、ユダヤ系の作家たちの作品がこの時期、ユダヤ系の読者のみならず、非ユダヤ系の多くの読者に受容されたのは、なぜだったのか。それは、ユダヤ系作家が提示したテーマが、ユダヤ系という民族的な枠内に留まらず非ユダヤ系の人々にも訴求力のある素材だったことの裏返しであり、アメリカ社会全体に通底した問題を掘り起こした形になったからであろう。レスリー・フィードラー（Leslie A. Fiedler）が『終わりを待ちながら』（*Waiting for the End*）で指摘したように、例えば「民族疎外」というユダヤ系アメリカ人が長年抱えてきた問題は、第二次世界大戦後、民族的な問題ではなくアメリカ社会全体に及ぶ社会問題に推移していたのである。

長年、ユダヤ系アメリカ人作家の代表格と目されたベローが『オーギー・マーチの冒険』（*The Adventures*

of Augie March 一九五三）の冒頭で「僕はシカゴ生まれのアメリカ人だ」と主人公オーギーに宣言させたように、彼らユダヤ系アメリカ人作家たちは、「ユダヤ人」として、というよりも「ユダヤ系アメリカ人」として作品を世に送り出した。また同様に「ユダヤ人」というよりも「アメリカ人」として「ユダヤ性」をアメリカ社会に対峙させた。そして、こうしたアメリカ社会が抱える問題意識の流れに沿って『セールスマンの死』もユダヤ性を前面に出さずに、ユダヤ系家族の物語を普遍化すべくミラーに企図されたのである。ベネディクト版でビフを演じたケヴィン・マッカーシーの姉でもある作家のメアリー・マッカーシー（Mary McCarthy）は「ウィリーはユダヤ人ではあり得ない。なぜなら彼はアメリカ人でなければならなかったからだ」という表現を使っている。[5]

普遍化の名の下に見えにくくなったユダヤ性だが、結果としてそれは「滲み出る」形でかえって印象深い曖昧な「ユダヤ性」になっているようにも見える。ヤセルたちの会話が如実に示すようにこの作品は「ユダヤ人家族の話なのか」と誰からも問われ続けることで、ユダヤと非ユダヤの狭間にあって、共感可能な心情を演劇という形で身体化させ両者を結び付けている。ウィリー・ローマンとビフの「ユダヤ系父子の物語」は、二十一世紀の今日まで半世紀以上語り続けられることで、その普遍化は更に進んだと言えよう。物語の冒頭、疲労困憊のウィリーが抱えている大きなカバンの中身が最後まで明示されないのは、観客の誰もがそこに自分自身の背負う重い荷物を自由に入れられるようにするためだからだろう。

［註］

（1）オルドリッジは、アメリカ文学以外ではエマ・ボヴァリー、ラスコルニコフ、アクセル・ヘイストを挙げている。

（2）Freedman. "Since the Opening Curtain, a Question: Is Willy Loman Jewish?"

（3）シュレンドルフ版は、映画でありながら演劇形態（舞台）を意識した独特の作りになっている。ローマン家の屋外で展開する回想シーンなどに見られる背景は、多分に書き割り的であり純然たる映画として見た場合は違和感がある。

（4）ユダヤ教改革派では、この座席の区別はしていない。

（5）Harold Bloom. ed. *Arthur Miller's Death of a Salesman*. 4.

［引用・参考文献］

Aldridge, John W. *The Devil in the Fire: Retrospective Essays on American Literature and Culture, 1951-1971*. New York: Harper's Magazine Press, 1972.

Bigsby, Christopher. *Arthur Miller: a critical study*. Cambridge: Cambridge UP, 2005.

Bloom, Harold. ed. *Arthur Miller's Death of a Salesman*. New York: Chelsea House Publishers, 1988.

——. *Arthur Miller*. New York: Chelsea House Publishers, 1987.

Fiedler, Leslie A. *Waiting for the End*. New York: Dell Publishing Co., 1965.

Freedman, Samuel G. "Since the Opening Curtain, a Question: Is Willy Loman Jewish?" *The New York Times*. May. 18, 2012. <https://www.nytimes.com/2012/05/19/us/on-religion-since-the-opening-curtain-a-debate-is-willy-loman-jewish.html>

Miller, Arthur. *Death of a Salesman*. London: Penguin Books, 2000.

Murphy, Brenda. *Miller: Death of a Salesman*. New York: Cambridge UP, 1995.
Roudane, Matthew C. ed. *Approaches to teaching Miller's Death of a Salesman*. New York: Modern Language Association of America, 1995.
Schlueter, June and James K. Flanagan. *Arthur Miller*. New York: The Ungar Publishing Company, 1987.

あとがき

本書は日本ユダヤ系作家研究会の二〇二一～二二年度活動成果の一部である。二〇〇九年三月に、本研究会メンバーを主な執筆陣とした初めての共著『ユダヤ系文学の歴史と現在』を上梓してから十四年、本書が十冊目の共著企画である。二〇〇一年八月九日、ノーベル賞作家I・B・シンガーのご子息イスラエル・ザミラ氏を岡山市民会館に迎えての講演会を基点に本研究会はスタートしたが、早いもので会の発足から既に二十一年が経過した。本研究会は、機関誌『シュレミール』を毎年三月に発行しつつ、それと平行した形で「ユダヤ系アメリカ文学」を大前提とした出版企画を走らせている。毎回、様々な個別の研究課題を選定し、それに取り組んできたが、今回のテーマは「父と息子の物語」。広瀬佳司会長が「まえがき」で触れているようにユダヤ系文学には原点的テーマと言えるだろうし、十冊目という節目の企画で立ち戻るべきテーマとしてはふさわしかったのではないかと思う。

前回の共著企画『現代アメリカ社会のレイシズム――ユダヤ人と非ユダヤ人の確執・協力』の原稿締め切りが二〇二一年九月末日、第一次査読作業只中の十月十一日に広瀬会長から、ある会員の発案による新しい出版企画（今回の企画）の素案が示された。毎年三月と九月に開催する定例の研究会は、今年度もオンライン開催となり、対面でのテーマに関する意見交換は、事実上ほとんど出来ず隔靴掻痒の感はあったが、会員相互の個別のやり取りの中、それでも十月三十一日には今回の企画の概要が固まり、翌十一月三日には広瀬会長のゴーサインが出た。初期のメモには「父と息子の物語」「父と娘の物語」「親子の絆の物語」等の言葉が並んでいるが、最終的にはユダヤ世界における原点的な「父と息子」という言葉をアイコン的に採用することにした。実質的には「父と娘」などの組み合わせも含んだ「父と子の物語」をベースとした最終的な企画書を作って会員に告知、執筆者募集を開始したのが二〇二二年二月五日、翌三月末の募集締め切りまでに手を挙げた会員が今回の執筆陣である。締め切りは二〇二二年十二月二十日、執筆期間はおよそ九か月。執筆期間が十分ある、とはお世辞にも言えないが、私のように、どんなに執筆期間があっても締め切りがぼんやりとでも進行方向の地平線上に見えてこないとどのみち書き出さない人間もいるので、九か月でも十九か月でもあまり関係はない（と言ったら怒られるかもしれない）。いずれにせよ短い執筆期間でもなんとか原稿が集められるのも、それが本研究会の過去・現在の共同研究の成果や蓄積とどこかで結び付くからであり、見たことも聞いたことも無いテーマに手を出しているわけではないからだ。本研究会は言うなれば「ユダヤ系アメリカ文学研究」という名の果てしなく高い塔を螺旋階段を使ってぐるぐると回りながら地道に登っているようなものであり、同じ方角に来ればだいたい同じ景色が見えるのだが、前回よりは多少なりとも高度を上げて行く感じである。常に真新しい景色を探す、のではなく、たとえ同じ景色（同じテーマ）に顔が向くことになろうとも、前回よりは少しでも上に登れば見える角度も変わって違う景色が見えるかもしれないという心づもりである。今回のテーマ「父と息子の物語」は、先述の通りユダヤ系文学研究においては原点的であり、オーソドックスなテーマであるがゆえに既に多くが語られていて、俎上に乗せるべき新しい景色を今回の企画で見いだせるかが最大のポイントになるであろうことは容易に想像ができた。もちろん「違う景色が見えたかどうか」という最終的な判断は読者諸賢にお願いする他なく、同じ高度のまま横滑りしている論考もあるかもしれないし、ひょっとするとずり落ちている論考もあるかもしれない。しかし、たとえ一歩進んで二歩下がる的な面があっても、本研究会としては、目の前の螺旋階段をこれからも上り続けるより他に道はない。

『旧約聖書』の「創世記」にあるアブラハムとイサクの物語に象徴されるユダヤ民族の「父と息子の物語」は、それ故に今でも「死を賭した信頼と愛情」に支えられているイメージが強い。ただ同時に、それは旧約の時代の昔話だ、と誰しもが思うところでもある。だが、二〇二〇年に日本でも公開されたイスラエル映画『靴ひも』(*Laces* 二〇一八) で描かれるユダヤ人の「父と息子」を観た時、なぜかこの「アブラハムとイサク」の物語が思い出された。それは、主人公ガディが旧約の英雄サムソンを自称するからではない。彼はサムソン的な怪力の持ち主ではなく、むしろ知的障害を抱える社会的弱者である。『靴ひも』の舞台は現代のイスラエル、エルサレムである。物語は主人公の父親であるルーベンの小さな自動車整備工場から始まる。妻と別れて約三十年、一人暮らしをするアブラモフ・ルーベンの元に妻の訃報が届く。妻は知的障害を持つ息子ガディと二人暮らしだったが、彼女の他界によってルーベンが彼を引き取ることになる。ルーベンはガディが知的障害である現実を知ったその昔、実は妻と幼き息子を捨てて家を出ていたのだ。三十八歳になる知的障害者の息子を引き取ることになった六十歳過ぎの父親。ぶつかり反発し合いながらも三十年の時を隔てて本物の父と息子になりかけたその時、ルーベンが末期の腎不全と診断される。透析治療も効果を見せず、刻一刻と死に近づいていくルーベン。それを見たガディは自分の腎臓を父に移植することを願う。当初、ルーベンは父として断固それを拒否するものの、最後には息子の願いを聞き入れて腎移植手術に臨む。そこにはまさに「死を賭した信頼と愛情」に結ばれたユダヤ人父子の姿がある。

腎不全に苦しむ高齢の父親に発達障害の息子が自分の腎臓の提供を試みたという、イスラエルで報道された実話を基にヤコブ・ゴールドヴァッサー監督が映画化した本作は、イスラエル・アカデミー賞八部門ノミネート、父ルーベンを演じたドヴ・グリックマンが助演男優賞を受賞した。ゴールドヴァッサー監督自身にも社会的支援を要する障害を持つ息子がいるようで、切実な問題だったようだ。現代イスラエル、ユダヤ人社会の臓器移植を巡るドナー問題、障碍者支援の問題等も描きつつ、ユダヤ人親子の絆を静かな温かい眼差しで描いている。ボストン・イスラエル映画祭、ロサンゼルス・イスラエル映画祭、インディアナポリス・ジューイッシュ&イスラエル映画祭、バークシャー・ジューイッシュ映画祭、ボルチモア・ジューイッシュ映画祭、シアトル・ジューイッシュ映画祭、アトランタ・ジューイッシュ映画祭、香港・ジューイッシュ映画祭等のユダヤ系映画祭の二〇一九年の観客賞をも総なめにした本作は、ルーベンとガディのユダヤ人親子を描いた作品ではあるが、同時に世界のどこにでもいそうな親子の日常を描いているとも言える。現代日本にも同じような社会問題はあり、決して別世界の話ではないし、むろん旧約の世界の話でもない。今現在の話なのである。

今年、令和五年は西暦二〇二三年、ユダヤ歴で五七八三年、コロナ歴四年である。令和の時代は今のところ殆どコロナの時代と言ってよい。現在、大学に在籍している学生たちは、オンライン授業にも慣れたいわゆる「コロナ世代」の学生たちだ。マスク着用は必須、教室での発話は慎むことを強いられ、学食では黙食を常とする気の毒な世代の学生たちである。本協会の前々回の共著企画『ジューイッシュ・コミュニティ』でも前回の『現代アメリカ社会のレイシズム』の「あとがき」でもコロナ禍に触れ、その都度、次の企画の「あとがき」ではコロナに触れることのない世界に戻っていることを願ったが、今回もまた触れずには済まなかった。本研究会活動の背景にあった社会状況のひとつを記録にとどめる意味で、ジョンズ・ホプキンズ大学による数字のみ今回も記しておく。新型コロナウィルスの世界の感染者と死亡者の総数である。

二〇二〇年四月十一日現在　感染者　約一一五万人、死者　約九万人
二〇二一年四月十七日現在　感染者　約一億四〇〇〇万人、死者　約三〇〇万人
二〇二三年一月二十八日現在　感染者　約六億七〇〇〇万人、死者　約六八二万人

最後に、改めて本書の出版をご快諾頂いた彩流社の竹内淳夫会長および河野和憲社長、またいつも丁寧な編集と瀟洒な装幀の選定でお手数をおかけしている編集者の朴洵利さんに感謝の意を表したい。本研究会としては、『ユダヤ系文学と「結婚」』から数えて七冊目となる彩流社からの出版である。

本協会の過去の出版企画の成果としては次のようなものがある。
二〇〇九年『ユダヤ系文学の歴史と現在』（大阪教育図書）
二〇一二年『笑いとユーモアのユダヤ文学』（南雲堂）
二〇一三年『新イディッシュ語の喜び』（大阪教育図書）※翻訳
二〇一四年『ユダヤ系文学に見る教育の光と影』（大阪教育図書）
二〇一五年『ユダヤ系文学と「結婚」』（彩流社）
二〇一六年『ホロコーストとユーモア精神』（彩流社）
二〇一七年『ユダヤ系文学に見る聖と俗』（彩流社）
二〇一九年『ユダヤの記憶と伝統』（彩流社）
二〇二〇年『ジューイッシュ・コミュニティ』（彩流社）
二〇二二年『現代アメリカ社会のレイシズム――ユダヤと非ユダヤの確執・協力』（彩流社）

二〇二三年一月

小雪舞う仙台にて　伊達 雅彦

【彩流社の関連書籍】

ユダヤの記憶と伝統

広瀬佳司　伊達雅彦　編著

集合的な記憶によって形成される「ユダヤ人」としてのアイデンティティー……異境で執筆をした米ユダヤ系作家は、どのように民族の記憶、歴史をとらえ、継承しようとしているのか。文学作品や映画に描かれたユダヤ人の姿から探る。

（四六判上製・税込三三〇〇円）

ユダヤ系文学に見る聖と俗

広瀬佳司　伊達雅彦　編著

清濁あわせのむ、それが現代ユダヤ社会の宿命か——ユダヤ教という「聖」を精神的な核としながら、宗教を離れて生きる人々。「俗」にまみれた日々のなかでも失われない宗教的伝統。ユダヤ系文学の世界に、「聖と俗」の揺らぎを見つめる。

（四六判上製・税込三〇八〇円）

【彩流社の関連書籍】

現代アメリカ社会のレイシズム
――ユダヤ人と非ユダヤ人の確執・協力

広瀬佳司 伊達雅彦 編著

ユダヤ系作家の中には、ホロコーストをはじめ様々な差別や暴力を直接的に経験し、レイシズムに対して憤りを抱く作家が少なくない。本書では、アメリカのユダヤ系作家を中心に、様々な視点から現代アメリカのレイシズムを考察する。

（四六判上製・税込三〇〇〇円）

ジューイッシュ・コミュニティ
――ユダヤ系文学の源泉と空間

広瀬佳司 伊達雅彦 編

ユダヤ系文学研究者九人が解き明かす、芸術作品に描かれるユダヤ人コミュニティの姿！ ユダヤ系アメリカ文学のみならず映像作品まで含め、決して一般化できない、多種多様なユダヤ人コミュニティの表象を切り出す、新視点の論集。

（四六判上製・税込二六四〇円）

父と息子の物語——ユダヤ系作家の世界

2023年4月10日 初版第1刷発行　　定価はカバーに表示してあります。

編著者　広　瀬　佳　司
　　　　伊　達　雅　彦
発行者　河　野　和　憲

発行所　株式会社　彩　流　社

〒101-0051 東京都千代田区神田神保町3-10 大行ビル6階
TEL 03-3234-5931 FAX 03-3234-5932
ウェブサイト　http://www.sairyusha.co.jp
E-mail　sairyusha@sairyusha.co.jp

印刷　モリモト印刷㈱
製本　㈱難波製本
装幀　宗利淳一

ISBN 978-4-7791-2894-3 C0098

●執筆者紹介●

（掲載順）

広瀬 佳司（ひろせ よしじ）関西大学客員教授　＊編者

著書:『中年男のオックスフォード留学奮戦記――ユダヤ世界に魅せられて』（彩流社、2022年）、*Glimpses of a Unique Jewish Culture From a Japanese Perspective*（彩流社、2021年）、『増補新版　ユダヤ世界に魅せられて』（彩流社、2020年）、*Yiddish Tradition and Innovation in Modern Jewish American Writers*（大阪教育図書、2011年）、*Shadows of Yiddish on Modern Jewish American Writers*（大阪教育図書、2005年）、*The Symbolic Meaning of Yiddish*（大阪教育図書、2000年）、『ユダヤ文学の巨匠たち』（関西書院、1993年）、『アウトサイダーを求めて』（旺史社、1991年）、『ジョージ・エリオットの悲劇的女性像』（千城、1989年）。訳書：『ヴィリー』(大阪教育図書、2007年)、『わが父アイザック・B・シンガー』（旺史社、1999年）、共訳、監修『新イディッシュ語の喜び』（大阪教育図書、2013年）

風早 由佳（かざはや ゆか）岡山県立大学准教授

共著書:『アジア系トランスボーダー文学：アジア系アメリカ文学研究の新地平』（2021年）、『ユダヤの記憶と伝統』（2019年）、『ユダヤ系文学に見る聖と俗』（2017年）、『ホロコーストとユーモア精神』（2016年）。論文：「ユダヤ系アメリカ詩人の描く結婚：断髪と離婚に着目して」（『神戸英米論叢』第28号、2015年）、"Voice and Silence: An Analysis of Fred Wah's Visual Poetry"（『神戸英米論叢』第25号、2012年）、"An Analysis of Racial Solidarity in Lawson Inada's Jazz

Poetry"（『21 世紀倫理創成研究』第 5 号、2012 年)、「詩、写真、身体—Fred Wah の Sentenced to Light における Image-text 分析」(『神戸英米論叢』第 25 号、2011 年)、"Dualism in Yone Noguchi's English Poetry"（『ペルシカ』第 38 号、2011 年）など。

江原 雅江（えばら まさえ）倉敷芸術科学大学教授
共著書：『ジューイッシュ・コミュニティ』(彩流社、2020 年)、『ユダヤ系文学に見る聖と俗』(彩流社、2017 年)、『ユダヤ系文学に見る教育の光と影』(大阪教育図書、2014 年)、『笑いとユーモアのユダヤ文学』(南雲堂、2012 年)、『ユダヤ系文学の歴史と現在』(大阪教育図書、2009 年)。**論文**：「成熟後の習作『叶わぬ夢』——弟子としてのイージアスカ」(『シュレミール』第 15 号、2016 年)、「ふたりの Mrs Fanshawe —— Paul Auster's *The Locked Room*」(『中四国英文学研究』第 4 号、2007 年) など。**共訳書**：『ホロコーストとユーモア精神』(彩流社、2016 年)、『ユダヤ系文学と「結婚」』(彩流社、2015 年)、『新イディッシュ語の喜び』(大阪教育図書、2013 年)。

大﨑 ふみ子（おおさき　ふみこ）鶴見大学名誉教授
著書：『アイザック・B・シンガー研究』(吉夏社、2010 年)、『国を持たない作家の文学——ユダヤ人作家アイザック・B・シンガー』(神奈川新聞社、2008 年)。**共編著書**：『神の残した黒い穴を見つめて——アメリカ文学を読み解く／須山静夫先生追悼論集』(音羽書房鶴見書店、2013 年)。**共著書**：『エスニシティと物語り——複眼的文学論』(金星堂、2019 年)、『笑いとユーモアのユダヤ文学』(南雲堂、2012 年) など。**訳書**：『メシュガー』(吉夏社、2016 年)、『タイベレと彼女の悪魔』(吉夏社、2007 年)、『悔悟者』(吉夏社、2003 年)、『ショーシャ』(吉夏社、2002 年）など。

ブロッド・アダム・ソル　ノートルダム清心女子大学非常勤講師
論文：A Comparison of *Enemies: A Love Story* and *Shadows on the Hudson*: I.B. Singer's Cathartic, Healing and Healed post-Holocaust American Literature (『シュレミール』、2022 年)、*Metaphors Be With You In A New Language and Culture: Promoting EFL Students' Development of Metaphorical Awareness* (Proceedings of The 1st International Communication and Community Development Conference, 2020 年), *Using Corpora in English Language Teaching: A Teacher's Experience*, (Hawaii Pacific University Working Paper Series, 2019 年), *Gained in Translation: Translating Translingual Texts to Develop Foreign Language Reading Skills* (HI TESOL The Word, 2018 年), 共著：*The Conception of Race in White Supremacist Discourse: A Critical Corpus Analysis with Teaching Implications* (Hawaii Pacific University Working Paper Series, 2018), 共訳：*Challenging Obstructs* (こごろう出版 , 2016 年)

篠原 範子（しのはら のりこ）　翻訳・通訳、香川大学英語講師
OpenChain プロジェクトなどのソフトウェア関係などの産業翻訳を中心に、高松国際ピアノコンクールなどの芸術方面の英和・仏和訳を行なう。また、警察など司法通訳者でもある。共訳：『人類史マップ――サピエンス誕生・危機・拡散の全記録』（日経ナショナル ジオグラフィック、2021 年)。

今井 真樹子（いまい まきこ）　ノートルダム清心女子大学非常勤講師
共著書：『ジューイッシュ・コミュニティ』（彩流社、2020 年)、『ユダヤ系文学に見る聖と俗』（彩流社、2017 年)、『ホロコーストとユーモア精神』（彩流社、2016 年)、『ユダヤ系文学と「結婚」』（彩流社、2015

年)。**論文**:「ユダヤ人作家シンガーの描くポーランドのカトリック女性「洗濯女」から見えるもの」(『シュレミール』第19号、2020年)、「Isaac Bashevis Singer: *Enemies, A Love Story* ——アイデンティティの原点——」(『鶴見英語英米文学研究』 第9号、2008年)「Philip Roth: *Operation Shylock* —— Moishe Pipik の意味——」(『シュレミール』第2号、2003年)、「Isaac Bashevis Singer: *The Magician of Lublin* 原風景の根強さ—— Yasha と Esther をつなぐもの」(『イマキュラータ』第8号、2003年)。**共訳書**:『ユダヤ系文学に見る教育の光と影』(大阪教育図書、2014年)、『新イディッシュ語の喜び』(大阪教育図書、2013年)。

佐川 和茂(さがわ かずしげ)青山学院大学名誉教授
著書:『ソール・ベローと修復の思想』(彩流社、2023年)、『歌ひとすじに——日本の歌、ユダヤの歌』(大阪教育図書、2021年)、『「シュレミール」の二十年——自己を掘り下げる試み』(大阪教育図書、2021年)、『文学で読むピーター・ドラッカー』(大阪教育図書、2021年)、『希望の灯よいつまでも——退職・透析の日々を生きて』(大阪教育図書、2020年)、『青春の光と影——在日米軍基地の思い出』(大阪教育図書、2019年)、『楽しい透析——ユダヤ研究者が透析患者になったら』(大阪教育図書、2018年)、『文学で読むユダヤ人の歴史と職業』(彩流社、2015年)、『ホロコーストの影を生きて』(三交社、2009年)、『ユダヤ人の社会と文化』(大阪教育図書、2009年)など。

鈴木 久博(すずき ひさひろ)沼津工業高等専門学校教授
共著書:『現代アメリカ社会のレイシズム——ユダヤ人と非ユダヤ人の確執・協力』(彩流社、2022年)、『ジューイッシュ・コミュニティ——ユダヤ系文学の源泉と空間』(彩流社、2020年)、『ユダヤの記憶と伝統』(彩流社、2019年)、『ユダヤ系文学に見る聖と俗』(彩流社、2017

年)、『ホロコーストとユーモア精神』(彩流社、2016 年)、『ユダヤ系文学と「結婚」』(彩流社、2015 年)、『ユダヤ系文学に見る教育の光と影』(大阪教育図書、2014 年)、『笑いとユーモアのユダヤ文学』(南雲堂、2012 年)、『ユダヤ系文学の歴史と現在——女性作家、男性作家の視点から』(大阪教育図書、2009 年)、『日米映像文学は戦争をどう見たか』(金星堂、2002 年)。**論文**:"Bernard Malamud's Works and the Japanese Mentality"(*Studies in American Jewish Literature* 第 27 号、2008 年)など。**共編訳書**:『新イディッシュ語の喜び』(大阪教育図書、2013 年)。

大場 昌子(おおば まさこ)日本女子大学教授
共編著:『ソール・ベロー　都市空間と文学』(彩流社、2022 年)、『ホロコースト表象の新しい潮流——ユダヤ系アメリカ文学と映画をめぐって』(彩流社、2018 年)、『アメリカン・ロードの物語学』(金星堂、2015 年)、『ゴーレムの表象　ユダヤ文学・アニメ・映像』(南雲堂、2013 年)、『笑いとユーモアのユダヤ文学』(南雲堂、2012 年)など。**共訳書**:『新イディッシュ語の喜び』(大阪教育図書、2013 年)、『南北戦争を起こした町』(彩流社、1999 年)、『シングル・ファーザー』(人文書院、1998 年)など。

岩橋 浩幸(いわはし ひろゆき)近畿大学非常勤講師
共著書:『ソール・ベロー——都市空間と文学』(彩流社、2022 年)、『彷徨える魂たちの行方——ソール・ベロー後期作品論集』(彩流社、2017 年)、『英米文学の可能性——玉井暲教授退職記念論文集』(英宝社、2010 年)など。**論文**:「再発見という喜び—— *Ravelstein* における幸福の基盤」(『シュレミール』第 21 号、2022 年)、「*The Adventures of Augie March* における饒舌の二つの型と回顧録形式」(『関西アメリカ文学』第 46 号、2009 年)、"Narrating, Remembering, and Forgetting: Self-

Actualization in *The Bellarosa Connection.*"（『待兼山論叢』第 41 号、2007 年）など。

内山 加奈枝（うちやま かなえ）日本女子大学教授
共編著書：『作品は「作者」を語る　アラビアン・ナイトから丸谷才一まで』（春風社、2011 年）。**共著書**：『ジューイッシュ・コミュニティ――ユダヤ系文学の源泉と空間』（彩流社、2020 年）。『現代アメリカ社会のレイシズム――ユダヤ人と非ユダヤ人の確執・協力』（彩流社、2022 年）。「カフカの遺産相続人として――ポール・オースターにおける主体の回帰――」（『比較文学』第 55 号、2013 年）、"Narrating the Other between Ethics and Violence: Friendship and Politics in Paul Auster's *The Locked Room* and *Leviathan*." (*Studies in English Literature*, English Number 51、2010 年)、"The Death of the Other: A Levinasian Reading of Paul Auster's *Moon Palace*."（*Modern Fiction Studies* 54.1、2008 年）など。

中村 善雄（なかむら よしお）京都女子大学准教授
共編著：『ヘンリー・ジェイムズ、いま――没後百年記念論集――』（英宝社、2016 年）。**共著**：『19 世紀アメリカ作家たちとエコノミー：国家・家庭・親密な圏域』（彩流社、2023 年）、『現在アメリカ社会とレイシズム――ユダヤ人と非ユダヤ人の確執・協力』（彩流社、2022 年）、『多次元のトピカ――英米の言語と文化』（金星堂、2022 年）、『回帰する英米文学』（大阪教育図書、2021 年）、『ジューイッシュ・コミュニティ――ユダヤ系文学の源泉と空間』（彩流社、2020 年）、『ユダヤの記憶と伝統』（彩流社、2019 年）、『エスニシティと物語り――複眼的文学論』（金星堂、2019 年）、『繋がりの詩学――近代アメリカの知的独立と〈知のコミュニティ〉の形成』（彩流社、2019 年）、『アメリカ文学における幸福の追求とその行方』（金星堂、2018 年）など。

伊達 雅彦（だて まさひこ）尚美学園大学教授　＊編者
共編著書：『現代アメリカ社会のレイシズム――ユダヤ人と非ユダヤ人の確執・協力』（彩流社、2022年）、『ジューイッシュ・コミュニティ』（彩流社、2020年）、『ユダヤの記憶と伝統』（彩流社、2019年）、『ホロコースト表象の新しい潮流――ユダヤ系アメリカ文学と映画をめぐって』（彩流社、2018年）、『ユダヤ系文学に見る聖と俗』（彩流社、2017年）、『ホロコーストとユーモア精神』（彩流社、2016年）、『ユダヤ系文学と「結婚」』（彩流社、2015年）、『ユダヤ系文学に見る教育の光と影』（大阪教育図書、2014年）、『ゴーレムの表象　ユダヤ文学・アニメ・映像』（南雲堂、2013年）。**共著書**：『自然・風土・環境の英米文学』（金星堂、2022年）、『エスニシティと物語り――複眼的文学論』（金星堂、2019年）、『ソール・ベローともう一人の作家』（彩流社、2019年）、『彷徨える魂たちの行方――ソール・ベロー後期作品論集』（彩流社、2017年）、『衣装が語るアメリカ文学』（金星堂、2017年）、『アメリカ映画のイデオロギー――視覚と娯楽の政治学』（論創社、2016年）、『アイリッシュ・アメリカンの文化を読む』（水声社、2016年）、『映画で読み解く現代アメリカ オバマの時代』（明石書店、2015年）、『アメリカン・ロードの物語学』（金星堂、2015年）。**共訳書**：『新イディッシュ語の喜び』（大阪教育図書、2013年）など。

●索引●

ページ番号に付された記号(＊)は、本文の註に登場することを意味している。

◆人名・作品名

【ア行】

【カ行】

【ナ行】

【マ行】

【ヤ行】

【ラ行】

【ワ行】

◆事項・用語

【ヤ行】

【ラ行】